아무것도 아니라고 잘라 말하기

임솔아 소설집

아무것도 아니라고 잘라 말하기

초판 1쇄 발행 2021년 12월 1일
초판 3쇄 발행 2021년 12월 24일

지은이 임솔아
펴낸이 이광호
주간 이근혜
편집 이민희 최지인 조은혜 박선우 방원경
펴낸곳 ㈜문학과지성사
등록번호 제1993-000098호
주소 04034 서울 마포구 잔다리로7길 18(서교동 377-20)
전화 02) 338-7224
팩스 02) 323-4180(편집) / 02) 338-7221(영업)
전자우편 moonji@moonji.com
홈페이지 www.moonji.com

ISBN 978-89-320-3923-7 03810

아무것도 아니라고 잘라 말하기

임솔아 소설집

문학과지성사

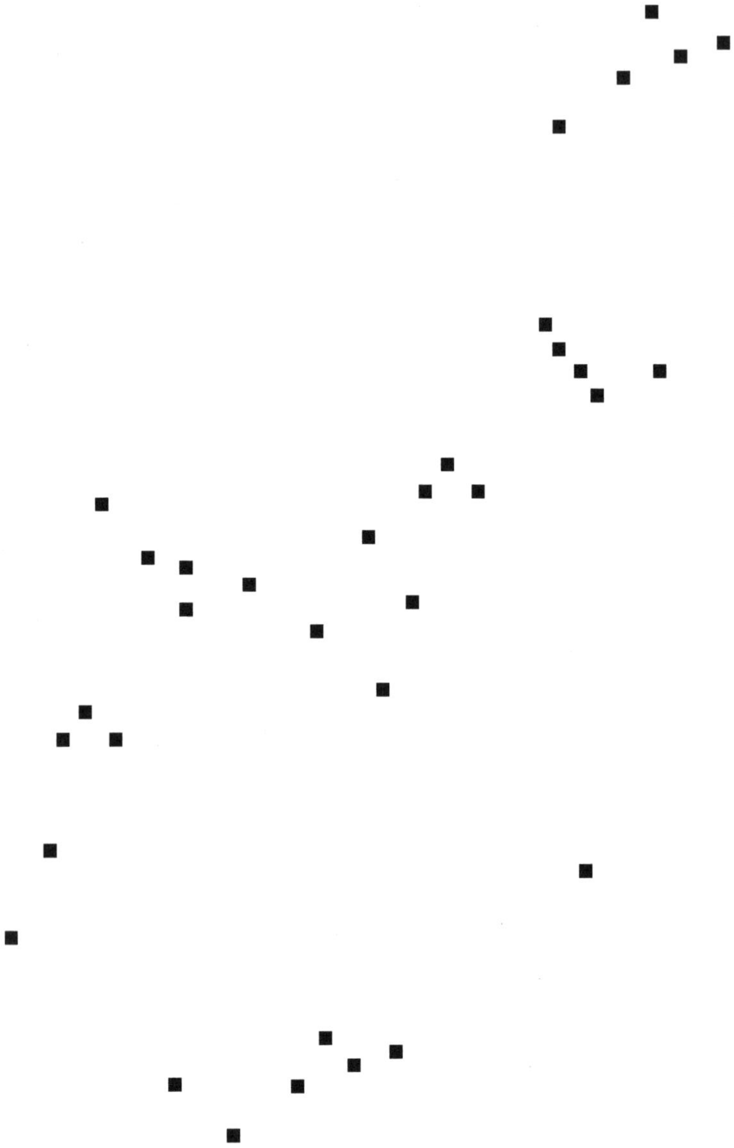

차례

그만두는 사람들

고양이들이 유리문에 엉덩이를 기대고 있었다. 남쪽으로 나 있는 유리문은 이 시간이면 햇볕을 받고 따뜻해졌다. 이 동네 고양이들은 이 시간이면 햇볕 외에는 더 이상 아무것도 필요하지 않다는 표정으로 이곳에 모여 있었다. 나는 유리문에 노크를 했다. 고양이들은 이제 놀라지 않았다. 심드렁하게 나를 쳐다보다가 다시 고개를 돌렸다. 나는 유리문과 함께 고양이들의 엉덩이를 천천히 밀며 바깥으로 나왔다.

바닷바람 특유의 짠 내가 얼굴을 뒤덮었다. 나는 점퍼 지퍼를 목까지 끌어 올렸다. 해변에는 물이 빠져 수평선까지 뻘이 이어졌다. 장화를 신은 누군가가 뻘 한복판을 걷고 있었다. 노루섬으로 들어가는 중일 것이다. 하루에 두 번, 바닷물이 빠지는 시간에만 길이 열려 섬으로 걸어갈 수 있었다. 주민들은 섬에 들어가 굴이나 파래, 다시마 같은 것을 채취하곤 했다. 이곳에는 그런 섬이 많았다. 그곳들은 모두 '노루섬'이라 불렸다. 어째서 모두 노루섬이냐고, 나는 주인 할머니께 물어본 적이 있었다.

"노루가 살아."

재활용 쓰레기를 정리하며 할머니는 답했다. 무리로부터 이탈한 노루일 것이라 했다. 적을 피해 육지를 돌고 돌다 바다를 건너 무인도에 정착한 것이라 했다.

"밤에 가끔 볼 수 있어."

"뭐를요?"

"노루. 저쪽 숲에서 나타나서는 밤바다를 막 헤엄쳐서 섬으로 건너가."

"낮이면 길이 열리는데 왜 밤에 헤엄을 쳐서 가요?"

"이 사람아, 낮엔 보이잖아."

답답하다는 듯 할머니는 말했다.

"그것도 위험하긴 마찬가지일 텐데."

"위험하지. 날 나쁘면 죽지."

밤이면 나는 불을 끄고 창 앞에 서 있었다. 창밖에 펼쳐진 바다를 내려다보았다. 초승달이나 그믐달이 떠 있을 때의 바다는 오직 캄캄했다. 달이 점점 차올라 상현달을 지나면서부터는 파도의 물거품이나 바다에 떠다니는 빛조각들을 볼 수 있었다. 마침내 보름달이 뜨면 노루섬까지 보였다. 노루섬의 울창한 나무들이 파도 소리에 맞춰 흔들렸다.

그날은 하현달에 가까워지고 있었고, 바람과 함께 나무와 파도도 멎어 있었다. 자전축을 따라 별이 느릿느릿 움직였다. 나는 숲에 서 있는 검은 그림자를 단번에 알아보았다. 노루는 한참을 가만히 서 있었다. 그리고 천천히 바닷물에 몸을 담갔다. 매끈했던 바닷물에 파문이 퍼졌다. 목을 끄덕거리며 노루는 앞으로 나아갔다. 물의 표면과 닿아 있는 노루의 목에서 파문이 겹겹이 생겨났다. 멀리멀리 퍼져갔다. 나는 숨을 죽였다. 노루는 꾸준한 속도로 이동했다. 그리고 섬에 앞발을 디뎠다. 몹시 지쳤는지 발목을 접질리며 미끄러졌다. 목을 낮추고 점프를 해서 섬으로 뛰어올랐다. 순식간에 사라졌다. 나는 참고 있던 숨을 내쉬었다. 밤마다 노루를 기다렸지만 정말로 보게 될 줄은 몰랐다. 높은 파도 한번 만나지 않고 노루는 섬에 도착했지만, 노루에게는 가장 불안한 시간이었을 것이다. 내가 이렇게 쉽게 볼 수 있었으니까. 누구나 쉽게 노루를 볼 수 있었을 테니까. 노루가 목숨을 건 잠깐의 시간을 지켜보며 나는 어째서 경이로움을 느꼈을까.

그날 이후로도 나는 노루를 기다렸다. 쉽게 목격했으니까 한두 번은 더 그 모습을 볼 수 있을 거라 여겼다. 노루는 나타나지 않았다.

곡선으로 휘어진 해변을 따라 곡선으로 휘어진 도로를 걸었다. 횟집과 잔치국숫집, 해물짬뽕 전문점을 차례차례 지나갔다. 불이 모두 꺼져 있었다. 거리에는 사람이 없었다. 식당들은 토요일 점심부터 일요일 점심까지만 문을 열고 손님을 받았다. 주말에는 캠핑족이 해변에 텐트를 치기도 했고, 내가 머무는 은돌콘도에 다른 숙박객이 찾아오기도 했다.

은돌해변을 지나면 차도가 나타났다. 이 차도를 따라가면 숲이 이어졌다. 숲에서 비포장도로로 빠져 한참을 올라가면 숲 한복판에 사비나가든이 있었다.

나는 무인매표소에 지폐 한 장을 집어넣고 가든 안으로 들어갔다. 고운 흙이 깔려 있는 오솔길 양옆으로 곰솔나무가 늘어서 있었다. 곰솔나무 길을 따라가면 스무 평 남짓한 크기의 작은 연못이 나타났다. 연못의 표면에서 물안개가 피어올랐다. 연못 한가운데에 서 있는 낙우송을 올려다보았다.

사비나가 이 작은 연못을 사들인 것은 1952년이었다. 한국전쟁에 간호장교로 투입된 사비나는, 은돌고개 전투에서 동료를 잃었다고 한다. 그 동료에 대한 이야기를 사비나는 여러 사람에게 보낸 서신에 남겼다. 동료는 적군에 의해 사살된 것이 아니라 탈영을 하려던 아군을 저지하다가 다툼 끝에 살해되었다고 한다. 그러나 전쟁 트라우마와 향수병으로 스스로 목숨을 끊은 것으로 사건은 종결되었다. 사비나는 오랜 시간 동료의 죽음에 대한 진실을 알리기 위해 애를 썼다. 본국으로 귀환해도 좋다는 승인을 받았지만 사비나는 이 은돌마을에 남았다. 한국으로 귀화했다. 사비나는 외부와의 접촉을 차단한 채 작은 연못가에서 60년을 혼자 살았다. 그리고 91세의 나이로 사망했다. 작은 연못 뒤쪽에 지어놓은 자신의 목공실에서 사비나는 혼자 숨을 거뒀다. 사비나의 유언에 따라, 사비나가든은 일반인에게 개방되었다. 사비나는 작은 연못에서 시작되는 3만 평 부지의 땅을 오랜 세월에 걸쳐 매입했고, 그곳에다 2만 7천여 종의 식물들을 키워놓았다. 한국에 군락지가 없다고 알려져 있던 희귀 식물과 절멸 위기종이 대거 발견되었다.

작은 연못에서 두 갈래의 길이 나왔다. 왼쪽 길은 해안 절벽이고, 오른쪽 길은 동백나무 군락지였다. 오늘은 오른쪽 길을 선택했다. 동백나무 군락지를 지나고 뿔남천과 풍년화 군락지를 지나서 호랑가시나무 군락지에 도착했다. 겨울에 꽃이나 열매를 맺는 식물이 많았다. 샹소네트와 코튼캔디와 아사히주루 같은 동백나무들. 팔리다와 헬레나 같은 풍년화들. 로툰다, 디오르, 루브리카울리스 아우레아 같은 호랑가시나무들. 나는 흔들의자에 앉았다. 좀 앉고 싶다는 느낌이 들 무렵이면 의자가 놓여 있었다. 어떤 의자는 등받이 없이 통나무 조각만으로 되어 있었다. 어떤 의자는 줄을 매달아 그네처럼 설치되어 있었고, 어떤 의자는 비치체어처럼 다리를 쭉 뻗고 반쯤 눕게 만들어졌다. 비치체어를 닮은 의자에 앉으면 시선이 저절로 하늘을 향했다. 바로 그 자리에서 드넓게 펼쳐지는 낙조를 볼 수 있었다. 해안과 가까워 바닷바람이 부는 지역에는 힘이 좋은 소나무들이 바람막이 역할을 했고, 잎이 여린 식물들은 언덕 아래 바람이 불지 않는 곳에 심어져 있었다. 조약돌 길이 끊어져 발소리가 잦아드는 자리에는 새들이나 오리들의 보금자리가 있었다. 오래도록 매만져 반질반질해져버린 나무 협탁처럼 모든 것이 완벽하게 햇볕과 바다와 어우러져 있었다. 그러나 겨울에 특화된 이 식물원을 찾는 관광객은 많지 않았다. 사비나가든은 매년 적자를 면치 못했다. 절멸 위기종을 제외한 나머지 식물들은 서서히 죽어가고 있었다. 곳곳에 포토존이 설치되었고 기념품 판매점과 매점이 들어섰다. 그곳들은 카페로 바뀌었다가, 게스트하우스로 바뀌었다가, 결국 문을 닫았다고 했다.

말라 죽은 나무 아래에는 낙엽들이 수북이 쌓여 있었다. 나는 그곳에 쪼그려 앉아 낙엽 하나를 골라내기 시작했다. 잎맥이 선명한 한 개를 주워 일어섰다. 오늘은 혜리에게 이 낙엽에 대해 이야기할 것이다.

혜리에게 처음 메일이 온 것은 7년 전 겨울이었다. 나를 기억할지 모르겠지만,으로 시작된 메일이었다. 나는 혜리가 기억나지 않았다. 메일함에서 혜리의 메일 주소를 검색

해보았다. 단 한 번 나는 그에게 메일을 보낸 적이 있었다. '영화와 미술'이라는 교양수업 기말 과제 때문이었다. 그 수업에서 혜리와 나는 함께 조별 과제를 수행했다. 조별 과제라지만 협업은 없었다. 네 명의 조원이 각자의 작업을 이메일로 전송했고, 혜리는 그것을 하나의 파일로 합치는 역할을 맡았다. 그의 전공이 무엇이었는지, 나보다 언니였는지 동생이었는지, 나는 아무것도 아는 바가 없었다. 혜리에 대한 유일한 기억은 그의 노트였다. 강의실에서 대각선 앞자리에 앉아 있던 혜리의 팔꿈치 아래로 노트가 보였다. 같은 단어가 빼곡하게 적혀 있었다. 내가 읽어낼 수 없는 언어였다. 나는 혜리에게 노트 이야기를 꺼내며, 잘 기억한다는 답장을 보냈다. 그가 나에게 연락한 이유를 알고 싶었다. 혜리는 노트 이야기를 반가워했다. 노트에 적은 언어는 스웨덴어였으며, 자신은 지금 스웨덴에서 유학 중이라고 했다. 혜리는 일요일이면 내게 메일을 보냈다. 다섯번째 메일이 도착했을 즈음, 나는 혜리가 아무 이유도 없이 내게 메일을 보낸다는 것을 알아챘다. 안부를 전하는 것. 그것이 유일한 이유라면 이유였다. 나는 답장을 하지 않았다.

여러 사람에게서 비슷한 메일을 받은 적이 있었다. 한 학기 정도 친하게 지냈던 중학교 동창과 온라인으로 3개월 동안 입시과외를 했던 수강생과 오래전에 연락이 끊어진 단짝 친구에게서. 이들에게는 공통점이 있었다. 한국을 떠났다는 점이었다. 나는 그들의 메일을 입대한 지인이 보내오던 편지 정도로 여겼다. 이십대 초반에 입대한 지인들은 친하든 친하지 않든, 기억이 나는 모든 사람에게 편지를 보내곤 했다. 다른 사람들처럼 나도 한때 그런 편지를 받았다. 우정으로 정성스레 답장을 해봤자 제대하고 나면 연락이 끊어진다는 것도 자연스레 알게 되었다. 비슷한 메일이 도착할 때마다 나는 적당히 다정한 답장을 보냈다. 수신자가 불쾌하지 않을 만큼, 그러나 메일이 이어지지는 않을 만큼 짧은 안부만 전달했다. 그들은 내가 무엇을 바라는지 빠르게 알아차렸고, 더 이상 메일은 오지 않았다. 그리고 2년 전 겨울, 나는 혜리에게 답장이 아닌 메일을 처음으로 보냈다.

오늘은 비가 오다 그쳤고 그래서 오늘도 우산을 잃어버렸어. 시력이 떨어져서 안경알을 바꾸러 안경점에 다녀왔어. 오늘은 스케일링을 하러 치과에 갔는데 사랑니 네 개를 모두 뽑자고 해서 그냥 나와버렸어. 집에 돌아오는 길에 영화관에 들러 혼자 영화를 봤어…… 혜리와 나는 서로에게 이런 식의 이야기를 적었다. 서로를 떠올릴 만한 기억도 공감대가 형성될 만한 주제도 없었으므로 각자의 혼잣말을 끝없이 늘어놓았다. 집에 돌아와 노트북으로 예능 프로그램을 틀어놓고 맥주를 마실 때나 혼자 묵은지를 썰어 김치찌개를 끓일 때면 나는 혜리를 떠올리며 다음 메일에는 이 이야기를 적어야겠다고 생각했다. 내 행동 하나하나가 혜리에게 건네는 말처럼 느껴졌다. 혜리와 함께 많은 시간을 보내고 있는 것만 같았다. 혜리와 나는 함께 영화관에 갈 리도, 마주 앉아 맥주를 마실 리도, 같은 날씨에도 같은 시간대에도 머물 리 없지만, 나는 그 점이 오히려 좋았다.

혜리는 스웨덴에서 박사과정을 밟는 중이라고 했다. 스웨덴에 처음 도착했을 때 혜리는 일부러 한국인을 피했다. 한국인과 어울리는 한국인은 영원히 한국인하고만 어울리게 된다는 경험담을 익히 들은 탓이었다. 한국인과 어울리기 위해 유학까지 온 것은 아니라고 혜리는 마음을 다잡았다. 다른 국적의 사람들에게 적극적으로 말을 걸었고, 몇 번 정도 무시나 거부를 당하기도 했지만, 결국 좋은 친구들을 사귀었다. 문제는 강의 시간에 발생했다. 유학생들을 위해 마련된 스웨덴어 시간이었다. 교수는 혜리를 쳐다보며 또박또박 말했다. 한국인들은 그릇에 머리를 박고서 밥을 먹는다고. 개처럼.

너무나 상투적이게도 그런 일을 겪었다고 혜리는 적었다. 더 끔찍하게 상투적인 일은 그 이후에 일어났다고 했다. 혜리는 이 일을 친구들에게 말했다. 친구들이 함께 분노하기를 바랐다. 그의 친구들은 혜리에게 되물었다. 그런데 왜 밥상에 머리를 박고 밥을 먹는 거지? 친구는 정말 궁금하다는 표정이었다. 혜리는 그런 질문에 인종차별이 전제되어 있다고 차근차근 설명했다. 친구들은 그제야 혜리를 이해했다. 그리고 그때부터 혜리를 사무적으로 대했다. 지나치게 예의를 갖췄다. 혜리가 엉뚱한 좌석의 공연 티켓을 끊어 왔는데 그 사실을 혜리에게 말해도 될까? 이 카페는 시나몬롤이 유난히 맛이 좋은데 혜리에게 그걸 시키자고 제안해도 될까? 혜리는 후회했다. 그들에게 인종차별을 주제로 한 이야기는 더 이상 하지 않기로 했다. 자신이 누구인지를 친구들이 충분히 잊을 때까지 기다렸다. 친구들은 서서히 되돌아왔으나, 몇 달 뒤에 혜리는 수업 시간에 비슷한 일을 다시 겪었다.

한인 커뮤니티는 이미 인종차별 사건에 적극적으로 개입하고 있었다. 이들은 똘똘 뭉쳐 사건을 가시화했고, 문제 해결 절차를 밟아나갔다. 혜리는 그러나 한인들에게 도움을 청하지 않았다. 이미 오랜 시간 한국인을 멀리해왔기 때문이었다. 한인 커뮤니티는 혜리가 자신들을 은근히 무시하며 잘난 척을 하고 있다고 여기는 듯했다. 혜리가 도움을 청한다면 도움을 받게 될 테지만, 그것은 그저 도움을 받는 것만 의미하지는 않았다. 이 커뮤니티의 일원이 되는 것을 의미했다. 혜리는 그 사회에 소속되고 싶지 않았다. 혜리는 그 누구에게도 자신이 겪는 인종차별에 대해 말할 수 없게 되었다. 가까운 친구들은 가깝지만 멀었다. 한국인들은 멀지만 가까웠다. 혜리는 나에게 자신이 겪은 숱한 모욕들을 적어 보냈다. 나처럼 멀리 있는 사람이 혜리에게는 필요했다. 가까워질 수 없고 개입도 불가능하고 그저 듣기만 하는 사람이 필요했다.

호랑가시나무 군락지를 빠져나오면 이 사비나가든에서 가장 높은 언덕이 나타났다. 거기에 사비나의 목공실이 있었다. 그곳은 목공 체험 교실이 되었다가, 박물관이 되었다가, 지금은 방치되어 있었다. 벽에는 먼지를 뒤집어쓴 액자들이 걸려 있었다. 톱밥 부스러기와 목재들이 바닥에 굴러다녔다. 안쪽에는 사비나의 책상이 놓여 있었다. 사비나가 오랫동안 사용했던 노트가 펼쳐져 있었다.

1991년 9월 21일.

빳빳한 솔잎은 휘어졌다. 힘없이 시들었다. 보름 동안 솔잎들은 갈색이 되었다. 남쪽에서 발생한 재선충에 감염된 것. 감염된 소나무들을 모두 잘라내야 한다. 재선충은 바람으로 이동, 뿌리까지 태워야 박멸 가능. 잠복 기간인 나무를 선별하는 일은 불가능하다. 결국 모두 죽여야 하는가.

그럴 수는 없다.

그가 심어놓은 모든 식물이 자라나고 죽을 때까지의 일들이 노트에 적혀 있다고 했다. 안내문은 이 식물 일지를 영어가 아닌 한글로 적었다는 점을 특히 강조했다. 사비나가 한복을 입고 찍은 흑백사진이 한쪽에 프린트되어 있었다.

이 길의 끝에는 해안절벽이 있었다. 소나무들이 빽빽했다. 어떤 나무는 사람 정도로 키가 자그마했고, 어떤 나무는 빌딩처럼 높았다. 잘 살고 있는 나무와 죽어가는 나무가 섞여 있을 터였다. 그루터기만 남은 나무 앞에는 〈떠나간 친구를 위해〉라는 푯말이 꽂혀 있었다. 이곳은 그가 키운 식물들이 살아가는 자리였으며, 동시에 묘지이기도 했다.

하늘의 정수리에 태양이 떠 있었다. 작은 연못에 끼어 있던 물안개는 사라졌다. 햇빛이 연못 가득 떨어지고 있었지만 물은 어두웠다. 나는 왔던 길을 되돌아갔다.

콘도에서 몇 걸음만 더 걸어가면 은돌항이 나왔다. 배는 없었고 해양 파출소는 문이 닫혀 있었다. 항구의 안쪽에는 컨테이너 박스 몇 개를 이어 붙인 상가가 있었는데, 그곳이 은돌수산시장이었다. 수산시장이라지만 수산물을 팔지는 않았고, 가판대에 주민들이 모여 앉아 노루섬에서 채취한 것들을 다듬고 있었다. 나는 시장 가장 깊숙한 매점으로 갔다. 가끔 찾아오는 밤낚시 손님을 위한 물품을 주로 파는 가게였다. 그곳은 언제나 문을 열었다. 동네 사람들이 생필품을 구입할 수 있는 유일한 상점이기도 했기 때문이다. 나는 매일매일 계란이나 봉지쌀, 휴지 같은 것을 샀다. 전기

장판에 앉아서 주판을 두드리고 거스름돈을 주는 할머니는 나에게 조금씩 바가지를 씌웠다. 한 통에 7백 원이던 생수는 다음 날 8백 원, 그다음 날은 9백 원이 되었다.

"뭉치 보고 가도 되죠?"

계산을 하며 나는 할머니에게 물었고 할머니는 그러라고 답했다. 가게 뒤쪽에 뭉치가 웅크려 있었다.

"뭉치야."

뭉치는 느릿느릿 고개를 들어 나를 쳐다봤다. 아련하게 눈을 뜨고 코를 킁킁거리며 공기 냄새를 맡았다. 내가 그냥 이름만 부르는 사람인지, 다가와 놀아줄 사람인지를 가늠하고 있는 듯했다. 집 앞까지 가서 쪼그려 앉았을 때에야 뭉치는 바깥으로 나왔다. 뒷다리를 쭉쭉 펴며 기지개를 켰다. 같은 자리를 빙글빙글 돌더니 두 발로 일어서며 나를 반겼다. 나는 손바닥을 내밀었다. 뭉치는 내 손가락을 핥다가 손바닥에 얼굴을 묻고는 비벼댔다.

뭉치는 빨간 노끈으로 묶인 채 그곳에서 살았다. 할머니의 손주가 맡기고 갔다고 했다. 할머니의 말에 따르면, 뭉치는 이 은돌해변에 있는 모든 개 중에서 가장 호강을 하고 있었다. 사료를 먹는 개는 뭉치밖에 없을 것이라 했다. 개집 안에 방석도 넣어줬잖아. 할머니의 표정에는 뿌듯함이 가득했다. 그러나 길게 자라난 털 안에 있는 뭉치의 몸은 앙상했다. 털이 온통 엉겨 붙어 있었다. 목줄은 짧은데 화장실은 마련되어 있지 않아서, 개집의 외벽에다 다리를 들고 오줌을 누었다. 가끔 목줄이라도 풀어주면 어떻겠느냐고 나는 할머니에게 물은 적이 있었다. 할머니는 손사래를 쳤다.

"손주가 방에서만 키우던 개야. 어디 가본 적이 없어서 돌아올 줄도 몰라. 차도 모르고. 못 피해."

뭉치는 앞발을 모은 채 배를 드러내 보여줬다. 나는 뭉치의 배를 쓰다듬었다. 사람에게 마음을 표현하는 방법과 마음을 받는 방법을 잘 알고 있는 개였다. 나는 검지와 엄지를 폈다. 총을 쏘는 흉내를 내며 뭉치에게 겨누었다. 뭉치는 얼른 자리에서 일어났다. 항복하는 것처럼 두 발을 들었다. 새까만 발바닥이 보였다.

나는 콘도로 돌아왔다. 유리문에 모여 있던 고양이들은 사라져 있었다. 늦은 점심을 차려 먹고 설거지를 했다. 샤워를 하고 방 청소를 마치면 창밖으로 저녁의 기운이 몰려왔다. 이곳에서는 오후 4시부터 해가 지기 시작했다. 주민들은 오후 7시만 되어도 잠자리에 드는 듯했다. 8시면 모든 불이 꺼지고 사방이 캄캄해졌다.

나는 탁자에서 노트북을 펼쳤다. 메일함에 접속했다. 확인하지 않은 메일들을 확인하지 않았다. 그중에는 재연이 보낸 메일도 있었다.

넉 달 전 재연은 내게 메일을 보냈다. 개인전 도록에 같은 주제의 나의 글을 싣고 싶다는 청탁 메일이었다. 나는 다음에 기회가 된다면 꼭 함께 작업을 하고 싶다고 적었다. 며칠 뒤 재연에게서 다시 메일이 왔다. 재연도 나와 꼭 함께 작업을 하고 싶었다고 적었다. 그러나 다음 작업은 존재하지 않을 것 같다고 덧붙였다. 이 작업을 마지막으로 창작은 관두겠다고 했다. 재연은 얼마 전에 동료 작가의 자살 소식을 접했다. 그는 꽤 유명한 작가였고 수년간 이슈마다 한가운데에서 목소리를 내던 사람이었다. 그는 늘 배제되고 있다고 느꼈다. 협조적인 사람을 찾고 있다는 통보와 함께 그는 매번 프로젝트에서 제외됐다. 이제 포기하고 생업을 찾고 싶다는 그에게 재연은 아무 말도 하지 않았다. 작업을 그만두고 다른 길을 찾아도 된다고. 그 말을 해주지 못한 것이 재연은 미안했다. 재연은 건강에 대한 안부를 담아 메일을 끝냈다. 나는 바로 답장을 썼다.

예전에 제게 꿈이 뭐냐고 물은 적이 있지요. 을지로에 있는 당신의 작업실에서였어요. 재연 씨는 휴학 중이었고, 저는 막 등단을 해서 활동을 시작하고 있었어요. 저는 머뭇거리다가, 꿈이 이루어져버렸다고 답을 했지요. 그게 어떻게 가능하냐고 재연 씨가 제게 되물었잖아요. 하지만 사실이었어요. 제 꿈은 그저 글을 쓰면서 살아가는 것이었기 때문에.

이미 이루어진 꿈 안에서 살아가는 것이 저는 좋았어요. 꿈속에서 영원히 같은 꿈만 반복하며 살고 싶었습니다. 다른 꿈을 꾸는 일은 상상조차 해본 적이 없었어요. 제가 살면서 그 어떤 상처를 받게 되어도 이 꿈에는 영향을 끼치지 못할 거라 여겼습니다. 완전히 안전한 지대라고 믿었던 걸까요? 함께 문학을 하던 동료들이 한 명씩 그만둘 때마다, 저는 그들을 완전하게 이해하지는 못했어요. 심지어 재능은 있으나 끈기는 부족한 경우라고 단정 짓기까지 했답니다. 저는 이제야 그들을 다시 생각합니다.

2년 전쯤이었을 겁니다. 제 동료가 문학계 권력 남용 문제를 이슈화하기 위한 포럼에 패널로 초청을 받았습니다. 포럼에서 발표할 자료를 수집하던 중에, 동료는 포럼 기획자에게 연락을 받았어요. 비판을 하되, 언론을 통해 이미 알려진 내용으로만 발표문을 작성해달라는 것이었습니다. 애초에 그럴 생각이었다면 무엇을 위해 이런 포럼을 기획하였는지 동료는 질문했어요. 경각심을 통한 변화의 과정이 중요한 것이지, 우리가 내부고발자가 되자는 것은 아니라고, 우리가 그런 위험에 빠질 이유는 없다고 기획자는 동료를 설득했다고 합니다. 동료는 그것이 보여주기식 포럼이라고 느꼈어요. 포럼에 한 명의 도구로 사용된다고 느꼈어요. 결국 기획자로부터 받은 부탁의 내용까지 포함해서 발제문을 작성했습니다. 이후 동료는 〈해리 포터〉 시리즈에 나오는 볼드모트가 되어버렸습니다. 아무도 동료의 이름을 부르지 않아요. 이런 이야기를 다른 동료 작가들에게는 해본 적이 없어요. 재연 씨가 문학을 하는 사람이었다면 재연 씨에게도 하지 못할 이야기겠지요.

저는 올해 처음으로 이력서라는 것을 제대로 써봤습니다. 그동안 이력서를 써보지 않은 건 아니지만, 형식상 필요해서 제출하는 정도였거든요. 취업이라는 것을 해보려고 다른 사람들의 이력서를 검색하고, 희망 연봉을 적고 자기소개서도 작성했습니다. 결국은 취업에 실패했지만, 그래도 기분이 좋았어요. 내가 다른 길을 가보려고 도전이라는 것을 해봤구나, 나도 달라질 수 있겠구나 싶었습니다.

여기까지 적고 나는 전송 버튼을 눌렀다. 그러나 잠시 뒤에 재연에게 다시 메일을 썼다.

관두자,라는 마음에, 더 해보자,라는 말을 하는 것. 그거 말도 안 되는 말입니다. 그런 말이 사람을 고통으로 몰아간다는 걸 알고 있는데. 미안합니다. 재연 씨에게도 제가 잘 모르는 재연 씨의 동료분에게도요.

나는 메일을 전송하고 가만히 앉아 있었다. 내가 모르는 재연의 동료를 상상하는데, 내 친구의 얼굴이 떠올랐다. 활동가로 일했던 그 친구는 일을 그만두고 곧 캐나다로 떠난다며 내게 송별회를 열어달라고 했다. 탈조선을 축하하는 나에게 친구는, 이렇게 또 한 명의 활동가가 한국에서 조용히 휘발된다며 쓴웃음을 지어 보였다. 나는 휴대폰을 꺼냈다. 그 친구와 그동안 나눈 문자메시지를 살펴보았다. 몇 달에 한 번씩, 그 친구는 내게 뜬금없는 문자를 보내곤 했다.

"살아 있어야 돼."

처음에는 그 문자에 적잖이 당황했다. 내게 하는 말인지 스스로에게 하는 다짐인지도 구분이 되지 않았다. 친구가 술에 취해서 센티해진 줄로만 알았다. 그러나 일을 그만두고 떠나가는 동료들이 한 명씩 늘어나면서 알게 되었다. 그것이 문자 그대로의 진심이라는 것을. 일을 지속하든 떠나가든, 살아 있어야 된다는 그 말이 정말로 그저 살아 있어야 된다,라는 뜻임을. 내가 그들과 같은 부류라는 사실을 그들은 나보다 먼저 알고 있었을지도 모른다.

친구들이 한 명씩 유학을 떠나거나 대학원에 입학하거나 취업을 할 때 나는 이 일을 계속하는 것을 선택해왔다. 통장 잔고가 간당간당할 때에도 나는 늘 글을 쓸 시간을 더 많이 확보하는 것을 선택해왔다. 술을 끊었고 취미를 없앴다. 외출을 최소한으로 줄였다. 동네 산책을 할 때에도 카페에 가지 않기 위해서 텀블러에 커피를 담아 들고 나갔다. 친구도 가족도 만나지 않았다. 주말도 명절도 없었다.

등단을 하고 나서부터는 끊임없이 일거리가 들어왔다. 인스턴트 음식을 전자레인지에 데워 먹고 밤을 새워 글만 썼다. 모든 수입은 원고료였고, 그나마도 허리디스크가 생기면서부터는 병원비로 쓰였다. 일을 해서 병을 얻고 그 일로 병원비를 충당했다. 그래도 내가 좋아하는 일을 한다는 기쁨이 있었다. 가난을 예술가의 조건쯤으로 여기면서. 그러다가 포럼에 초청을 받았다. 그 사건 이후로 나는 그만두고 싶다는 마음을 억누르기 위해 억지로 글을 쓰는 사람으로 변해갔다. 나는 혜리에게 이 이야기를 털어놓았듯이 재연에게도 이 이야기를 할 수 있을 줄 알았다. 그러나 '나'라는 주어를 '동료'라는 주어로 야금야금 바꾸었다. 나를 은닉하고 보호하려는 과도한 노력이 몸에 배기 시작했다.

그만두고 싶다는 사람과 함께할 때가 나는 편안했다. 잘 알지도 못하는 사람이지만 금세 친밀감을 느꼈다. 그 사람을 잘 알고 있는 듯했다. 신입생 때 나처럼 문학에 대한 열정을 온몸으로 뿜어대는 동기들이 가장 좋았듯이.

재연은 그 뒤로도 여러 차례 나에게 메일을 보냈다. 나는 그 메일들을 차마 열어볼 수 없었다. 두 달 뒤, 재연이 개인전을 열었다는 소식을 들었다. 전시장은 행인이 드문 주택가 골목에 위치했다. 공사를 하다 중단된 것처럼 보이는 콘크리트 건물이었다. 입구에 들어서자 곰팡내가 풍겼다. 내부에는 아무도 없었다. 석유난로만 빨갛게 켜져 있었다. 프로젝터의 불빛이 공간을 가로지르고 있었다. 동그란 렌즈에서 삼각형을 그리며 뿜어져 나온 영상이 벽에 맺혀 있었다. 나는 프로젝터 옆에 쪼그려 앉았다. 허공에서 물이 흘러내렸다. 한 사람이 두 손을 오목하게 모았다. 두 손으로 흘러내리는 물을 받았다. 손안에 투명하게 차오르던 물이 손가락 사이로 이내 흘러내렸다. 다른 사람의 두 손이 그 물을 받아냈다. 또 그 아래에 오목한 두 손과 흘러내리는 물이. 또 그 아래 두 손과 흘러내리는 물이…… 비가 오는 것 같았다. 내 머리 위로 떨어질 비를 저 손들이 다 받아내고 있는 것 같았다.

입간판에 붙은 포스터가 우글우글 젖어 있었다. 정말로 비가 오고 있었다. 처마 바깥으로 손을 내밀어보았다. 내리는 것조차 느끼기 힘들지만 걷다 보면 옷이 젖게 되는, 안개비였다.

“얼음의 언저리를 걷는 연습”.[*]

재연의 전시 제목을 보며, 나는 얼음의 언저리에다 자기 발을 조심스레 내려놓는 재연의 모습을 그려보았다. 나는 우산을 펼쳤다. 입간판 윗면의 경첩 사이 작은 틈에 우산을 꽂았다.

혜리에게 메일을 쓰기 시작했다. 노루섬에 대해. 사비나 가든에서 주운 낙엽에 대해. 수산시장 뒤쪽에서 만난 뭉치에 대해 썼다. 혜리의 부탁대로 뭉치에게 총 쏘는 흉내를 내봤더니, 혜리의 말대로 뭉치가 앞발을 번쩍 들어 항복하는 자세를 취했다고 적었다. 나의 눈에는 마치 만세를 부르는 것처럼 보였다고 적었다.

혜리와 내가 서로에게 이런 유의 부탁을 하기 시작한 것은 작년 여름이었다. 스웨덴은 백야가 한창이었고, 한국은 폭염이 시작되었다. 몇 달씩 어둠과 장마가 지속되는 극야보다는 백야가 훨씬 좋다고 혜리의 친구들은 입을 모았다. 잔디밭에 앉아 햇볕을 쬐고 밤새워 맥주를 마시며 혜리의 친구들은 백야를 만끽했다. 축제가 시작되었고 백야를 보기 위해 관광객들이 전 세계에서 몰려들었다. 혜리는 극야보다 백야가 더 견디기 어려웠다. 끝이 없는 빛보다 끝이 없는 어둠이 차라리 나았다. 낮에도 낮이고 밤에도 낮이었기 때문에, 밤에 잠을 자도 눈을 뜨고 있는 것 같았다. 종일 취한 사람처럼 나른하기만 했다. 혜리는 스톡홀름에 있는 한식당이 여름 시즌 메뉴로 냉면을 개시했다는 소식을 들었다. 매년 여름마다 들려오는 소식이었지만 혜리는 한 번도 한식당을 찾아간 적이 없었다. 값이 비싼 이유도 있었지만, 한국 음식에 대한 향수를 끊어버리고 싶다는 마음이 더 컸다. 영어만으로도 말이 통하는 스웨덴에서 현지인들만 사용하는 스웨덴어까지 익혀온 것은 자신의 뿌리를 완전히 옮기고 싶었기 때문이었다. 그러나 24시간 외국어를 듣고 말해도 머릿속으로는 한국어를 중얼거리는 자신을 발견하곤 했다. 지나가는 사람의 한국말은 넋을 놓고 있어도 알아들었으나, 외국어는 온 신경을 집중해 머릿속으로 번역을 해야 했다. 가끔은 누군가와 한국말로 대화를 나누고 싶었다. 한국에도 여기에도 소속되지 못할 것이라는 불안감이 언제나 혜리를 따라다녔다. 긴 유학 생활이 끝났을 때, 무엇이 남게 될지를 상상하면 혜리는 늘 아득했다. 한국을 떠날 때 품었던 해방감 대신에 혜리를 찾아온 것은 고립감이었다. 혜리는 진절머리가 쳐지는 소속감보다는 고립감이 낫다고 여겼다. 그랬던 혜리가 처음으로 냉면을 사 먹으러 가는 길이었다. 살얼음이 둥둥 떠 있는 육수를 들이켜고 싶었다. 축축한 미트볼 대신 아삭아삭한 무생채를 씹어 먹고 싶었다. 백야 때문에 찌뿌둥했던 온몸의 세포가 깨어날 것 같았다.

한식당은 한산했다. 짐작했던 것보다 냉면은 더 비쌌다. 짐작했던 것보다 냉면은 더 맛없었다. 육수는 미지근하고 찝찌름했다. 양념장에서는 캡사이신 맛이 났다. 면은 퉁퉁

불어 들러붙어 있었다. 냉면도 아니고 냉면이 아닌 것도 아닌 맛이 꼭 자신의 몰골 같다고 혜리는 생각했다. 만약 냉면을 좋아한다면, 그리고 을밀대 근처를 지나갈 일이 생긴다면, 자기 대신 물냉면 한 그릇을 먹어달라는 부탁을 농담처럼 던지며 혜리는 메일을 끝냈다.

나는 을밀대에 갔다. 워낙 유명한 곳이니 한 번쯤 먹어보아도 괜찮겠다는 생각으로 줄을 서서 기다렸다. 한 시간이나 기다려서 들어갔으나 을밀대의 물냉면은 내 입맛에 맞지 않았다. 육수는 밍밍하기만 했다. 면은 미끄덩거렸고 툭툭 끊어졌다. 허여멀건한 무생채에는 고춧가루 한두 개가 붙어 있었다. 이것을 왜 사람들이 맛있어하는지 이해할 수 없다고 나는 혜리에게 말했다. 혜리는 내 메일을 재밌어했다. 말투만 읽어도 얼마나 맛이 없었는지 생생하게 전달된다고 했다. 냉면 생각이 날 때마다 내 메일을 반복해서 읽겠다고 했다.

혜리와 나는 서로에게 간단한 부탁을 하기 시작했다. 만약 근처에 갈 일이 있다면,으로 시작되는 부탁이었다. 나는 스톡홀름의 노벨박물관에서 파는 노벨 아이스크림을 먹어봐달라고 부탁했다. 아이스크림은 엄청나게 화려했지만 처참하리만큼 맛이 없는 시큼한 딸기가 토핑되어 있었다는 답변이 돌아왔다. 아이스홍시를 사 먹어달라는 부탁을 들었고, 나는 태어나서 처음으로 샤베트 같은 아이스홍시를 먹어보게 되었다. 혜리는 린드그렌 작가의 집을 찾아가 달라는 나의 부탁을 들어주다가 근처에 있는 시립도서관을 발견했고 처음으로 들어가보게 되었다. 원형의 서가로 둘러싸인 웅장하고 고풍스러운 공간에 매료되었다고 했다.

나는 혜리의 부탁을 들어주기 위해 이전보다 더 자주 바깥에 나왔다. 더 많이 걸었다. 그리고 혜리에게 부탁할 것들을 궁리했다. 그다지 원한 적 없던 사소한 것이라도 생각해내려 애썼다. 혜리는 두 달 전쯤에는 뭉치를 찾아가줄 수 있겠냐는 부탁을 해왔다. '근처에 갈 일은 없을 테지만'으로 시작되는 메일이었다.

나는 혜리에게 메일을 쓰다 말고 자리에서 일어났다. 냄비에 물을 끓였다. 계란 네 알을 삶고, 차가운 물에 식혀 껍질을 벗겼다. 간장에 양념을 한 다음, 계란과 함께 조렸다. 보글보글 끓는 소리와 함께 방에 간장 냄새가 차올랐다. 밥을 다 먹고 나면 혜리에게 계란장조림 레시피에 대해 말해야겠다고 생각했다. 간장 정도는 식료품 가게에서도 쉽게 구할 수 있을 테니까 혜리도 맛있게 먹을 수 있을 것이다. 나는 환기를 하려고 창문을 열었다. 잠시 창밖을 내다보았다. 달은 아직 내 창문에 담기지 않았다. 밤이 더 깊어지면 달은 이 사각형 안에 머물 것이다. 이 창가에서 맞이하는 두번째 보름이 될 것이다. 나는 퇴실을 미뤘고, 또 퇴실을 미뤘다. 4박 5일로 계획했던 여행 일정이 두 달 가까이로 늘어나고 있었다. 이곳에서 영원히 살고 싶다고 생각했다. 그것도 괜찮은 선택 같았다.

창문을 닫고 계란장조림과 함께 밥을 먹기 시작했다. 다 먹으면 메일을 다시 쓸 것이다. 내일도 낙엽 하나를 주우러 사비나가든에 갈 것이다. 그리고 사비나의 노트 다음 장을 읽을 것이다. 사비나는 어떻게 소나무 숲을 지켜낸 것일까. 어디부터 어디까지를 잘라내고 태운 것일까. 죽일 나무와 살릴 나무를 어떻게 선별했을까. 사비나는 스스로를 떠난 자라고 여겼을까, 아니면 남은 자라고 여겼을까. 미국에서 사비나는 사라진 사람일 것이다. 내일이면 혜리에게서 새로운 답장이 도착할 것이다. 나의 질문에 대한 대답으로, 혜리는 뭉치의 다른 특징 한 가지를 내게 더 알려줄 것이다. 겨드랑이에 가마가 있다거나, 노래를 따라 부를 줄 안다거나. 나는 바다를 건너가는 노루를 한 번 더 보기 위해 매일매일 창가에 서 있을 것이다. 보이지 않기를 바라면서 기다릴 것이다.

* 미술작가 강지윤의 개인전 「얼음의 언저리를 걷는 연습」(탈영역우정국, 2019)에서 이미지를 빌려 왔다.

초파리 돌보기

이원영은 초파리를 좋아했다. 초파리의 날개와 눈을 특히 좋아했다. 투명하고 얇은 날개는 성당에서 보았던 스테인드글라스를 닮았다. 정교하게 짜인 무늬 사이사이로 무지갯빛이 감돌았다. 새빨간 눈은 석류의 단면을 닮았다. 붉고 영롱한 수천 개의 알갱이들이 빼곡하게 모여 하나의 동그라미를 이루었다. 마취된 초파리는 생명이 유지된 채 멈추어 있었다. 초파리의 눈을 보고 있자면 눈을 이루는 무수한 동그라미들이 일제히 원영의 눈동자를 쳐다보는 것처럼 느껴졌다. 초파리와 교감을 하는 것 같았다.

이원영은 호스 밸브를 열었다. 쉭, 하는 소리와 함께 이산화탄소가 빠져나오기 시작했다. 호스와 연결되어 있는 재물대(載物臺) 위로 이산화탄소가 차올랐다. 바구니에서 시험관 한 개를 꺼냈다. 시험관에서 목화솜 뚜껑을 뽑아내고,

안에 들어 있는 초파리들이 도망가지 못하도록 재빨리 재물대에 쏟았다. 초파리들의 움직임이 멈추었다. 원영은 스테레오스코프에 두 눈을 가져다 댔다. 실체 현미경의 배율을 조절했다. 조금씩 확대해나갔다. 초파리의 모습이 드러나기 시작했다. 배율을 더욱 높여 50배로 확대했다. 원영은 넋을 놓고 바라보았다. 보석상에 처음 들어온 사람처럼 그랬다. 보석보다 아름다웠다. 살아 있었으니까.

원영은 붓을 들었다. 초파리가 다치지 않도록 붓 끝으로 살살 건드렸다. 눈동자가 하얗거나 하트 모양으로 찌그러진 초파리들을 재물대 왼쪽으로 치웠다. 유전자 변형이 일어난 것들이었다. 눈동자가 동그랗고 붉은 빛깔이 또렷한 것, 털과 무늬의 간격이 균질하며 영양 상태가 좋은 초파리를 한 마리씩 골라냈다. 새로운 시험관에 담았다. 수백 마리의 초파리 중에서 가장 건강한 열다섯 마리를 골라 번식시키는 것이 원영의 업무였다. 원영의 선택을 받은 초파리들은 시험관에서 일주일을 더 살 것이다. 나머지는 냉동실에 보관된 후 폐기 처분될 것이다.

실험동 아르바이트를 소개해준 것은 미선이었다. 원영은 미선과 텔레마케터 일을 하며 만났다. 텔레마케터 일을 시작했을 때 원영은 기뻤다. 채용되지 못할 것이라 예상했기 때문이다. 이미 몇 군데의 일자리에 지원했다가 거절당한 후였다. 원영은 1978년 가발 공장 취업 이후 외판원, 마트 캐셔, 초등학교 급식실 조리원, 볼펜 부품을 조립하는 부업 등을 거치며 쉬지 않고 일을 해왔다. 그럼에도 '오십대 무경력 주부'로 취급되었다. 면접을 보러 오라는 곳 자체가 드물었다. 주변 사람들은 왜 일을 하느냐 했다. 집에 있어도 되지 않느냐 했다. 딸에게 개인 교습을 시켜줄 수는 없었지만, 학원에 보낼 수 있을 정도는 되었다. 학원에 보낼 형편이 안 되었던 시절에도 원영은 비슷한 말을 들었다. 학원비 몇 푼 버느니 집에서 아이를 돌보는 편이 낫지 않냐는 식이었다. 원영은 자기 일을 갖고 싶었다. 집을 갖고 싶다거나 아이를 갖고 싶다는 여느 사람처럼 그랬다. 중학교를 졸업한 이후로 33년 동안 그랬다. 텔레마케팅 사무실은 창문이 없긴 했지만 무제한으로 믹스 커피를 제공하는 탕비실이 있었고 천장에는 시스템 에어컨이 있었다. 칸막이가 설치된 책상이 직원 모두에게 제공되었다. 가져본 적 없는 자신만의 책상이었다. 첫 출근 전날 원영은 문구점을 찾아갔다. 딸의 책상에서 본 볼펜과 필통, 사무실 의자용 방석과 무릎 담요, 텀블러와 손뜨개 코스터 따위를 구입했다. 가족사진이 들어 있는 작은 액자도 가방에 챙겼다. 사무실 책상을 꾸미기 위해서였다.

"그건 안 두는 게 나을걸요."

액자를 꺼내는 원영에게 옆자리의 미선이 말을 건넸다. 며칠 지나지 않아 원영은 미선의 말을 이해했다. 하루 아홉 시간을 근무했고, 아홉 시간 동안 전화번호를 눌렀고, 자주 헤드셋 너머로 쌍욕을 들었다. 보이스피싱도 대출 광고 전화도 아니었다. 인터넷몰이나 홈쇼핑에서 마케팅 동의를 한 사람에게만 새로 출시한 상품에 대해 안내 전화를 거는 것이었는데, 사람들은 다짜고짜 욕을 해댔다. 고객보다 먼저 전화를 끊어서는 안 되었다. 한 손으로 관자놀이를 짚은 채 원영은 평생 들어본 적 없는 말들을 듣고 있었다. 액자 속에서 가족과 함께 웃고 있던 자신과 눈이 마주쳤다. 자신이 인간이라는 당연한 사실이 기억났다. 어째서 텔레마케팅 업무는 보수가 좋은지, 어째서 이 공간을 갓 스물이 넘은 여자아이와 주부 들이 채우고 있는지도 이해하게 되었다. 고객들은 남자 목소리에 대고는 최소한 욕은 하지 않았다. 욕을 듣는 것. 욕을 다 듣고도 상냥하게 상품을 홍보해서 팔아내는 것. 그것이 그들의 일이었다. 직원은 자주 바뀌었다. 새로 온 사람과 통성명을 할 필요가 없다는 걸 알게 되었다. 유일하게 말을 트고 지냈던 미선도 차라리 식당일을 다시 하겠다며 그만두었다. 그리고 석 달 만에 원영에게 연락을 해 왔다.

"언니, 당장 그만두고 이리 와."

좋은 일자리가 있다는 미선의 말을 원영은 믿을 수 없었다. 그 일은 일에 대한 얘기라기보다는, 오래전에 꾸었던 꿈 얘기 같았다. 원영의 딸이 여덟 살이었을 때 나눴던 대화가 떠올랐다.

"엄마, 나는 크면 연세대학교에 갈 거야."

딸은 첵스초코가 가득 담긴 시리얼 볼에 연세우유를 붓고 있었다. 시리얼은 일요일 아침에만 허용되는 딸의 특식이었다. 그것을 먹으면서 〈디즈니 만화동산〉 애니메이션을 볼 생각에 딸은 일요일마다 새벽같이 눈을 뜨곤 했다. 시리얼 볼을 두 손으로 들고서 딸은 초콜릿색으로 변한 우유를 남김없이 마셨다. 그러곤 캬, 소리를 냈다.

"뭣 하러 대학을 서울까지 가. 그냥 집 가까운 데로 가. 엄마랑 계속 같이 살자."

원영이 말했다.

"집 가까운 데 어디?"

"옆에. 과학기술원."

매년 4월마다 원영은 딸을 데리고 과기원 앞 벚꽃 길을 걸었다. 벚꽃 축제라면 신탄진 쪽이 유명했지만, 굳이 그 길을 택했다. 갑천에서 돌다리를 건너가면 과기원으로 이어지는 대로가 나왔다. 오가는 자동차는 많았으나 인도에 사람이 없었다. 휑한 보도블록 위에 밟히지 않은 벚꽃 잎만 수북이 떨어져 있었다. 딸의 손을 꼭 쥐고서 원영은 천천히 그 위를 걸었다. 벚나무 아래에 딸을 세워두고 사진을 찍었다. 대학 정문 앞에 멈춰 섰다. 캠퍼스 안쪽으로 뻗어 있는 넓고 곧은 도로를 원영은 바라보았다.

"아무것도 없네."

원영이 혼잣말을 했다. 저 멀리까지 아무것도 가로막는 게 없었다.

원영은 미선을 따라 대학교에 갔다. 늘 멈춰 서던 정문 앞에서 머뭇거렸다. 캠퍼스 안에 들어가보는 건 처음이었다. 미선이 빨리 오라고 손짓을 했다. 원영은 고개를 끄덕였다. 도로 양옆으로 제라늄이 활짝 피어 있었다. 제라늄 너머로 분수가 뿜어져 나오는 커다란 연못이 보였다. 거위를 조심하라는 표지판을 보았고, 정말로 거위 떼가 위풍당당하게 횡단보도를 건너고 있었다.

"저 횡단보도가 거위 전용이래."

미선이 키득키득 웃었다. 자동차 한 대가 횡단보도 앞에 멈춰 서 있었다. 거위들이 모두 지나간 이후에야 자동차는 횡단보도를 지났다. 원영은 대학 안에 있는 생명과학연구원에서 간단한 면접을 보았다. 곧바로 채용이 결정되었다. 지금껏 일했던 어떤 곳보다 보수가 좋았다.

실험동 1층에는 백쥐 실험실이 있었다. 2층에는 초파리 실험실이 있었다. 원영과 같은 주부 아르바이트생들이 백쥐와 초파리 들의 먹이를 만들고 양육을 담당했다. 원영은 초파리 양육 파트에 배정되었다. 쥐보다는 초파리가 덜 무서웠고, 밥을 만드는 일보다는 밥 먹는 걸 보는 일이 나았다. 집에서도 밥은 안 만들고 딸이 밥 먹는 걸 지켜보기만

할 수 있으면 좋겠다고 생각했다. 의사들이 입을 법한 새하얀 가운이 제공되었다. 깃 주변에 때가 타 있거나 주머니 속에 먼지가 굴러다니지 않는, 완전히 깨끗한 가운이었다. 현미경이나 시험관, 붓 등 모든 물건은 멸균 처리되어 있었다. 호텔 숙박객처럼 원영은 그것들을 사용하기만 하면 되었다. 24시간 온도와 습도가 일정하게 유지되었다. 여름에는 시원했고 겨울에는 따뜻했다. 점심시간이면 과기원 학생들이 이용하는 학내 식당에서 푸짐한 학식을 먹었다. 서로 모르는 학생들 사이에서 서로 모르는 학생처럼 밥을 먹었다. 휴식 시간에는 오리 연못이나 노천극장, 어은동산 같은 곳을 산책했다. 거위들이 원영을 알아보고 다가오기 시작했을 때, 원영은 느낄 수 있었다. 오랜 꿈이 이루어졌다.

눈으로 보기에는 똑같은 초파리였지만, 초파리 시험관에는 고유 번호가 있었다. 번호는 2만 개가 넘었다. 각각 다른 특성을 지닌 초파리들이었다. 어떤 번호의 초파리는 유난히 더위를 탔다. 그런 초파리들은 기온이 조금만 높아져도 열대야에 잠을 설치는 사람처럼 수면 시간이 줄었다. 어떤 번호의 초파리는 당뇨나 알츠하이머 증세가 있었고, 어떤 번호의 초파리는 식탐이 심했다. 원영이 관리하는 초파리는 2천5백 종 정도였다. 먹이가 담긴 시험관이 원영에게 전달되면, 그 시험관 안에 건강한 초파리들을 넣었다. 초파리들은 먹이 속에 알을 깠다. 5일 정도 지나면 먹이에 2밀리미터 정도의 얇은 층이 생겼다. 그 층에서 구더기들이 태어났다. 수백 마리의 구더기가 시험관 벽을 타고 열심히 돌아다녔다. 5일 정도가 더 지나면 성충이 되었다. 건강한 성충을 골라냈다. 이토록 세밀한 날개와 눈동자를 만드는 데에 필요한 시간이 5일이라니. 원영은 초파리들이 기특했다. 하루하루 쑥쑥 자라났던 딸을 키울 때처럼 그랬다. 연구원에서 오더가 내려오면, 맞는 번호의 초파리를 골라 보냈다. 원영이 키운 초파리들은 과기원 내에서 쓰이는 건 물론이고 세계 곳곳으로 수출되었다. 하버드나 예일 대학 같은 곳에서도 원영의 초파리를 주문했다. 인기가 좋은 초파리는 품귀 현상을 빚기도 했다.

초파리는 사람과 닮은 점이 많았다. DNA가 절반 이상 같았다. 질병에 관여하는 유전자는 70퍼센트 이상 일치했다. 인간이 앓는 질병을 초파리도 비슷하게 앓는 경우가 많았다. 일정한 질병을 앓고 있는 초파리들의 염기 서열을 분석하면 그 질병에 관여하는 유전자를 찾아낼 수 있었다. 약물에 대해서도 사람과 비슷한 영향을 받았고, 비슷한 행동 패턴을 보였다. 초파리의 눈이나 장기, 배아 등에 약물을 주입하여 어떤 변화를 일으키는지 살펴볼 수 있었다. 초파리의 가격은 쥐에 비해 훨씬 저렴했다. 번식은 왕성했다. 수명은 고작 2주 내외였다. 유지비마저 저렴했다. 실험이 다음 세대에 어떤 영향을 미치는지도 보다 빨리 목격할 수 있었다. 겨우 한 달이면 3세대까지 관찰이 가능했다. 4세대가 되어서야 뒤늦게 반응이 올라오는 경우도 있다고 했다. 어떤 일들은 아주 나중에야 볼 수 있다고. 4세대 초파리는 자신에게 생긴 일을 결코 이해할 수 없을 것이다.

한번은 폐기 처분될 초파리들을 몰래 훔쳤다. 폐기 처분될 시험관에 담아서 가운 주머니에 넣었다. 예뻐서 그랬다. 버려질 보석을 주워 가는 마음으로 그랬다. 방학을 맞은 딸이 오랜만에 집에 와 있었고, 하트 모양의 눈을 가진 초파리를 보여주고 싶었다. 그날 원영은 종일 가운 주머니에 한쪽 손을 넣고 지냈다. 시험관을 꼭 쥐고 있었다. 실험동을 나오면서도 겉옷 주머니에 손을 넣고 있었다. 온도 변화가 걱정되었다. 자신의 체온으로 시험관을 덥혀 가며 집으로 돌아왔다.

"초파리가 너무 작아서 눈에 안 보이잖아. 근데 잘 보면 이쁘다. 다 살아 있어."

딸은 텔레비전을 응시한 채 고개를 끄덕였다. 원영은 안방으로 가서 옷장을 열었다. 겉옷 주머니 속에 넣어둔 시험관을 꺼내 왔다.

"내가 데려왔어."

"뭘?"

"초파리들."

딸은 비명을 질렀다. 징그럽다며 시험관에 손도 대지 않았다.

*

이제 이원영은 국민연금으로 생활하는 나이가 되었다. 엄마의 환갑을 축하하기 위해 본가로 향하는 시외버스에 타기 직전에, 권지유는 터미널에 있는 제과점에 들어갔다. 케이크를 주문했고, 포장이 되는 동안 가판대를 구경했다. 크림빵에 작고 검은 점 몇 개가 찍혀 있었다. 검은깨인 줄 알았다. 조금씩 움직이다 휙 하고 날아올랐다. 초파리였다.

권지유는 버스 옆자리에 케이크 박스를 놓았다. 박스에는 희미하게 먼지가 쌓여 있었다. 손바닥으로 먼지를 닦아내자 박스의 투명한 창으로 케이크가 보였다. 케이크는 생과가 아닌 통조림 과일로 장식되어 있었다.

어떻게 이런 걸 잊냐.

원영의 올해 생일은 잘 챙겨야겠다고 지유는 다짐해왔다. 그러나 잊어버렸다. 미리 설정해두었던 알람이 아침에 울렸을 때에야 알았다. 부랴부랴 버스 터미널에 갔고 부랴부랴 아무 제과점에 들어갔다. 이 제과점이 아니라면 케이크를 살 데가 없을 듯했다. 어느 날부터인가 지유는 중요한 일을 자꾸 잊었다. 원고 마감 날을 잊었다. 출판사와의 미팅을 잊었다. 침대에 누워 휴대폰으로 게임을 하다가 연락을 받을 때도 있었다.

"어디쯤 오셨어요?"

알람을 설정하는 버릇은 그래서 생겼다. 가끔은 어떤 이유로 알람을 설정한 것인지도 잊어버렸다. 이틀 전에 울렸던 알람에는 '큐브'라고 적혀 있었다. 지유가 사용하는 공기청정기 브랜드였다. 지유는 공기청정기 필터를 교체했다. 카페 '큐브'에서 기다리고 있다고 연락을 받은 것은 한 시간 뒤였다. 작가와의 만남 행사 준비로 소설가 신치온과 회의를 하기로 약속했다는 게 그제야 기억났다. 지유는 다급하게 달려 나갔다. 어째서 늦었는지 설명하는 데에 애를 먹었다. 게으름이나 소홀함으로 쉽게 오해될 만한 일이었다. 지유의 이야기를 듣고 신치온은 고개를 끄덕였다. 그리고 치온은 약속 장소로 오는 동안 자신이 겪었던 일을 지유에게 들려주었다. 치온의 이야기를 듣고 지유는 자신도 모르게 웃음이 터졌다. 소리가 나도록 크게 웃었다. 얼굴에 피가 몰리도록 웃었다.

"아니, 반가워서요."

웃음이 멈추질 않았다.

"저만 이렇게 사는 줄 알았거든요."

약속 장소에 오기 위해 지하철을 탔다가 치온은 무언가를 보았고 기분이 상했다고 했다. 화가 치밀었다. 속으로 욕을 하다가 내려야 할 역을 지나쳐버렸다. 카페에 앉아서도 그랬다. 맹물을 벌컥벌컥 들이켜다가 문득, 근데 내가 뭘 보았더라, 했다. 지하철 스크린에 지나가는 뉴스였던가. 휴대폰에 띄워둔 뉴스였던가. 입주민 단체 채팅방이었던가. 메일함. 통장 잔고 알림. 보이스피싱 메시지와 지하철 벽에 붙어 있는 광고들. 같은 칸에 앉아 있던 승객들. 이유가 기억나지 않았다. 분노감만 남아 있었다.

소설을 쓰면서 지유는 종종 시작점을 잊어버렸다. 어떤 생각이나 장면으로부터 소설이 시작된 것인지에 대해서. 이유는 분명 있었다. 그 소설을 써야만 한다고 결심하게 만든, 중요한 무엇인가가 있었다. 그런 게 있었다는 것만 기억이 났다. 소설을 처음 쓰게 된 이유라거나, 작가로 살아가기로 결심한 이유에 대해서도 마찬가지였다. 내가 왜 소설을 쓰기 시작했더라. 지유는 이유를 지어냈다. 이제 지유 안에 자리 잡고 있는 것은 잊어서는 안 되었던 무언가가 아니라, 중요한 것을 잊을지 모른다는 두려움이었다. 시장은 트렌드에 맞춰 글을 써줄 것을 은근히 요구하고 있었고, 작가들은 기민하게 다음 책을 출간하고 있었다. 다음 이야기, 그다음 이야기로 더 빨리 뛰어야만 했다. 그래야 잊히지 않을 수 있었다. 매번 시험대에 올라서는 기분이었다. 정신없이 글을 쓰다가 문득 주변을 둘러보면, 무엇인가 잊어버렸다는 생각에 사로잡혔다. 뭐였더라.

버스 문이 닫혔다. 터미널이 점점 멀어졌다. 몇몇 사람이 승강장에 서서 손을 흔들고 있었다. 지금 버스가 출발한다고 지유는 원영에게 문자메시지를 보냈다.

우리 딸, 3년 만에 보겠네.

원영이 답장을 보냈다. 3년 동안이나 원영을 보지 못했다는 사실도 지유는 그때에야 알았다. 마지막으로 원영을 본 것은 경희대학교병원에서였다. 진료 때문에 서울에 가는데 함께 밥이라도 먹자고 원영이 말했고, 지유는 그러자고 답했다. 회기동에 있는 병원에 도착해 로비를 둘러보았지만 원영은 보이지 않았다. 원영도 지유를 기다리고 있었다. 원영은 상일동 경희대학교병원에, 지유는 회기동 경희의료원에 간 것이었다. 지유는 택시를 잡아탔다. 상일동에 도착했을 때에는 이미 원영의 기차 시간이 가까워져 있었다. 곧바로 택시를 타고 서울역으로 가야만 했다. 택시 안에서 어떤 대화를 나누었는지는 기억나지 않았다. 병원에서는 뭐라더냐고 지유가 물었을 때, 다 고쳐준다 하더라며 원영이 밝게 웃었다는 것만 기억이 났다. 이후로 지유는 종종 원영에게 치료 경과를 물었다. 아주 좋아졌다고, 잘 지내고 있다고 원영은 답했다. 매번 똑같이 답을 했다. 어느 순간부터는 어떻냐는 안부도 묻지 않았다.

3년 만에 만난 원영은 집 안에서도 털모자를 쓰고 있었다. 옷을 왜 이렇게 춥게 입고 왔느냐며 원영은 지유를 타박했다. 그리고 옷장에서 기모 안감으로 된 바지를 꺼내 줬다.

"엄마, 지금 5월이야."

지유는 원영의 옷장을 열었다. 얇은 옷은 보이지 않았다. 너무 추워서 얇은 옷은 박스에서 아예 꺼내지 않았다고 원영은 말했다.

지유는 테이블에 케이크를 올렸다. 초를 꽂았고 노래를 불렀다. 케이크를 보자 초파리 생각이 났고 지유는 케이크를 먹고 싶지 않아졌다. 원영도 배가 부르다고 했다. 원영의 남편만 케이크를 조금 잘라 먹었다. 지유는 남은 케이크를 다시 상자에 넣었다. 원영의 남편은 일찌감치 잠자리에 들었고 지유는 원영이 좋아한다는 트로트 경연 프로그램을 원영과 함께 보았다. 슬픈 노래가 나오자 원영의 눈이 빨개졌다. 원영은 원래 텔레비전을 보며 잘 울었다. 슬픈 장면이 나와도 울었고 기쁜 장면이 나와도 울었다.

"또 봐도 재밌어."

"이미 본 거였어?"

"응, 늘 보고 싶은데 일주일에 한 번만 방영하잖아."

"볼 때마다 울어?"

원영은 고개를 끄덕였다. 밤에는 원영에게 민화투를 배웠다. 원영은 다 보이게끔 패를 쥐고 있었지만, 지유는 계속 졌다. 자리를 정리할 무렵에야 자신이 이길 때까지 원영이 기다려주었다는 사실을 지유는 알아챘다. 잠자리에 들기 전에 원영은 말했다.

"이거 틀어두고 자."

액정에 유튜브 동영상이 떠 있었다. 보기만 해도 건강해지는 기적의 음파. 지유는 알겠다고 답했다. 침대에 누워 지유는 원영과의 하루를 곱씹었다. 원영은 한 계단 한 계단 유아처럼 두 발로 디뎌가며 올랐다. 한 손으로는 난간을 잡았고, 다른 쪽 손으로는 무릎 쪽을 짚었다. 연한 채소와 죽 외의 음식은 먹지 못했다. 삼키기가 불가능한 것은 아니었지만, 곧 게워 낼 것이 뻔했기 때문이다. 그마저도 반 공기 정도의 식사량이었다. 그렇게 된 지 오래되었다고 했다. 두꺼운 겨울옷 속 원영의 몸은 앙상했다. 체모가 거의 사라지고 없었다. 머리카락이며 눈썹이며 속눈썹과 심지어 코털까지.

지유는 머리맡의 휴대폰을 집었다. 동영상 속에서 그래프가 지그재그로 움직이고 있었다.

경희대학교병원에 찾아가기 전에 원영은 분당에 있는 한의원에 다녔다. 20여 년 전통의 탈모 전문 한의원이었다. 한약을 먹으면서부터 소화가 안 된다고 원영은 말했었다. 그 전에는 대전에 있는 대학병원 세 군데에서 정밀 검사를 받았다. 자궁에서 혹이 발견되긴 했지만 양성이었고, 굳이 떼어 낼 필요도 없다고 했다. 그 이전에는 탈모 치료기를 구입했다. 몸 여기저기를 번갈아가며 쬐면 하루의 절반이 지나갔다. 그 전에는 피부과에서 주사를 맞았다. 그 전에는 먹는 탈모약과 바르는 탈모약을 사용했다. 그 전에는 족욕을 하고 영양제와 서리태를 먹었다. 지유는 그 전에 대해 생각했다. 초파리들이 시험관을 빠져나와 안방 구석구석을 날아다니는 장면이 눈앞에 펼쳐졌다. 그날 지유는 자신을 부르는 원영의 목소리를 듣고는 안방 문을 열었다. 안방 욕실 문을 열었다. 샤워기에서 물줄기가 쏟아지고 있었다. 물줄기 속에 원영이 쪼그려 앉아 있었다. 젖은 머리카락을 거꾸로 늘어뜨리고서, 두 손으로 새카만 뭉치를 들고 있었다. 머리카락이었다.

실험동에서 초파리를 훔쳐 왔던 그날부터 원영의 머리카락은 뭉텅뭉텅 빠졌다. 일주일 만에 정수리부터 두피가 드러나기 시작했다. 눈썹과 속눈썹도 사라졌다. 원영은 통풍이 잘되는 두건과 모자를 구입했고, 가발을 맞췄다. 눈썹은 그려 넣으면 넣을수록 티가 났다. 실험동 동료들은 원영에게 자꾸 괜찮으냐 물었다. 버스나 길에서 사람들이 자꾸 쳐다보는 것 같다고 원영은 말했다. 잠깐 쉬어야겠다는 마음으로 직원에게 사정을 설명했고, 언제든 실험동으로 돌아오라는 대답을 들었다.

2013년에 정권이 교체되면서 과기원 실험동은 국가 지원금이 끊어져 폐쇄되었다. 그곳에서 일하던 주부들은 일자리를 잃었다. 초파리 실험동은 원영의 마지막 일자리가 되었다. 원영은 취업을 시도하지 않았다. 모임에도 나가지 않았다. 다른 사람들에게 자신을 보이고 싶어 하지 않았다.

원영에게 나타나는 증상이 일반적인 탈모가 아니라는 것쯤은 지유도 짐작하고 있었다. 자가면역질환이나 희귀병 검진까지, 예측 가능한 모든 검진을 받았으나 결과는 늘 깨끗했다. 지유는 오십대 여성이 겪는 지독한 갱년기 증상 정도로 여겼다. 호르몬 때문에 체온 변화가 급격해졌고, 열 때문에 가늘어진 체모가 빠져버리는 것이라고 이해했다. 소화가 안 되는 것도 독한 한약을 장복한 탓에 나타나는 일시적인 부작용으로 추측했다. 갱년기라는 것은 지나가기 마련이었고 다 지나간 줄 알았다.

갱년기 때문에 음식을 못 삼킬 수는 없었다. 원영의 몸은 11년 동안 꾸준히 약해진 것 같았고, 이제는 일상생활이 불가능할 정도였다. 산재다. 지유는 의심이 들었다. 초파리 실험실에서부터 원영이 잘못된 것이다.

"이게 생숙탕이야. 이렇게 섞어 마시면 몸 안에 좋은 기류가 생긴대. 설사도 낫고, 소화도 잘된대. 꼭 뜨거운 물에 찬물을 부어야 해. 반대로 하면 안 돼."

지유와 원영은 식탁에 마주 앉아 생숙탕을 마셨다. 원영은 욕실로 갔다. 천일염을 잇몸에 문지르고 머금고 있다가 뱉어 냈다. 그다음에는 야로 오일을 입안에 한 방울씩 떨어뜨렸다. 그다음에는 테니스공으로 발바닥을 마사지했다.

그다음에는 림프선과 안구를 마사지했다. 원영은 이 일들을 매일 아침 반복한다고 했다. 첵스초코를 사두었다고 원영이 지유에게 말했다. 지유는 이제 첵스초코를 좋아하지 않았지만, 잠자코 시리얼에 우유를 부었다. 실험동에 대해 지유는 알고 싶었다.

"초파리들이 엄청 예뻤어."

원영은 실험동이 아닌 초파리에 대해서만 이야기했다. 원영은 인터넷으로 초파리를 종종 검색한다고 했다. '성가신 초파리 퇴치법' 같은 것들이 대부분이지만, 초파리 연구에 대한 인상적인 기사도 더러 찾아졌다.

"너도 볼래?"

원영은 지유를 보일러실로 안내했다. 커다란 상자들이 쌓여 있었다. 그중 하나를 원영이 가리켰고, 지유는 그 상자를 들었다. 뚜껑을 열었다. 클리어 파일이 차곡차곡 쌓여 있었다. 표지마다 연도가 적혀 있었다. 원영은 능숙하게 파일 하나를 꺼냈고, 페이지를 펼쳐 지유에게 내밀었다. 초파리 연구로 노벨상을 받은 과학자에 대한 기사였다. 원인을 알지 못했던 미진단 질환의 원인을 초파리에게서 찾아내어 치료법까지 개발했다고 적혀 있었다. 다음 장에는 기억과 망각에 대한 초파리 연구 기사가 있었다. 기억 정보를 운반하는 단백질이 바이러스의 흔적이라는 사실을 발견했으며, 망각은 뇌 용량의 한계에 의해 수동적으로 발생되는 것이 아니라 망각세포의 적극적이고 능동적인 파괴 기능이라는 것이었다.

"실험동에서 하얀 가운을 입었다고 했었잖아. 마스크나 장갑은 꼈어?"

기사를 보는 척하면서 지유는 원영에게 물었다. 없었지만 대신 손을 깨끗하게 씻고 양치도 열심히 했다고 원영이 말했다.

"그건 왜 물어?"

지유는 뜸을 들였다. 사소한 걱정에도 원영은 잠을 설치곤 했다. 세탁소에 맡긴 바지 하나가 분실되었다거나, 마트에서 구입한 물건의 유통기한이 지나 있었다거나, 딸이 주말 동안 전화를 안 받았다거나. 왜 그렇게 걱정을 사서 하느냐고 하면 원영은 자신의 기억을 들려주었다. "한 열댓살 때였나, 아랫동네에 진숙이라는 애가 살았는데, 진간장을 국간장으로 잘못 샀나 그래서 혼자 슈퍼에 갔다가……" 사소하게 시작되어 암담하게 끝이 나는 이야기들이었다.

"소설에 쓰려고. 내 소설 속 인물들 직업이 다 비슷비슷하잖아. 특별한 직업을 쓰면 좋을 것 같아서."

지유는 떠오르는 대로 둘러댔다.

"엄마가 소설에 나오는 거야?"

원영은 기쁜 기색이 역력했다. 소설가가 되고 싶다고 말했을 때부터 원영은 자신의 이야기를 써보라고 했다. 지유의 손을 꼭 잡고서 자신에게 일어났던 엄청난 이야기들을 들려주었다. 엄청난 이야기인 것은 명백했지만 소설로 쓰다 보면 놀라울 정도로 기시감이 넘치는 레퍼토리였다. 원영은 아홉 남매의 여섯번째 딸로 태어났는데, 어린 시절 폐렴을 앓아 열 살이 되도록 학교에 가지 못했다. 어느 날 원영은 언니의 책을 구경하다가 '강'이라는 글자를 스스로 읽어냈다. 'ㄱ'도 아니고 '가'도 아닌, 동그라미 받침이 있는 '강'.

"아무도 안 알려줬는데 읽었다니까, 내가."

엄청나지 않으냐고 원영은 말했다. 아무도 한글을 가르쳐주지 않았다는 사실과 '강'이라는 글자를 혼자서 읽어낸 것 중 어느 쪽이 엄청난 사건인지를 생각하다가 지유는 혼자서 한글을 깨친 것이냐고 맞장구를 쳤다. 그건 아니고, 그 한 글자만 읽어냈다고 원영이 답했다. 그렇지만 그 한 글자를 읽어냈기 때문에 언니가 한글을 알려주기 시작했다고 했다. 한 글자를 못 읽어냈더라면 글자를 못 배웠을지도 모른다고.

지유는 원영에게 다시 질문을 했다. 실험동에서 퓸후드나 글러브박스 같은 것을 본 적이 없느냐고 물었다. 클로로포름이나 크롬 같은 것을 사용하지는 않았느냐고 물었다. 무엇이든 좋으니, 이상하다고 느꼈던 것은 다 말해보라고 했다.

"초파리 밥에서 시큼한 냄새가 났어."

골똘히 생각하다가 원영이 말했다.

"밥에 뭐가 들어 있었는지 알아?"

"유산균하고 옥수수 전분. 그 시큼한 게 그렇게 맛이 있나 봐."

사람의 몸을 아프게 할 만한 것을 본 적이 없느냐고, 지유는 직접적으로 물었다. 왜 그런 것을 묻느냐고 원영이 되물었다.

"소설 속 인물이…… 아플 거라서 그래."

"많이 아파?"

"나도 잘 모르겠어."

엄마의 이야기를 더 들어봐야 명확해질 것 같다고 지유는 말했다.

*

지유는 원영에게 매일 전화를 걸었다. 함께 일했던 동료의 이름이 뭐였냐는 둥, 실험을 주도했던 교수는 누구였냐는 둥 물었다. 지유는 원영을 닦달했다. 잘 기억해보라고, 잊고 있는 것이 분명 있을 거라고 했다. 하루는 지각을 했다고 원영이 말했다. 손을 씻는 것을 잊어버렸다. 초파리들은 바이러스에 걸렸다. 그날 원영이 손을 댄 초파리는 다

죽었다. 굳이 따지자면 해를 끼친 쪽은 초파리가 아니라 자신이라고 원영은 덧붙였다.

“이상한 건 없었다니까.”

없는 얘기를 지어내려는 지유가 원영은 탐탁지 않았다. 아무 문제가 없는 곳을 문제가 있는 것처럼 쓰면 안 된다고 여겼다. 초파리 실험동은 원영의 꿈이 이루어진 곳이었다. 어째서 지유가 나쁜 방향으로 이 이야기를 쓰겠다 고집하는지 이해할 수 없었다. 질문을 받을 때마다 원영은 원치 않는 상상을 하게 되었다. 빨갛고 영롱했던 초파리의 눈동자가 화학물질에 절어 있는 불투명한 눈동자가 되었다. 실험동은 수만 마리의 벌레들이 득실거리며 병균을 옮기는 공간으로 바뀌었다. 차가운 형광등, 그 아래에서 허리를 구부정하게 굽히고서 현미경을 들여다보는 동료들, 머리카락이 후두후두 빠지는 원영. 원영의 기억을 지유가 훼손하는 느낌이었다.

“지유야, 이야기가 너무 뻔하지 않니?”

원영은 실험동의 동료들을 떠올렸다. 미선이 아프다면, 적어도 실험동 때문은 아닐 것 같았다. 20년 동안 가족의 저녁 밥상을 차리다가 고등어구이에서 올라오는 미세 먼지에 노출되어 암에 걸릴 확률이 더 높을 것 같았다. 페스트에 걸려 죽은 사람보다 모기에 물려 죽은 사람이 더 많다고, 원영은 실험동 교수에게 들은 이야기를 지유에게 전했다. 모기가 퍼뜨리는 질병에 의한 사망자는 집계 자체가 어렵다더라고. 모기가 퍼뜨리는 질병의 종류가 너무 많고, 그 중 말라리아에 걸려 죽는 사람만 연 50만 명에서 백만 명 가까이 된다 했다고.

"그래, 사소한 게 쌓일 수도 있지."

지유는 수긍하는 눈치였다. 그리고 말을 이었다.

"실험실에서 이산화탄소를 썼다고 했지? 이산화탄소가 몸에 쌓이면 어떻게 되나 알아봐야겠다."

그게 아니라고 원영은 말을 다잡았다.

"도대체 뭐가 원인일 것 같은데? 엄마가 말해봐."

원영은 소설의 아이디어를 제공하는 척하며 자신의 이야기를 들려주기 시작했다.

"나라면 이렇게 쓸 거야. 주인공 이름이 원영이라고 해봐. 원영이네 택배가 엉뚱한 집에 배달된 거야. 그래서 원영이 남편이 택배 기사하고 다툰 거야. 근데 이 택배 기사가, 이후로 원영이만 보면 욕을 하는 거야. 남편한테는 아무 말 안 하면서. 아줌마, 내 눈 쳐다보지도 마쇼. 막 눈을 뽑아버린다고 그러고. 근데 원영이는 남편한테 암말도 못 하는 거야. 세상이 얼마나 무섭니 지유야. 싸움이 커졌다가 해코지하면 어쩌나 싶은 거지. 집 주소도 알고, 공동 현관 비밀번호도 아는데. 해코지도 원영이한테 할 거 아니니. 끙끙 앓다가 아프기 시작하는 거지."

그 이야기야말로 인터넷 기사에서 많이 본 것 같다고 지유는 답했다. 원영은 다른 이야기도 들려줬다. 텔레마케팅 사무실에서 헤드셋 너머로 종일 욕설을 듣는 여자 이야기. 평생 자기 책상을 가져보지 못해서 아프기 시작한 여자 이야기. 식기세척기를 구입하면 어떻겠냐고 물으면서도 책상이 필요하지 않으냐고는 한 번도 묻지 않는 가족 이야기. 밀가루가 체질에 맞지 않아 늘 위무력증에 시달렸지만 남편이 국수를 좋아해서 30년 동안 국수를 먹은 여자 이야기. 체할 때마다 그러게 왜 국수를 먹느냐고 다그치던 딸 이야기. 그러면서도 일요일 저녁이면 와, 국수다,라며 손뼉을 치던 딸 이야기…… 원영은 조금씩 이야기를 바꾸어가며 말했다. 거의 소설이 되어갔다. 원영은 너무 사소해서 오히려 무시했던 일화들을 처음으로 누군가에게 말하고 있었다. 지어내다시피 한 이야기지만 속이 후련했다.

*

지유는 유리문을 열었다. 테이블을 둘러봤다. 치온은 보이지 않았다. 시계를 봤다. 약속 시간보다 10분 일찍 카페에 도착했다. 커피 한 잔과 케이크 한 조각을 주문하고 지유는 자리를 잡았다. 포크로 케이크를 잘라 먹으면서, 지유는 자신이 두고 온 케이크를 떠올렸다. 원영의 환갑 케이크. 애초에 원영은 그 케이크를 먹을 수 없었다. 더 이상 밀가루는 먹을 수 없게 되었으니까.

원영이 지유에게 먼저 전화를 걸기 시작했다. 소설 생각을 했다면서, 이런 얘기는 어떠냐면서, 원영은 계속 말을 하고 싶어 했다. 원영의 하루하루를. 하나 마나 한 말처럼 별것 없는 사건들을. 그 이야기들은 처음 듣는 것처럼 낯설었다. 지유는 또 다른 가능성을 생각하기 시작했다. 모기에 물리는 것만큼 사소하면서도 무서운 일들에 대해 생각했다. 이야기를 끝마칠 때마다 원영은 지유에게 같은 질문을 했다.

"얼마큼 썼어?"

원영은 지유의 소설을 기다리고 있었다. 어느 지면에 발표할 건지, 단편인지 장편인지 물어 왔다. 애초에 소설로 쓸 생각이 없었으므로 지유는 대답을 얼버무렸다. 어제는 소설의 결말이 떠오르지 않는다고 얼버무렸다.

"결말이 생각이 안 나?"

잠시 생각을 하다가 원영이 말했다.

"지유야, 원영이가 깨끗이 다 나아서 건강해지는 결말을 써줘."

털이 식물처럼 쑥쑥 자라나고 온몸에 근육이 탄탄하게 붙는, 해피엔드를 써달라고 원영은 말했다. 지유는 자기가 쓴 소설의 주인공들을 떠올렸다. 칼을 휘둘러 살인을 시도

하거나, 가까운 누군가가 죽거나, 직장에서 해고를 통보받거나, 혼자 고독하게 방에서 쓰러지던 인물. 원영은 소설가 지유는 기특해하면서도 지유의 소설은 좋아하지 않았다. 왜 이렇게 어두운 이야기를 쓰냐면서, 등장인물들이 모두 화해를 하고 따뜻한 깨달음을 얻고 행복하게 끝이 나는 이야기를 쓰라면서, 병든 강아지를 어루만지듯 슬픈 표정을 지었다. 지유가 꼬마였을 때, 반찬을 골고루 먹으라거나 목 뒤까지 깨끗하게 닦으라고 말할 때 원영이 쓰던 말투였다. 그때마다 지유는 잘라 말했다.

"엄마는 내 소설이 부끄러워?"

이번에는 이 말을 할 수 없었다. 원영이 다 낫는 결말을 쓸 수 없다고 원영에게 말할 수는 없었다. 해피엔드를 쓰는 것이 어떤 소용이 있다고 생각되지도 않았다.

"그렇게 쓰면 뭐 해. 소설은 소설일 뿐인데."

수화기 너머로 원영의 들뜬 기운이 꺼져가는 것이 느껴졌다. 그러니, 그런가, 같은 말을 중얼거리다가 원영은 물었다.

"소설일 뿐이면. 왜 써?"

지유는 포크를 내려놓았다. 시계를 봤다. 약속 시간이 20분 지나 있었다. 치온에게 전화를 걸었다.

"우리가 약속을 했다고요?"

지유는 달력 앱을 열었다. 빨간색으로 '큐브'라고 적혀 있었다. 회의에 가야 할 시간에는 공기청정기 필터를 갈았고, 공기청정기 필터를 갈아야 할 시간에는 카페에 앉아 있었다. 원영의 집에 두고 온 케이크 생각을 하면서 케이크를 먹었다. 지유는 한숨을 쉬었다. 치온에게 더듬더듬 설명을 했다.

"착오가 아닌 걸로 만들죠."

금방 갈 테니 조금만 기다리라고 치온이 말했다.

배기 바지를 입고서 야구 모자를 쓴 치온이 나타났다. 처음 만나는 것처럼 치온이 낯설었다. 일이 아닌 문제로 두 사람이 만나는 것은 처음이었다. 일이 아닌 문제로 사람과 대화를 나누는 것이 지유에겐 아주 오랜만이었다. 어떤 이야기를 해야 할지 떠오르지 않았다. 치온과 지유는 걷기로 했다. 바깥을 걸으면 바깥이 보이니까, 바깥에 대해 이야기를 나눌 수 있었다.

"저게 이팝나무였나요, 조팝나무였나요."

지유가 물었다.

"이팝나무네요."

"어떻게 알았어요?"

"이팝나무 꽃잎은 이— 발음할 때처럼 길쭉하게 생겼고, 조팝나무 꽃잎은 조— 발음할 때처럼 동그랗게 생겼어요."

지유는 고개를 갸우뚱했다.

"이 얘기, 다른 사람한테 들은 적이 있는 것 같아요."

"저도 다른 사람한테 들은 얘긴데요."

치온과 지유는 서대문자연사박물관을 돌아 안산 둘레길로 접어들었다. 계단 때문에 숨이 찼다. 긴 대화를 나눌 수 없었다. 그 점이 지유는 편안했다. 빈 정자가 나타났고, 정자의 지붕 아래만 그늘이 져 색감이 흐릿했다. 치온과 지유는 그곳에 앉아 땀을 식혔다.

"요즘에도 잊어요?"

지유가 물었다. 치온은 선뜻 답하지 못했다. 자신이 어떤 말을 했는지, 어디까지 털어놓았는지를 가늠하는 듯한 눈빛이었다. 다른 누군가를 향해 지유 또한 자주 짓게 되었던 표정이었다.

"이유를 잊는다면서요."

치온은 그제야 자신이 말한 이야기를 기억해냈다. 아! 소리를 냈다. 한참을 생각에 빠져 있다 온몸의 땀이 마르고 선득함이 느껴질 때쯤 치온이 입을 열었다.

"이유를 잊게 되는 원인이 있을 거예요. 스트레스 상황이 반복되면서 단기 기억력이 나빠진 것일 수도 있겠죠. 그런데 이유를 잊어야만 하는 이유가 따로 있는 것 같다는 생각이 들어요. 지워진 게 아니라 필요에 의해 치워졌다고 해야 할까요. 이런 생각을 하다 보면 원인과 이유가 일치할 수 없다는 것을 종내는 알게 돼요. 그 불일치가 나한테는 원인인 것 같아요."

치온은 잠시 눈동자를 굴리며 기억을 되짚었다.

"얼마 전에 하나 떠올랐어요."

치온은 여섯 살 때의 일화를 지유에게 들려주었다. 어린이날이었다. 친척들과 다 같이 밴을 타고 딸기농장에 가기로 했다. 밴은 자리가 비좁았고, 에어컨은 시원찮았다. 치온이 노래를 부르자 다들 좋아해줬다. 농장에서 딸기를 배불리 먹었다. 집으로 돌아가기 위해 다시 밴에 올랐다. 창가에 자리를 잡은 치온의 엄마가 말했다. 여기 올 때에도 창가에 앉았는데, 땡볕이 쏟아져서 너무 괴로웠다고. 그래서 이번에는 반대 방향 창가에 자리를 잡았다고. 그런데 그 사이에 해가 기울어 이번에도 자기 자리로 땡볕이 쏟아진다고. 친척들은 웃었다. 치온은 갑자기 엄마가 무서워졌다. 앉은 자리에서 딸기를 다 토했다. 이후로 딸기농장은 줄기차게 치온의 꿈에 나왔다. 엄마와 눈이 마주치면 치온의 입에서 짓뭉개진 시뻘건 딸기가 끝도 없이 쏟아졌다.

"제가 아직도 딸기를 못 먹거든요? 근데, 도무지 기억이 안 나는 거예요. 어째서 엄마가 무서웠는지. 분명 무서워서 겁에 잔뜩 질렸는데. 도대체 왜 무서웠지?"

치온이 말을 이었다.

"얼마 전에 어린이날이었잖아요. 한 아이를 봤어요. 오른팔을 번쩍 들고서 횡단보도를 건너고 있더라고요. 사람들이 북적북적 길을 건너는데, 아무도 손을 안 드는데, 혼자서 너무 열정적으로 팔을 귀 옆에 딱 붙이고 들고 있는 거예요."

요즘 아이들도 팔을 들고 길을 건너는구나, 치온은 생각했다. 그러다 기억났다. 자신도 여섯 살짜리 어린이였다는 사실이. 길을 건널 때면 누가 어떻든 높이높이 팔을 들고, 두 손바닥을 배꼽에 모아 깍듯하게 인사를 하고, 밥을 먹기 전에는 큰 목소리로 '잘 먹겠습니다'를 외치던, 그런 어린이였다는 사실이.

"엄마가 앉았다던, 그 땡볕 쏟아졌다는 창가에 앉은 사람이 나였어요. 그 자리에 앉을 때 엄마랑 눈이 마주쳤어요. 엄마가 밝게 웃으면서, 딸기가 맛있었느냐고 물었어요. 엄마의 계산이 틀리지 않았더라면 내가 몇 시간 동안 땡볕 속에 앉아 있었겠죠."

치온은 지유를 바라보며 말했다.

"그때는 무서웠고 지금은 무섭지가 않아요. 내가 무서움에 내성이 생기면서 이유가 너무 사소해졌어요."

그리고 치온은 지유의 표정을 살폈다. 눈가와 입술을 유난히 쳐다봤다. 둘레길을 올라올 때 작은 날벌레들이 눈 속으로 들어오려 했던 게 기억났다. 얼굴에 벌레가 붙었나, 지유는 자신의 얼굴을 손끝으로 더듬었다.

"이번엔 안 웃네요?"

그러고 보니 웃음이 나질 않았다.

역 앞에서 헤어질 때 지유는 치온에게 말했다.

"죄송했어요."

"오늘 나는 좋았는데요."

치온이 답했다.

"오늘 말고요. 저번에 내가 웃은 거요."

이번에는 치온이 웃음을 터뜨렸다. 그러자 지유도 웃음이 터졌다. 치온과 지유는 오래도록 시원하게 웃었다.

지하철에 앉았을 때에야 지유는 부재중 전화와 문자메시지를 발견했다. 원영이 여러 통의 문자메시지를 보내놓았다.

지유야, 원영이가 안 나으면 엄마가 너무 괴로울 것 같아. 다 낫는 걸로 써주었으면 해.

지유야, 전화 안 받네. 혹시 서운한 거 아니지?

지유야, 무슨 일 있어?

마지막 문자에는 다 잊어달라고 적혀 있었다. 지유가 쓰고 싶은 대로 쓰면서 살라고, 별일 없다는 문자 하나만 보내달라고. 지유는 원영에게 전화를 했다. 또 걱정을 사서 하고 있었느냐고 말했다. 긴 산책을 했다고 말했다. 좋은 일이 있었다고 말했다. 이팝나무와 조팝나무에 대해 말했다. 내년 이맘때쯤에, 이팝나무와 조팝나무의 차이점에 대해 또 이야기 나누자고 말했다.

*

원영은 보일러실 문을 열었다. 상자들이 차곡차곡 쌓여

있었다. 오른쪽에는 초파리 기사들이 담긴 상자가, 왼쪽에는 지유의 소설이 담긴 상자가 있었다. 문예지나 소설집을 굳이 사서 모으지는 말라고 지유는 말했지만, 원영은 지유 몰래 그것들을 모아왔다. 원영은 상자를 열었다. 소설집 한 권을 꺼냈다. 책상에 가 앉았다. 스탠드를 켜고, 책상 서랍에서 돋보기를 꺼냈다. 안경닦이로 알을 닦고, 돋보기를 썼다. 초점이 맞도록 얼굴을 뒤로 쭉 뺐다. 목차에 적혀 있는 페이지를 확인했다. 책장을 후루룩 넘기다가, 35페이지에서 멈췄다. 지유의 소설 속에서, 원영은 초파리를 들여다봤다. 초파리가 아름답게 표현돼 있었다. 이 소설에서 원영은 결말 부분을 가장 좋아했다. 모든 것이 초파리와 실험동 덕분이라고 생각했다.

지유가 소설을 쓰기 시작했을 무렵, 원영은 초파리에게 로열젤리를 투여하는 실험이 있었다는 기사를 발견했다. 원영이 키웠던 초파리들도 로열젤리를 먹었다는 사실이 그제야 기억이 났다. 11년 전 진행했던 실험의 결과가 원영 앞에 도착해 있었다. 로열젤리를 투여받은 초파리 애벌레는 산란능력이 두 배나 증가했고 수명도 두 배나 늘어났다고 했다. 로열젤리는 면역력을 높여주고 호르몬을 조절하여 갱년기 여성에게도 효과를 발휘한다고 했다. 로열젤리를 먹으면서부터 원영의 팔뚝에서 하얀 솜털이 자라기 시작했다. 민들레 홀씨만큼 가느다란 털이었다. 하얗고 보송

보송한 솜털로 머리가 뒤덮였다. 그리고 목덜미의 머리카락부터 검어지기 시작했다. 조금씩 굵어져갔다. 배냇머리처럼 빠졌다 자랐다를 반복하며 튼튼해져갔다. 로열젤리가 아니었더라면 지유는 소설을 끝맺지 못했을 거였다.

요즘에는 계단을 한 발로 올라가느냐고 지유는 물었다. 당연한 걸 왜 묻느냐고 원영은 답했다.

"내가 그 정도는 아니었지."

자신이 한 발로 계단을 오르지 못했다는 사실을 원영은 기억하지 못했다. 원영의 외출이 잦아졌다. 누군가 자신을 쳐다볼까 봐 걱정할 이유가 없어졌다. 매일 바깥을 걸었다. 이팝나무 아래를 걸을 때면 휴대폰으로 꽃잎 사진을 찍었다. 이것이 무슨 꽃인 것 같으냐고 지유에게 퀴즈를 냈다. 지유는 여전히 이팝나무와 조팝나무를 헷갈려했다. 원영은 걸을수록 더 멀리까지 걸을 수 있게 되었다.

원영을 괴롭혔던 미진단 질병은 초파리와 실험동 때문일 수 있다고, 지유는 여전히 생각했다. 아니면 노화의 수순일 수도 있었다. 누군가에게는 노화가 서서히 자연스럽게 오고, 누군가에게는 치명적인 위력을 행사할 수 있다. 원영이 지유에게 소설로 써달라고 했던 그 모든 사연의 총합이 원인일 수도 있다. 어쩌면 지유의 소설도 사연의 한 부분일 것이다. 가장 시시한 문장으로 지유는 소설을 끝맺었다. 이 원영은 다 나았고, 오래오래 행복하다.

중요한 요소

소민은 먼저 와 창가 자리에 앉아 있었다. 오늘도 무채색 셔츠를 입었다. 긴팔 소매를 둘둘 말아 팔꿈치를 드러냈다. 매번 소민의 옷차림은 10년은 족히 입어야 그 정도로 낡을 수 있겠다 싶은 것들이 어우러져 있었다. 소민이 멋을 내는 것을 치온은 본 적이 없었지만, 치온에게 소민은 서울에 와서 알게 된 사람 중에서도 유독 멋스럽게 보였다. 소민의 말투나 표정도 옷차림만큼이나 작위적인 데가 없었다. 소민이 만나자고 정하는 장소들도 소민과 무척이나 닮아 있었다. 아는 사람의 작업실에 와 있는 듯 자연스러운 모습으로 소민은 이력서를 넘겨 보며 고민이 많은 얼굴을 하고 있었다. 치온이 앞자리에 와 앉자, 소민은 이력서 파일을 치온에게 건넸다. 이번에는 일곱 통의 프로필이 도착했다고 했다. 첫번째 배우는 치온도 낯이 익었다. 2010년생으로, 시청률 50퍼센트를 넘긴 주말 드라마 단역으로 데뷔한 배우였다. 출연한 영화가 이탈리아에서 열리는 국제영화제에 초청받은 경력도 갖고 있었다. 두번째 배우는 2018년생으로, 쿨 매트와 덴탈껌 광고를 찍은 적이 있었다. 오른쪽 눈을 둘러싼 5센티미터 정도의 검은 점이 있었고, 캔디 커트를 하고 있었다.

"어때요?"

소민이 보여준 사진들을 보며 치온은 고개를 갸웃거렸다.

"좀 너무 대단한데요."

"그렇죠?"

프로필 사진 속에서 배우들은 새하얀 스튜디오에 의젓하게 앉아 있었다. 인형이라 해도 속을 만큼 완벽한 외모였다. 그게 문제였다. 보름 뒤면 촬영을 시작해야 하는데 소민은 자신의 영화와 어울리는 배우를 찾지 못했다. 물고기나 거북이로 대체하는 편이 쉬울 수도 있었다. 하지만 아무리 생각해보아도 개여야만 했다. 구석 자리 소파에서 움직임이 느껴졌다. 소파 밑에 누워 있던 고양이가 그들을 향해 천천히 다가왔다. 치온은 허리를 옆으로 굽혔다. 고양이에게 손등을 내밀었다. 고양이는 치온의 손끝을 스쳐 지나갔다. 치온에게서 재채기가 터져 나왔다.

"제가 고양이 털 알레르기가 있어요."

손가락으로 코끝을 비비며 치온이 말했다. 다른 카페로

옮기는 것이 낫겠다고 소민이 걱정을 하자, 치온은 손을 저었다. 이대로가 더 좋다고 답했다. 연신 재채기를 하는 치온과 치온의 곁을 맴도는 고양이를 소민은 번갈아 보았다.

"왜 저는 동물이 별로일까요."

혼잣말처럼 소민은 말했다. 좋아하고 싶은데, 마음처럼 되질 않는다고. 그래서 원작 소설 속 주인공의 심정이 이해가 안 된다고. 그게 가장 큰 고민이라고 했다.

일주일 뒤에 치온은 소민의 전화를 받았다. 개를 찾아냈다고 했다. 소민은 사랑니 때문에 치과에 가던 길이었는데, 어떤 할머니가 강아지를 데리고 산책을 하는 것을 보았다. 털이 덥수룩하게 자라 눈을 살짝 덮고 있었다. 잘 관리된 것도 방치된 것도 아닌, 딱 소민이 찾던 개였다. 소민은 할머니에게 말을 걸었다. 할머니는 흔쾌히 수락했다. 다만 한 가지 조건이 있었다.

"조금만 데리고 있어줘."

촬영이 끝날 때까지 아예 강아지를 맡아달라는 것이었다. 할머니는 두 달 전쯤 척추관 협착증 수술을 받았다고 했다. 간신히 산책을 할 수 있게 되었지만 신경이 회복되려면 몇 달을 더 기다려야 했다. 무릎을 꿇고 걸레질을 하거나 쪼그려 앉아 머리를 감는 것이 불가능했다. 허리를 굽혀 강아지의 대소변을 치우고 강아지를 씻길 때마다 고통이 따랐다.

자신의 방석에서 자던 강아지는 어느 날부터인가 소민의 침대에 올라와 소민의 품을 파고들었다. 숨을 들이쉴 때마다 조금씩 등이 부푸는 강아지를 쓰다듬으며 소민은 그제야 주인공의 심정을 이해하게 되었다.

석 달 뒤에 할머니가 강아지를 데려간 후, 미처 들려 보내지 못한 샴푸와 간식, 하네스와 장난감 들이 소민의 집에 남았다. 걸어 다닐 때마다 마루에 닿던 강아지의 발톱 소리가 들리지 않았다. 영화 촬영본 속에서 소민은 강아지를 만났다. 강아지는 창밖을 보고 있었다. 창밖으로 눈이 내리고 있었다. 강아지가 눈을 바라보며 창가에 앉아 있는 것처럼 찍혔지만, 강아지는 그때 소민을 보고 있었다. 카메라 뒤쪽에서 소민이 연신 장난감을 흔들고 춤을 추었다. 편집실에 앉아 소민은 강아지가 나오는 장면을 돌려 보고 또 돌려 봤다. 출연자 중 가장 많은 NG를 내어 애를 먹인 덕분에, 영상이 많았다. 꼬리를 흔들어야 할 장면에서 강아지는 뒷발로 귀를 털어댔다. 주인공이 우는 장면에 난입했다. 주인공이 울기만 하면 몸부림을 치며 뛰어 들어가 주인공을 핥아댔다. 못 가게 잡으면 하울링을 했다. 영화에서 삭제된 장면들을 소민은 따로 모았다. 삭제된 장면들 속 강아지는 가장 사랑스러운 모습이었다. 소민은 동물보호 단체에 봉사활동을 다니기 시작했다. 개농장에서 구조된 라니를 임시보호하기 시작했다. 두 달 뒤에 치온은 소민에게서 사진 한

장을 전송받았다. 라니가 소민에게 안겨 있었다. 안긴 채로 소민을 바라보고 있었다.

"입양했어요."

치온은 쁘띠가 떠올랐다. 그때 치온도 쁘띠를 안고 있었다. 쁘띠는 네발을 꼿꼿하게 편 채 굳어 있었다. 가짜 털을 붙여놓은 플라스틱 인형처럼 딱딱했다. 두 눈을 동그랗게 뜬 채 죽어 있었다. 어떤 자세로 안아도 쁘띠는 품에 안겨지지 않았고, 불편해하던 자세로 굳어 있었다.

*

"그냥 라니의 성격인 것 같아요."

라니가 공을 놓치면 치온이 공을 주웠고, 치온이 공을 던지면 라니가 공을 물었다. 앉으라고 말하면 라니는 앉았다. 엎드리라고 말하면 엎드렸다. 텔레비전에서 잘 훈련된 개를 많이 보았지만, 실제로 보는 것은 처음이었다. 아무것도 가르친 적이 없다고 소민은 말했다. 미안할 정도로 라니는 보채지 않는다고. 처음부터 그랬다고. 커다랗고 두툼한 발과 뾰족뾰족한 이빨을 갖고 있는 라니는 자기 몸집이 얼마나 큰지 모르는 것처럼 보였다. 자기보다 덩치가 훨씬 작은 개들과 눈이 마주칠 때마다 겁을 잔뜩 집어먹고 뒷걸음을 쳤다. 라니의 털이 바짝바짝 섰다.

"라니야, 쟤들도 네가 싫대?"

소민이 라니에게 물었다. 라니는 매일 해가 진 후에 같은 코스로 산책을 다녔다. 똑같은 시간에 똑같은 길을 산책하는 개들이 있었다. 개들은 서로 냄새를 맡고 싶어 했고 견주들은 자연스레 가까워졌다. 나란히 서서 함께 산책을 하기 시작했다. 소민과 라니는 그들과 떨어진 채로 걸었다. 라니가 다른 개들을 피하기 때문만은 아니었다. 다른 개가 라니에게 흥미를 보일 때마다 견주들이 목줄을 잡아당겼다. 라니와 소민을 훑어보고는 빠른 걸음으로 앞서가버렸다. 그제야 소민도 그들을 훑어보게 되었다. 비숑부터 휘핏, 베들링턴테리어까지 다양했고 모두 품종견이었다. 견주들도 자신의 개처럼 차림새가 멀쑥했다.

"영화 얘기를 할까, 하는 생각을 처음으로 해본 거 있죠."

"영화 얘기라니요?"

"영화감독이라고 자기소개를 하면 사람들이 라니도 산책에 끼워줄까 싶어서요."

농담처럼 들리는 소민의 말이 유난히 진심같이 느껴져서 치온은 오히려 웃음을 터뜨렸다. 소민도 계면쩍은 표정을 짓다가 치온을 따라 웃음을 터뜨렸다. 두 사람이 이렇게까지 껄껄대며 함께 웃어본 것은 처음 있는 일이었다. 라니가 두 사람을 휘둥그레하게 쳐다보았다. 두 사람 사이를 바삐

오가며 라니도 웃기 시작했다.

“이사 와요. 이렇게 라니하고 같이 산책 다녀요.”

“저도 그러고 싶죠.”

팔려고 하면 하루 만에도 팔 수 있었다. 업자들은 빌라를 매수하고 싶다며 치온에게 하루에도 10여 통씩 전화를 걸어댔다. 현관문에 집을 팔아드리겠다는 내용의 전단지가 붙어 있기도 했다.

아파트값이 급등한 것은 2년 전부터였다. 전셋값도 치솟았지만 아무도 빌라에는 관심을 갖지 않았다. 사겠다는 사람이 없자, 부동산 가치가 없는 소형 빌라를 대상으로 하는 틈새시장이 형성됐다. 갭투자자들과 컨설팅 업체가 단합하여 역전세 시장을 만들었다. 업자는 매매가보다 높은 전세금으로 세입자를 구해 차익을 챙겼다. 세입자가 입주를 하고 나면 명의변경이 진행되었다. 매도인은 집을 팔 수 있었고, 투자자는 돈 없이 집을 샀고, 세입자는 전세를 구할 수 있었다. 모두에게 좋은 것처럼 보였다. 그러나 다음 세입자를 구하지 못하거나 매수인이 보증금을 돌려주지 못하는 일이 심심찮게 일어났다. 세입자와 매도인이 재판에 휘말리거나 업자에게 사기를 당했다는 사실이 뒤늦게 밝혀질 때도 있었으나, 여전히 매도인들은 컨설팅 매매로 몰렸다. 사정을 들은 소민이 말했다.

“집 보러 오는 사람이 아예 없는 거예요?”

치온은 고개를 끄덕였다. 인터넷에 집 사진을 공개했느냐고 소민이 물었다. 치온은 휴대폰 앨범을 열어 인터넷에 올린 집 사진을 보여주었다. 두 손가락으로 사진을 확대해 가며 소민은 치온의 집을 살폈다.

"생활 간지가 좀 있네요."

전문가라고 말할 수는 없었지만 소민은 인테리어에 대해서라면 경험이 많았다. 독립영화를 찍어오면서 장소 섭외부터 세팅까지 손수 해왔다. 이번 영화도 그랬다. 헌팅 된 집은 빈집이었다. 나무 문틀과 알루미늄 새시에서 세월의 흔적이 보였지만 새로운 세입자를 구하기 위해 집주인이 도배와 장판을 새로 해놓은 상태였다. 싱크대도 새것으로 교체했다고 집주인은 뿌듯하게 말했다. 3일 안에 소민은 그 집을 헌 집으로 만들어내야 했다. 당근마켓과 중고나라에서 낡은 가구들을 구입했다. 밤이면 아파트 단지마다 마련된 대형 폐기물 배출장을 돌아다녔다. 유행이 지난 책상과 의자, 빗물이 새어 들어간 서랍장 따위를 발견하면 제작팀에 전화를 걸었다. 제작팀이 봉고를 몰고 와 물건을 실었다. 거실 중앙에는 동묘시장에서 헐값에 사온 수묵화 액자를 걸었다. 멀쩡한 싱크대에 민트색 시트지를 덧붙였다. 냉장고에는 스티커를 덕지덕지 붙였다. 가스레인지에는 은박지를 발랐다. 그 위에 기름때와 검댕을 가미했다. 생활 간지가 넘쳐야 인물과 배경이 분리되지 않는다고 소민은 말했다.

"캐릭터가 동동 뜬다 해야 할까요."

촬영 하루 전날 소민은 남은 천들을 모아 재봉질을 했다. 커다란 광목천에다 주머니들을 만들었다. 고지서와 볼펜, 마트 쿠폰과 약봉지 따위를 칸칸이 수납했다. 드디어 누군가의 생활이 완성되었다.

"잠깐만 그럴듯하게 보이면 돼요."

커튼이 필요하다고 해서 커튼을 설치할 필요는 없다고 소민은 말했다. 중요한 것은 커튼처럼 보이는 것이지, 그것이 커튼이 맞느냐가 아니라는 것이었다.

치온은 중학생 때 살았던 집을 떠올렸다. 고개를 들어도 끝이 보이지 않는 언덕이었다. 언덕길 양옆으로 빌라촌이 형성되어 있었다. 하교 시간이면 아이들이 언덕길을 올라갔다. 한 명씩 자신이 사는 빌라로 들어갔다. 치온은 혼자서 언덕을 계속 올랐다. 꼭대기에 도착하면 놀이터가 나왔다. 한쪽 줄이 끊어져버린 그네가 저 혼자 바람에 삐그덕거렸다. 사람이 앉을 수 없었으므로 동네 고양이들의 차지가 되었다. 고양이들은 자주 그네 아래에 모여 있었다. 모두들 네발을 다소곳이 모으고 고개를 치켜들고서 그넷줄이 움직일 때마다 함께 고개를 갸웃거렸다. 치온과 눈이 마주치면 쏜살같이 사방으로 흩어졌고, 잠시 뒤 그 자리에 다시 모였다. 치온은 공터를 끼고 왼쪽으로 돌았다. 길 끝에 동건자연빌라가 있었다. 치온은 생각했다. 빌라가 언덕의 초입에 있었으면 얼마나 좋았을까. 언덕길에 사는 아이들이 치온이 그 빌라에 들어가는 것을 볼 수 있었을 텐데. 그만큼 치온은 자기가 사는 빌라를 좋아했다. 쨍한 스카이블루와 화이트로 외벽을 칠했는데, 그런 화사한 빌라는 그 동네에서 치온네 빌라뿐이었다. 출입구에 비디오폰이 있는 곳도, 라운드형 발코니와 아치형 창문이 있는 곳도 그곳뿐이었다. 우물형 천장에서 실링팬이 빙글빙글 돌았다. 창가에는 유자나무 화분이 있었다. 꽃이 피면 치온은 엄마와 함께 붓을 들고 창가로 갔다. 꽃 수술을 붓으로 쓸어가며 수정을 시켰다. 딱 한 번, 단 한 개의 열매가 맺힌 적이 있었다. 낑깡만큼 작았던 열매는 점점 커져갔고, 나뭇가지가 휘기에 이르렀다. 치온은 엄마와 함께 유자차를 만들기로 했다. 과실을 반으로 가르고 나서야 그것이 모과였다는 사실을 알았다. 모과를 실물로 보는 건 처음이었다. 어쩐지 껍질이 빤질빤질하더라, 씨앗이 새까맣네, 엄마도 치온도 신기해했다. 유자차는 먹을 수 없게 되었지만, 대신 모과차를 마셨다. 소파 옆에는 수조가 있었다. 물고기는 없었고, 물만 있었다. 치온은 어항 앞에 쪼그려 앉아 그 속을 들여다보는 것을 좋아했다. 어항 속으로 산소가 주입되어서 물이 움직였다. 고여 있는 물이었지만 계속 흘러 다녔다. 플라스틱 물풀들이 흔들렸고 물풀 사이로 보이는 치온네 거실이 흔들렸다. 거실에서 쁘띠가 뛰어놀고 있었다. 물속을 헤엄치는 것처럼 보였다. 일요일 아침 10시면 치온은 부모님과 함께 호스와 빗자루를 들고 복도로 나갔다. 옆집 사람도 같은 시간에 나와 있었다. 현관부터 물청소를 시작했다. 엄마는 양동이에 비눗물을 풀어 뿌렸다. 아빠는 나일론 빗자루로 때를 벗겨냈다. 치온은 호스를 화장실에 연결했다. 틀어,라는 말이 들리면 수도꼭지를 돌렸다. 치온네 가족이 물로 씻어낸 계단을 옆집 가족이 마른걸레로 닦아나갔다. 구정물을 3층으로 몰아내고서 초인종을 눌렀다. 3층 주민이 빗자루를 들고 나와 계단을 쓸어내리기 시작했다. 3층 주민은 2층 초인종을, 2층 주민은 1층 초인종을 눌렀다. 한 달에 한 번씩은 치온의 집에서 주민 회의가 열렸다. 그때마다 치온은 자기 방에 들어갔고, 회의가 끝날 때까지 나오지 않았다. 단 한 번 회의에 참여한 적이 있었다. 거실에서 주민들의 말소리 대신 텔레비전 소리가 들렸다. 미니시리즈의 마지막 회가 방영되는 날이었다. 다음 날이면 재방송을 볼 수 있었지만 치온은 문 너머에서 들리는 텔레비전 소리를 자꾸 엿듣게 되었다. 방문을 아주 조금 열었다가, 조금 더 열었다가, 화장실에 가는 시늉을 했다가, 주민들의 옆에 가 앉았다. 명절에 친척들과 모여 있을 때와 비슷한 느낌이 났지만, 공부는 몇 등이나 하느냐는 식의 질문이 없었다. 그들은 치온이 다니는 학교의 교복 디자인이 바뀐다던데 어느 디자인에 투표를 했느냐고 물었다. 외벽 색깔을 바꾸려 하는데 무슨 색을 좋아하느냐고 물었다. 주민들은 꼬박꼬박 회비를 모았다. 빌라 입구에 자연석 계단을 시공했고, 계단 위에 캐노피를 설치했다. 계단 주변에 회양목을 심었다. 주차장에는 대형 스크린을 설치했다. 올림픽 중계를 함께 보기 위해서였다. 각자 돗자리를 가지고 나와 모기향 연기 속에서 경기를 보았다. 올림픽이 끝난 후에는 영화를 상영했다. 동건자연빌라의 주차장 극장은 동네의 화젯거리였다. 초복에는 치온의 아빠가 주민들을 대접했다. 주차장에 그늘막을 치고 그 아래에서 전골을 끓여냈다. 주민들과 동그랗게 앉아 치온도 전골을 떠먹었다. 고기에서 모르던 냄새가 났다. 치온은 숟가락으로 고기 한 점을 건져 냈다. 두 손가락으로 집어 올렸다. 고추기름이 묻은 손끝을 비비며 고기를 살폈다. 사람들은 전골을 맛있게 떠먹고 있었다. 맛이 다르다며 연신 감탄을 했다. 벌게진 얼굴들에서 굵은 땀방울이 흘러내렸다. 땀방울은 턱 끝에서 떨어져 국그릇으로 들어갔다. 치온은 아빠에게 고기를 보여줬다. 희한한 냄새가 난다고 말했다.

"치온이는 코가 개코네. 몸에 좋은 거야."

치온의 말을 들은 한 주민이 말했다. 복날에 보양탕보다 좋은 음식은 없다고 했다. 좋은 음식에는 좋은 술이 있어야 한다면서 3층 주민이 빌라로 돌아갔다. 담금주를 품에 안고 나왔다. 그는 뚜껑에 매직으로 적혀 있는 날짜를 가리키며 5년이나 묵힌 것이라고 강조했다. 주민들이 각자의 집에서 담금주를 꺼내 오기 시작했다. 술병 바닥에 지네들이 가라앉아 있었다. 술병이 흔들릴 때마다 술이 출렁였고 지네도 움직이는 것처럼 보였다. 술의 위쪽은 초록빛이었는데, 바닥에 가까워질수록 하얀빛이 돌았다. 살아 있던 지네가 술 속에서 죽어가며 내뿜은 독 때문이라고 했다. 지네 다음으로 뱀술이, 그다음으로는 장수말벌주가 나왔다. 금빛 뚜껑을 돌려 열었다. 국자로 술을 떠서 잔에 담았다. 술에 퉁퉁 불은 말벌이 국자 안으로 딸려나왔다. 3층 아저씨의 고향집 처마에 장수말벌이 집을 만들었는데, 천 수가 넘을 때까지 기다려 채취한 것이라고 했다. 노봉방에 아직 깨어나지 못한 애벌레들이 득실득실했다, 손맛이 아주 쏠쏠했다 같은 말을 아저씨가 하는 동안에 치온은 좁쌀 같은 알갱이들이 동동 떠 있는 술병을 뚫어지게 관찰했다.

"그게 다 알이야."

1층 아저씨는 담금주 대신 요크셔테리어를 안고 나왔다. 내년에 먹자는 얘기냐고 누군가 말했고 주민들이 웃었다. 요크셔테리어가 두 발로 일어서서 재롱을 피웠다. 1층 아저씨의 무릎에 앉아 그가 찢어주는 살코기를 받아먹었다.

그 집을 배경으로 치온은 소설을 썼다. 외벽은 보라색으로 바꾸었고, 동건빌라는 'ㄴ'이 떨어져 나간 동거빌라로 만들었다. 소설 속 집에는 우물형 천장과 실링팬이 없었다. 창가에서 샛노란 열매를 맺는 유자나무, 아니 모과나무가 없었고 색색의 조명이 들어오던 수조가 없었다. 주인공과 가족은 각자의 어항 속에 담겨 있었다. 주인공이 말을 하면 잠잠한 수면 위로 기포가 뽀글뽀글 올라왔다. 주인공의 엄마가 말을 하면 입에서 불개미들이 쏟아져 나왔다. 불개미들이 온 집 안을 돌아다녔다. 주인공의 아빠는 바람 빠진 공이 되어 계속 쪼그라들고 있었다. 바닥에 늘어져 잠만 잤고, 공기가 빠지는 소리가 들렸다. 주민 회의를 하려고 모여드는 주민들도 없었다. 그 동네의 가파른 언덕길과 열악한 교통, 형편없는 학군을 치온은 자세하게 묘사했다. 치온은 자신이 살던 집을 살기 싫은 집으로 그렸다.

소민은 치온의 소설로 영화를 만들었다. 투자가 결정되자마자 촬영 장소를 섭외하기 위해서 소설에 나오는 지명부터 검색했다. 거리 뷰로 동네를 살펴보았다. 소설 속 주인공이 하교하던 길을 따라갔다. 치온이 그 동네에서 살았던 때로부터 17년이 지났지만 치온의 동네는 소설 속 묘사 그대로 멈추어 있었다. 2000년대 초반을 배경으로 하는 소민의 영화와 잘 어울렸다. 그래서 소민은 치온이 살았던 빌라까지 직접 찾아가보았다. 영화를 만들기 위해 그려둔 이미지에 부합되지 않았다. 건물에 따뜻한 기운이 감돌았다. 소설 속 치온의 집은 따뜻함과는 거리가 멀었다. 따뜻한 집은 이 이야기에 유해했다. 소민은 그 동네를 샅샅이 뒤졌다. 치온이 살았던 빌라에서 언덕 아래로 2백 미터 정도 내려간 곳에 위치한 빌라가 영화 속 주인공의 집으로 결정되었다. 그 집은 소설 속 집보다 더 낡고 더 좁고 더 어두웠다.

치온은 자신의 집을 비워나갔다. 소설과 영화 같은 이미지 속에서라면 반드시 필요했을 요소들을 하나씩 지워나갔다. 소민이 말한 생활 간지들을 지울 수 있을 만큼 지웠다. 치온은 거실에 드러누워 천장을 올려다봤다. 자신이 살았던 흔적을 지워놓고서야 무엇인가에 다가가고 있다는 느낌이 들었다. 컨설팅을 통하지 않더라도 집이 팔릴 것 같았다. 캐릭터가 동동 뜬다던 소민의 표현은 이런 상황에 쓰는 것이겠구나 생각했다. 어서 이사를 가 라니와 자주 산책을 하면 좋겠다고 생각했다. 라니가 이 집에 있었더라면, 치온의 팔을 베고 누워 있을 거였다. 라니가 만약 이 집에 있었더라면, 라니도 지워야 할 요소가 되었을 거였다.

*

"당첨되셨어요."

문자메시지를 받고 치온은 자리에서 벌떡 일어났다. 문자를 보내온 구조자에게 전화를 걸었다. 혹시나 하는 마음에 신청서는 넣었지만, 자신이 선택될 리 없다고 여겼다. 유기견 입양 신청서를 제출했다가 여섯 번이나 거절당한 후였다. 수십 명의 신청자 중에서 치온을 선택한 것이라고 구조자는 말했다.

“느낌이 딱 왔네요.”

무엇인가 이상하다는 생각이 들었다. 다른 보호 단체의 경우 유기견 입양 심사는 최소 2주에서 한 달에 걸쳐 진행되었다. 가족 구성원과의 통화, 가정방문도 심사에 포함되어 있었다. 미성년자, 비혼인 동거 커플, 1인 가정이 우선 제외되었다. 심사에서 떨어질 때마다 치온은 입양자로 선택된 사람의 SNS 계정을 찾아가보곤 했다. 한 입양자는 아들의 고등학교 입학을 축하하며 가족과 함께 무알콜 샴페인을 터뜨리고 있었다. 식탁 뒤로는 통창이, 통창 뒤로는 한강이 펼쳐졌다. 치온의 조건이 어떤 면에서 결격사유인지 그들이 대신 말해주는 것 같았다. 그럼에도 입양을 하고 싶다면 경쟁률이 낮은 유기견을 선택하면 될 일이었다. 단 한 명의 신청자도 찾지 못하여 안락사당하는 개가 넘쳐났다. ‘살고 싶어요, 저 내일 죽는대요’ 같은 문구가 개의 사진에 적혀 있었다. 안락사를 하루 앞두고 있는 개들을 치온은 매일매일 살펴보았다. 신청서를 넣지는 않았다. 중형견까지는 괜찮지만 대형견은 안 되었다. 노견은 괜찮지만 들개는 안 되었다. 한쪽 귀나 한쪽 안구가 없는 건 괜찮지만 한쪽 다리가 없는 건 안 되었다. 치온이 개를 배제해나갔듯 입양 심사자도 치온과 같은 조건은 우선 배제했을 것이다. 율무는 유기견 입양 커뮤니티에 갑작스럽게 소개됐다. 구미에서 구조된 유기견이 낳은 여덟 마리의 새끼 중 막내였다. 모견의 몸무게는 5킬로그램이 되지 않았다. 율무도 소형견으로 자랄 것이라 추측되었다. 홍역과 파보, 코로나장염과 심장사상충 검사를 마친 상태였다. 사진 속에서 율무는 실내용 슬리퍼에 코를 박고서 잠들어 있었다. 몸집이 작아 슬리퍼가 침대처럼 보였다. 털은 속눈썹까지 새하얬다.

어째서 나를 선택했을까.

구조자는 이미 동물병원에 와 있었다. 오늘 접종을 받고 수술할 유기견들이라며, 한 마리씩 치온에게 소개해주었다. 치온은 허리를 굽혀 개들에게 인사를 건넸다.

"율무는요?"

구조자는 입원실로 들어갔다. 율무를 안고 나왔다. 사진으로 보았던 것보다 더 자그마했다. 손바닥 크기 정도밖에 되지 않았다. 치온은 율무를 받아 안았다. 작은 배가 치온의 손바닥에 닿았다. 갈비뼈가 닿았다. 율무의 심장이 빠르게 뛰었다.

"좀 아프다네요."

병원에 일찍 도착한 김에 율무도 진료를 받았는데 폐렴 판정을 받았다고 했다. 적게는 일주일, 길면 2주 이상 입원 치료를 받아야 한다고 했다. 율무의 코에서 초록색 콧물이 흘러내렸다. 목에서 가래 끓는 소리가 났다. 깊은 기침을 끊임없이 하고 있었다. 구조자는 율무를 들고 입원실로 돌아갔다. 입원 절차를 밟기 위해 치온은 자신의 이름과 주소, 휴대폰 번호를 말했다. 치온은 병원비를 대신 납부할 사람으로 선택된 것이다. 치온은 '새끼 강아지 폐렴 병원비'를 검색했다. 입원하여 산소를 공급받고 네뷸라이저 요법을 진행할 경우 하루 10만 원에서 50만 원까지도 나간다고 했다. 통장 잔액을 확인했다. 하루 50만 원씩 2주 동안 입원한다면…… 치온은 자신의 손바닥을 들여다봤다. 율무를 안고 있던 시간은 1분이 채 되지 않았다. 그사이에 율무의 심장은 수십 번 뛰었다. 손바닥에는 여전히 박동이 남아 있는 듯했다.

치온은 율무를 위해 구입해둔 방석을 내려다봤다. 터무니없이 커다랬다. 율무가 방석에 누우려면 암벽 등반을 해야 할 듯했다.

*

치온은 파인애플 한 조각을 손톱으로 찢고 있었다. 속눈썹만큼이나 잘게 잘게 찢었다. 파인애플 섬유질을 종지에 모았다. 율무에게 종지를 내밀었다. 율무는 냄새를 맡고는 뒷걸음질을 쳤다. 치온은 오리걸음으로 율무를 따라다녔다. 섬유질 한 조각 한 조각을 검지로 찍어가며 먹였다.

율무가 배변 패드로 뛰어갔다. 율무는 등을 동그랗게 말았다. 태어난 지 2개월도 안 된 새끼 강아지가 패드 위에서 볼일을 보는 것이 기특했다. 율무가 이내 뒤돌아서서 냄새를 맡았고 날름 똥을 먹었다. 입맛을 쩌억쩌억 다시며 유유히 켄넬 속으로 들어갔다.

반려동물 동호회 사이트에는 개의 식분증을 고치고 싶어 혈안이 된 반려인이 넘쳐났다. 한국의 개는 식분증이 생길 확률이 유난히 높았다. 율무처럼 개농장의 뜬장에서 구조된 개들은 좁디좁은 자신의 구역을 청결하게 유지하려고 배설물을 먹어치웠다. 펫숍에서 판매되는 개들은 귀여운 체구를 유지하기 위해 음식을 조금밖에 먹지 못했고, 배고픔 때문에 똥을 먹었다. 가정에서 태어나 자란 개들도 더러 그랬다. 어쨌거나 공통점은 갇혀 산다는 데 있었다. 식분증은 산책을 하면서 야외 배변을 유도하면 비교적 간단히 고칠 수 있었다. 야외 배변으로도 고치지 못한 견주들은 똥을 맛없게 하는 방법을 열렬히 공유했다. 캡사이신 성분이 있는 호분제를 사료에 섞어 먹인다거나, 배설물에 석회질이 섞여 나오도록 오리 목뼈를 먹인다거나, 냄새가 고약해지도록 삶은 양배추나 파인애플을 먹였다.

파인애플 급여량을 늘리자 미약하나마 효과가 있었다.

냄새를 맡고서 율무는 고개를 갸우뚱거렸다. 먹어야 할지 안 먹어야 할지 고민이 되는 모양이었다. 그러나 치온이 똥을 치우려 하자 율무는 재빠르게 똥을 물고 소파 밑으로 뛰어 들어갔다. 치온은 한쪽 볼을 땅에 댄 채 율무를 불렀다. 율무는 앞발로 야무지게 똥을 잡았다.

배고픔이 원인일까 봐 사료 급여량도 늘렸다. 제한 급식을 자율 급식으로 바꾸었다. 식초와 후추를 뿌려보기도 했다. 율무는 똥을 참았다. 치온이 샤워를 하거나 쓰레기를 버리러 나가거나 잠을 자고 있을 때 율무는 몰래 똥을 누고 먹었다. 치온은 홈캠을 설치했다. 배변 패드가 잘 보이도록 위치를 조절하고, 휴대폰에 홈캠을 연결했다. 홈캠을 보면서 샤워를 하고 홈캠을 보다가 잠이 들었다. 개만큼 얕게 잠들기 시작했다. 깜빡 잠들었다가도 작은 기척에 눈을 떴다. 어둠 속에서 율무의 두 눈이 번쩍였다. 자그마한 이를 드러내고 치온을 향해 공격 자세를 취했다. 치온을 똥 도둑이라고 인식하는 듯했다. 자신의 똥을 지켜내고야 말겠다는 강한 의지가 엿보였다.

손님은 제시간에 초인종을 눌렀다. 치온은 현관문을 열어주었다. 손님이 고개를 돌려가며 집 안을 훑어보았다. 그 시선을 따라 치온도 자신의 집을 둘러보았다. 소파가 있을 것 같은 자리에 소파가 있었다. 텔레비전이 있을 것 같은 자리에 텔레비전이, 식탁이 있을 것 같은 자리에 식탁이 있었다. 치온의 일상과는 전혀 다른 배치였다. 잡동사니들은 이미 박스에 담아 옷장에 숨겨두었다. 거실 중앙에 있던 책상은 작은 방 구석으로 옮겨두었다. 커피 향이 집에 퍼지도록 드립도 했다. 손님의 시선이 치온을 훑어 내리는 것이 느껴졌다. 치온은 여름용 리본으로 포니테일을 하고 있었다. 깔끔하면서도 편안해 보이는 청바지와 주름이 가지 않은 하얀 티셔츠를 입었다. 양말도 챙겨 신었다.

"집을 만들 때마다 무엇인가가 사라져버려요."

치온은 소민이 읊조렸던 말을 떠올렸다. 앞발에 턱을 받치고 잠들어 있는 라니를 쓰다듬으며 소민은 말했었다. 소품을 모두 구매할 정도로 예산이 풍족하지 않았으므로 소민은 촬영을 할 때마다 주변의 지인들에게 물건을 빌리곤 했다. 그중에는 다리미나 전자레인지 같은 생필품도 있었다. 10년 넘게 키운 화분이나 20년 넘게 소장해온 만화책 시리즈도 있었다. 소민은 빌려 온 물건들을 일일이 사진 찍고 장부에 기입했다. 철저하게 관리해서 원래 모습 그대로 돌려주고 싶었다. 집을 만들어내는 일은 3일이면 해낼 수 있었지만, 집을 되돌리는 일은 꼬박 한 달이 걸렸다. 매번 어딘가에 구멍이 생겼다. 빌려 온 물건이 손상되거나 뒤바뀌거나 사라졌다. 몇 번을 반복하자 집을 만들기 시작할 때부터 소민은 생각하게 되었다. 이번에도 무엇인가 사라지겠지.

소설은 문장으로만 존재하니까 소설 때문에 무엇인가 사라지지는 않을 것 같다고, 그건 좋은 일일 거라고 소민이 말했다.

"소설도 사라져요."

치온은 라니를 쓰다듬고 있는 소민의 손을 내려다보았다. 소민은 무엇이 사라지느냐고 묻는 표정이었다.

"실은 쁘띠가 저를 좋아한 적이 없어요."

소민의 손이 멈추었다.

"제가 손을 뻗으면 이를 드러내고, 종일 저를 피해 다녔어요. 우리 집에 처음 왔던 날부터 죽을 때까지. 하룻밤도 함께 잠든 적이 없어요. 쁘띠가 아기였을 때 제가 너무 귀찮게 했기 때문일 거예요. 쁘띠가 너무 좋아서, 계속 만지고 쓰다듬고 끌어안으려고 들었어요. 개가 주인공을 졸졸 따라다니는 게 당연한 것 같지만 저에겐 당연하지 않았어요. 이젠 쁘띠를 떠올리면 소설 속 장면만 떠오르더라고요. 제 품에서 자겠다고 쁘띠가 앞발로 제 얼굴을 긁고, 저는 귀찮다는 듯 팔을 들어 올려 쁘띠를 안아주죠. 마치 그런 적이 아주 많았던 것처럼.

저는 죽은 쁘띠를 안고 있어요. 쁘띠의 혀가 입 바깥으로 길게 빠져나와 있어요. 차갑고 딱딱해요. 쁘띠의 모습 중에 제가 가장 자주 떠올리는 모습이에요. 눈물이 흐를 때도 있어요. 하지만 저는 죽은 쁘띠를 안아본 적이 없어요. 쁘띠가 죽은 이후로 자주 상상한 장면일 뿐이에요."

라니가 하품을 하고 기지개를 켰다. 치온에게 다가와 치온의 발목에 턱을 괴었다.

"라니는 테니스공을 안 좋아해요. 치온 씨가 던져주니까 무는 거예요. 라니는 입이 짧아요. 기호성이 좋다는 건 다 먹여봤는데, 음식 자체에 관심이 없어요. 굶겨도 소용이 없어요. 계속 굶다가 죽어버릴 것처럼 그래요. 제가 한 알 한 알 손으로 건네줘야 먹어요. 산책을 하다가 고양이를 쫓는다거나, 날아가는 비닐봉지를 잡으려 한다거나, 전봇대 냄새를 맡겠다고 고집을 부린다거나, 그런 일이 라니한테는 일어나지 않아요. 라니는 아무것에도 흥미가 없어요. 오직 사람만 따라다녀요. 사람이 원하니까 밥을 먹고 사람이 원하니까 공을 물어요. 라니와 하루를 같이 보내면, 라니는 내내 저만 쳐다봐요. 처음에는 그게 견디기 어려웠어요. 어떤 눈동자가 24시간 저만 본다는 게. 그런 마음이 가능하다는 게. 저 애가 평생 그러리란 게. 저는 라니의 그런 눈빛에 반해서 데려온 건데도 그런 눈빛이 어떤 마음인지 제대로 몰랐나 봐요."

라니가 코를 킁킁거렸다. 치온의 살냄새를 맡고 있었다. 그러곤 고개를 들었다. 치온을 보며 활짝 웃었다. 혀를 조금 내밀고 헥헥거리면서. 지금 이 순간이 아주 흡족하다는 표정이었다.

"치온 씨 냄새가 좋은가 봐요."

"집도 냄새가 중요한 요소라고 했죠?"

"커피 냄새 같은 게 좋지 않을까요. 쉽게 연출할 수 있고 작위적이지가 않잖아요. 저는 냄새 때문에 집을 결정한 적이 있어요. 토요일 오후였는데, 제가 그날 식사를 못 했어요. 초등학생 정도 되는 아이 둘이서 텔레비전을 보면서 김밥하고 라면을 먹고 있더라고요. 김밥을 국물에 풍덩풍덩 담가가면서요. 어찌나 맛있어 보이던지, 옆에 같이 앉아서 먹고 싶을 정도였어요. 다른 집도 둘러보았지만 계속 라면 생각만 나고. 결국 그 집을 계약해버렸죠. 그게 지금 살고 있는 집이에요. 거실 마루의 감촉이라든가 오전의 햇빛 같은 것들이 의외로 중요한 것 같아요."

라니가 치온의 발가락을 핥기 시작했다.

"양말을 신는 게 낫겠죠?"

치온이 소민에게 물었다.

"핥는 게 싫은가요?"

"아뇨. 누군가 집을 보러 올 때요."

소민이 치온의 발을 물끄러미 쳐다보았다. 치온은 한쪽 발의 발가락 두 개가 없었다. 10년 전에 교통사고를 당했고, 절단 수술을 받았다. 보행하는 데는 큰 문제가 없었지만 신발 속으로 돌멩이가 들어왔을 때나 신발을 벗어야 하는 식당에 입장할 때, 치온의 맨발을 처음 본 사람들은 갑자기 멈추곤 했다. 웃음소리도 대화 소리도 가위로 자른 듯 툭 끊어졌다. 그들은 하던 이야기를 잊어버렸다.

집을 내놓은 지 7개월 만에 집을 구경하러 온 손님이었다. 치온이 양말을 신었는지 신지 않았는지, 손님은 기억하지 못할 것이다. 치온이 원하는 바였다. 손님의 시선이 치온을 지나쳤다. 그리고 율무에게 꽂혔다. 드라이 샴푸로 씻기고 아디다스 티셔츠를 입혀놓긴 했지만, 손님은 개 자체를 좋아하지 않는 사람일지 몰랐다. 손님의 입꼬리에 처음으로 미소가 번졌다.

"몇 개월이에요?"

그가 키웠던 반려견의 새끼 시절 모습과 율무가 흡사하다고 했다. 16년을 함께 산 반려견이 죽은 지 4년이 지났다고 했다. 입양을 했을 당시에 율무가 폐렴을 앓았다고 치온은 말했다. 반려견이 아플 때의 심정에 대해 치온과 손님은 이야기를 나누었다. 좁은 입원실에 개를 혼자 두고서 어떤 심정으로 하루하루를 보냈는지. 면회를 갈 때마다 눈물자국이 짙어진 개가 어떤 눈빛으로 그들을 쳐다보았는지.

"건강해야지."

손님이 율무에게 손을 내밀었다. 율무가 손님의 손끝을 핥았다. 알고 있던 사람을 만난 것처럼 발등에 옆구리를 비벼댔다. 바닥에 드러누워 뽀얀 배를 보여줬다. 잘하고 있어, 치온은 속으로 쾌재를 불렀다. 매매가에서 5백만 원을 깎아주겠다고 손님에게 말했다. 계획된 멘트였지만, 특별한 인연에게 베푸는 선의처럼 말투를 포장했다. 그가 솔깃해한다면 5백만 원을 더 깎아주겠다고 말하여 쐐기를 박을 작정이었다. 그에게 안방 화장실을 보여주고 거실로 돌아왔을 때였다. 거실 카펫 여기저기 율무의 똥이 흩어져 있었다. 율무가 카펫을 필드 삼아 똥 덩이로 축구를 하고 있었다. 손님과 눈이 마주치자 얼른 한 덩이를 삼켰다. 손님의 얼굴이 순식간에 차가워졌다. 치온과 나눈 이야기를 모두 잊은 듯한 표정이었다.

카펫에 거뭇거뭇 묻어버린 흔적을 치온은 물티슈로 닦아냈다. 치온의 팔에 율무가 매달렸다. 밀어내도 다시 매달렸다. 똥을 닦는 게 놀이처럼 보이는 모양이었다.

희고 둥근 부분

신발들이 보였다. 하얀 스니커즈는 한쪽 굽만 닳아 있었다. 저 사람도 척추측만증이 있을지 모른다고 진영은 생각했다. 러닝화의 밑창에는 껌이 붙어 있었다. 신발의 주인은 아직 모르는 듯했다. 진영이 바라보는 각도에서만 볼 수 있는 특징들이었다. 비어 있던 자리에 플랫 슈즈가 나타나자 러닝화는 꼬고 있던 다리를 풀었다. 신발 두 짝이 모두 바닥에 닿자 더 이상 시커먼 껌은 보이지 않았다.

진영은 애써 눈동자를 돌려보았다. 승객들의 신발에서 승객들의 얼굴로 시선을 옮길 수 있었다. 누군가는 두 눈을 감은 채 잠을 청하고 있었다. 누군가는 입을 약간 벌린 채 출입문 위의 모니터를 응시하고 있었다. 건너편에 앉아 휴대폰을 보고 있던 승객이 눈동자만 45도 들어 올려 진영을 쳐다봤다. 그는 두 번 정도 눈을 깜박이다 다시 휴대폰으로 시선을 되돌렸다. 이번엔 여러 승객이 동시에 진영을 쳐다봤다. 맞은편 차창으로 진영은 같은 라인에 앉아 있는 승객들의 표정을 볼 수 있었다. 그들도 차창을 통해 진영을 쳐다보다가 진영과 차창 속에서 눈이 마주쳤다. 그들은 시선을 다시 회수했다.

모두들 진영에게서 정보를 찾고 있는 듯했다. 3인석 정도를 차지한 채로 누워 있는 진영에 대한 정보가 필요한 듯 보였다. 누군가가 돕지 않으면 안 되는 다급한 상황인지. 컨디션이 좋지 않아 약간의 도움이 필요한 상태인지. 단지 취객인 건지. 모르는 척을 하는 게 맞는지 돕는 게 맞는지.

진영은 도움이 필요한 사람처럼 보이지는 않았다. 아픈 사람치고는 멀쩡해 보였고, 멀쩡한 사람치고는 힘들어 보였다. 표정도 비교적 흐트러짐이 없었고 눈빛도 아픈 사람이라기보다는 겁에 질린 듯해 보였다. 진영 역시 승객들에게 도움을 요청하지 않았다. 지금 자신이 도움을 청해야 하는 상황인지 혼자서 해결할 수 있는 상황인지 스스로 미처 판단이 서지 않았다. 속이 메슥거리거나 정신이 혼미한 것도, 호흡이 가빠지거나 혈압이 떨어진 것도 아니었다. 자신도 모르게 누워버렸고, 일어날 수 없을 뿐이었다.

지하철은 용산역을 지나 한강 위를 달리고 있었다. 퇴근 시간의 강변북로는 빨간 브레이크 등이 켜져 있는 자동차로 가득했다. 멀리 63빌딩이 보였다. 승객들은 고개를 들었고, 건너편 승객의 머리 너머로 펼쳐진 한강을 바라봤다. 이 구간을 지날 때마다 그랬다. 약속이라도 한 것처럼 승객들은 보거나 보지 않던 시선을 창밖으로 옮겼다. 건너편 철교에서 역방향 지하철이 스쳐 갔다. 저 지하철에 탄 승객들도 고개를 들어 이 지하철이 스쳐 가는 걸 보고 있을 것이다.

노량진역을 알리는 안내 방송이 나왔다. 사람들은 다시 시선을 회수했다. 몇 사람은 의자에서 일어섰다. 베이비 캐리어를 메고 있던 여자가 진영의 맞은편에 앉았다. 아기가 진영을 골똘히 내려다보았다.

"왜 그때 병원에 데려갈 생각을 못 했을까."

이모는 그때 그 이야기를 끝내며 묘한 표정을 지었다. 그 어떤 순간에도 적절한 예시를 들이댈 수 있을 만큼 자신의 경험이 축적되어 있다는 걸 자랑하는 듯한 자부심이 느껴졌다.

지하철 문이 열렸다. 진영은 안내판을 쳐다봤다. 내려야 할 역은 이미 지나쳐버렸다. 손바닥으로 의자를 짚고 상체를 일으켰다. 종점인 광명역에 도착했고 진영은 플랫폼에 발을 디뎠다. 우선 벤치를 찾았다. 아치형 유리 지붕에서 빛이 쏟아지고 있는데도 플랫폼은 어두컴컴했다. 지붕이 너무 높아 역사는 휑한 느낌을 풍겼다. 지하철 도착을 알리는 신호음이 들렸다.

진영은 이모의 얼굴을 잊은 지 오래였다. 그는 이목구비보다 표정으로 진영에게 각인되어 있었다. 눈을 동그랗게 뜨고 사람을 놀래려는 표정. 그는 공포를 전달하는 방식으로 진영을 가르치려 했다. 물놀이를 앞둔 때에는 물에 빠져 죽은 아이에 대해 말했고, 놀이동산에 가려 했을 때에는 그곳에서 사고를 당한 사람에 대해 말했다. 그 이야기를 한 날도 그랬다. 그날 아침 진영은 등교를 하다가 버스에서 넘어졌다. 버스가 급정거를 하는 바람에 손잡이를 놓쳤고 바닥에 뒤통수를 부딪쳤다. 혹이 났을 뿐이었는데, 이모는 뇌진탕일지도 모른다고 말했다. 죽을 수도 있다고. 멀쩡해 보이던 사람이 한순간에 죽는 일도 많다면서. 이모는 진영이 겁에 질리기를 기대하는 것처럼 보였고, 진영은 이모가 과장하고 있을 뿐이라고 여겼다.

지하철이 플랫폼으로 들어왔다. 문이 열렸다. 사람들이 쏟아졌다. 승객들은 플랫폼에 발을 디디는 동시에 왼쪽과 오른쪽을 번갈아 보았다. 순식간에 판단을 마치고 한쪽으로 방향을 틀어 걸어갔다. 진영은 자신의 몸이 회복되었다는 걸 느꼈다. 무슨 일이 있었냐는 듯 아무렇지도 않아졌다. 이제 사람들은 진영을 쳐다보지 않았다. 무관심의 영역으로 진영은 돌아와 있었다. 진영은 의자에서 일어났다. 다른 사람들처럼 왼쪽과 오른쪽을 번갈아 보았다. 플랫폼 중앙에 매점이 보였다. 진영은 매점에서 초코바를 구입했다.

두 입을 먹고 나서야 출근 시간이 지났다는 사실을 알아챘다. 진영은 행정실장에게 전화를 걸었다. 사정을 설명하고 대체 수업을 진행할 강사가 있는지 물었다. 병원에는 가셨냐고 실장이 물었다. 갑작스러운 대체 수업에 따른 학부모 항의가 많은지라, 죄송하지만 진료확인서를 부탁드린다고 실장은 말했다.

진영은 역에서 가까운 내과를 찾아갔다. 진료확인서를 제출할 필요가 없었더라면 병원에 찾아가지는 않았을 거였다. 의사는 진영의 눈동자와 입안을 살피고 혈압을 쟀다. 마지막 식사는 언제였는지, 지하철에서 오래 서 있지는 않았는지, 이명이 들리지는 않았는지 물었다. 미주신경성 실신으로 추정된다고 의사가 말했다. 우선 주사를 맞고, 소견서를 써줄 테니 종합병원에서 검사를 받으라고 덧붙였다.

"종합병원에 가야 할 정도인가요?"

"병은 아니고요. 말하자면 증상입니다. 확진을 위해서 검사가 필요하다는 말이고요. 대처는 아주 잘하셨어요. 눕지 않고 버티면 쓰러질 수 있어요. 쓰러지면서 어딘가에 부딪힐 때가 문제거든요. 크게 다치는 사람도 많아요."

모니터에 시선을 고정한 채 의사가 말했다.

진영은 침대에 누워 병원 천장을 보고 있었다. 간간이 간호사들의 슬리퍼 소리가 들렸다. 수액팩에서 수액이 한 방울씩 떨어졌다.

그때 애들하고 자취방에서 마작을 하고 있었거든. 뒤늦게 인숙이가 왔어. 인숙이 왔네, 그러고는 같이 마작을 했지. 한참 잘 놀고 있었는데 뜬금없이 인숙이가 그러더라. 나 농약 먹었다. 집에 있던 제초제를 물에 타서 먹고 왔대. 근데 애가 멀쩡한 거야. 말도 또박또박 잘하고 패도 딱딱 잘 맞춰. 게다가 실실 웃데. 그래서 그냥 계속 놀았지. 멀쩡하니까. 그냥 계속 놀았어. 생각해봐. 멀쩡하게 잘 놀고 있는데 농약을 먹었다는 말이 믿기겠어? 진짜 잘 놀더라고. 그런데 저녁때쯤 되니까 인숙이가 또 그러더라. 나 어떡해. 죽는 거 아니냐. 애가 인제 안 웃어. 좀 시무룩해 보이고. 선생님한테 혼난 애처럼 방바닥에 앉아서는 자꾸 목이 탄다는 거야. 물만 갖다 줬어. 안 아파 보였거든. 농약 먹으면 바로 죽거나 까무러치는 줄 알았지. 그렇게 말짱하게 돌아다닐 수 있는 줄 몰랐지. 물 먹으니까 화장실 가서 토하더라고. 등 두들겨주고 집에 가서 자라고 했는데. 다음 날 죽었어. 왜 그때 병원에 데려갈 생각을 못 했을까.

커튼을 치는 소리에 진영은 눈을 떴다.

"다 끝났어요."

간호사가 수액 조절기를 잠갔다. 진영의 손등에서 주삿바늘을 뽑아냈다. 약솜으로 손등을 누른 채 진영은 침대에서 일어났다. 진료확인서와 소견서를 받아 병원을 나왔다. 건물 1층 죽 전문점에서 전복죽을 주문했다. 커다란 대접 가득 죽이 담겨 나왔다. 뜨거운 김 속으로 진영은 얼굴을 묻었다. 숟가락으로 죽의 표면을 살살 긁어 떠먹었다.

인숙은 어쩌자고 자취방을 찾아갔을까. 좋아하는 친구들과 자신에게 남아 있는 마지막 시간을 보내기로 결정한 것은 아닐까. 친구들과 함께 웃고 놀고 마작을 하는 것. 그것으로 자신의 죽음을 완수하고 싶었는지도 모른다. 이모에게는 잊히지 못할 후회의 장면이 인숙에게는 잘 계획된 마지막 순간일지도 모른다.

이모의 묘한 표정은 자부심이 아니라 죄책감일 수 있다고 진영은 고쳐 생각하게 되었다. 버스에서 넘어진 사람만 봐도 인숙의 얘기가 불쑥 튀어나올 정도로 이모는 인숙의 죽음을 안고 살았다. 이모는 그날 인숙과 헤어질 때까지만 해도 후회 같은 감정은 느끼지 못했을 것이다. 인숙이 죽었다는 소식을 들은 이튿날 아침에야 잃어버린 물건을 찾아낸 사람처럼 후회와 자책을 발견한 것일까. 인숙의 장례식에서 비애와 원통함으로 일그러진 유가족과 맞절을 하는 순간에야 죄책감을 맞닥뜨리게 되었을까. 유가족에게 인숙의 마지막을 설명하던 때에야 자신이 인숙을 살릴 수 있었던 마지막 사람이었다는 걸 뼈저리게 알게 되었을까. 그도 아니면 어느 날 문득 뒤늦게 후회가 찾아왔을까. 그날 내내 이모가 인숙을 관찰했듯이 인숙도 이모를 관찰했을지도 모른다. 쟤는 잘 노는구나. 내가 농약을 먹었다는 말을 듣고도 그냥 계속 노는구나. 진짜 잘 노는구나. 인숙도 같은 방식으로 이모를 판단했을지 모른다. 이모와 친구들의 태도가 믿기지 않는다면서 말이다.

진영은 역 근처를 걸었다. 칸칸이 비어 있는 신축 상가를 지나 아파트 단지를 가로질렀다. 주민들은 보이지 않았고 군데군데 불만 켜져 있었다. 아직 입주가 완료되지 않은 듯했다. 단지 끝에 다다르자 공원이 나타났다. 나무들은 키가 작고 가지가 가늘었다. 조성된 지 얼마 되지 않은 듯했다. 저류지에는 물이 없었다. 커다란 구덩이만 파여 있었다. 진영은 구덩이를 따라 계속 걸었다. 코트의 단추를 잠갔다.

밤인데도 테니스 코트 안은 대낮 같았다. 새파란 코트에 공의 그림자들이 길고 뾰족했다. 가위로 오린 것처럼 그림자는 선명했다. 인위적인 풍경이 주는 아름다움이 진영을 그곳에 오래 서 있게 했다.

로희가 진영의 어깨를 톡톡 두드렸다. 진영은 눈을 떴다. 어느새 로희의 어깨에 몸을 기댄 채 졸고 있었다. 로희는 턱짓으로 모니터를 가리켰다. 다음 역에서 내려야 한다는 의미였다. 진영은 로희와 함께 화곡역에서 내렸다.

"이제는 괜찮은 거야?"

교통카드를 단말기에 가져다 대며 로희가 물었다.

"괜찮을걸?"

"병원에서는 뭐라는데?"

"염분하고 수분을 충분히 섭취하고. 스트레스 받을 상황을 피하고. 사람이 붐비는 밀폐된 장소를 피하래."

로희가 웃음을 터뜨렸다.

"어디 다니지 말고 직장도 관두라는 충고 같네."

진영은 어깨를 으쓱했다. 편의점에 들르자고 로희가 말했다. 로희가 진영에게 선물을 주듯 건넸다.

"충분한 수분."

진영은 생수병을 열어 물을 마셨다.

"건강을 좀 돌보셔야죠."

로희가 농담 섞어 건넨 말에 진영은 실장 이야기를 꺼냈다. 진료확인서를 행정실장에게 제출했을 때, 실장은 눈썹을 팔자로 늘어뜨리며 진영에게 말했다. 건강을 돌보셔야 하지 않겠느냐고. 수업이 가능하시겠느냐고. 그가 진영에게 건넨 건강을 돌보시라는 말은 사직을 권유하는 의미였다. 배려처럼 말했지만 같은 일이 반복되어서는 안 된다는 경고로 진영에겐 들렸다. 미주신경성 실신은 질병이 아니라고, 그저 일회성 해프닝이라고 진영은 실장에게 답했다.

진영과 로희는 지도 앱에 의지해 신월동을 걸었다. 기온은 낮았지만 오후 4시의 햇볕은 부드러웠다. 비스듬하게 떨어지는 빛 속으로 먼지들이 부유했다. 대야에 말린 고추가 쌓여 있는 떡방앗간과 삼색등이 회전하고 있는 이발관과 골드스타 텔레비전과 폐타이어가 쌓여 있는 전파사를 차례차례 지났다. 노인들이 골목에 놓인 평상에 나란히 앉아 있었다. 굉음이 들려왔고 진영은 하늘을 올려다봤다. 김포공항에서 이륙한 비행기가 커다란 몸집을 이끌고 하늘을 가로질렀다. 비행기 바퀴가 몸체 속으로 사라지는 것을 진영은 보고 있었다. 비행기는 하늘에 박혀 있는 희고 둥근 점처럼 작아졌다. 비행운을 남기지 않았다면 그 점을 알아볼 수 없었을 것이다.

"우리가 뭘 보고 와야 하는 거지?"

로희에게 진영이 물었다.

"우리가 뭘 보고 와야 하는 줄 알고 있지?"

동시에 로희가 진영에게 물었다. 진영은 로희와 마주 보며 피식 웃었다.

"알고는 있어. 그런데 뭘 보고 와야 하는 거지?"

"그러게. 이것도 희고 둥근 부분이네."

올해 로희는 전시 주제를 '희고 둥근 부분'으로 정했다. 로희는 망막에 존재하는 '희고 둥근 부분'에 대해 프로젝트 협업자들에게 설명했다. 척추동물의 망막에는 시신경 다발이 밀집한 희고 둥근 부분이 있다. 그 부분에는 아무 상도 맺히지 않는다. 시신경이 밀집한 때문이다. 그곳은 맹점으로 남아 있는데, 두 눈을 뜬 상태로는 맹점을 알아챌 수 없지만, 한쪽 눈으로 곁눈질했을 때에는 가까스로 맹점이 파악된다. 그마저도 맹점 그대로의 형태는 아니다. 주변 이미지의 잔상으로 맹점이 메워지는 순간만을 목격할 수 있을 뿐이다. 로희는 구분을 하기 위해 인위적으로 경계를 만든 지역을 탐색하고 싶어 했다. 지도상에 점선으로 나타낸 경계선은 목격이 불가능했다. 목격 불가능한 경계선을 실제로 탐방하는 물리적 실천을 로희는 작업으로 옮기고 싶어 했다. 도시의 경계에 서 있을 때 로희는 이상하게도 사람과 사람 사이의 경계에 서 있는 것만 같은 느낌을 받는다고 했다. 악몽과 현실의 경계에 서 있는 것처럼 느낄 때도 있다고 했다.*

"안 보이는 것을 어떤 방식으로 보여줄 수 있어?"

진영이 물었다. 로희가 주머니에서 휴대폰을 꺼냈다. 하늘에 대고 사진을 찍었다.

"이렇게."

로희의 휴대폰 화면 속에는 방금 전에 보았던 비행운이 담겨 있었다.

골목 끝에 다다르자 녹지가 펼쳐졌다. 나무와 풀숲이 아무릎께나 우거져 있었다. 로희와 진영은 녹지 안쪽 깊숙이 들어갔다. 주변은 전등을 꺼버린 실내처럼 금세 어두워졌다. 땅에서 한기가 올라왔다. 경사가 가팔라졌다. 이 산 너머는 경기도였다. 산속 공터 어딘가가 서울과 경기도를 구분 짓는 경계선이었다.

나무에 훌라후프 하나가 걸려 있었다. 누군가 그곳에 두고 간 모양이었다. 로희는 나뭇가지에서 훌라후프를 빼냈다. 손바닥으로 거미줄을 쳐냈다. 훌라후프를 돌렸다. 그 모습을 진영은 사진으로 담았다. 그리고 윗몸일으키기 기구에 누워버렸다. 양팔을 든 채 훌라후프를 돌리며 로희가 걸어왔다.

"해봐. 몇 개나 하는지 보자."

로희는 몇 걸음 더 걸어오다 빠른 걸음으로 진영에게 다가왔다.

"지금 미주신경성 실신이야?"

놀란 로희의 얼굴이 코앞에 다가오자 진영은 간신히 고개를 끄덕였다. 어떻게 해야 도울 수 있느냐고 로희가 물었다. 로희는 진영을 옆으로 누이고 점퍼를 벗어 덮어주었다. 그리고 진영의 팔과 다리를 주무르기 시작했다. 증상에 대한 용어를 알고 있었던 것만으로도 진영은 한결 차분했다. 친구가 함께 있었기 때문에 쉽게 도움도 받았다. 무슨 뜻인지 제대로 이해하지도 못하는 용어가 진영과 로희를 설득

하고 있었다.

인숙은 어째서 죽기로 결심했을까. 인숙이 죽음을 작정한 이유에 대해서는 한 번도 궁금해본 적이 없다는 것을 진영은 알아챘다. 이모의 표정에서 묻어난 죄책감의 이유에 대해서만 상상해보았을 뿐이다. 인숙이 농약을 마신 이유를 이모는 알고 있었을까.

"하는 척은 할 만큼 했다는 건가요."

그때 민채는 진영에게 말했다. 민채도 진영에게 묘한 표정을 지어 보였다. 자기 자신에게 하는 혼잣말 같은 말투였지만 눈빛에는 진영을 꿰뚫어 봤다는 듯한 멸시가 담겨 있었다. 그 눈빛 때문에 오히려 진영은 그 순간 자신이 민채를 꿰뚫어 보고 있다고 느꼈다.

진영은 로희의 손을 잡아끌었다. 로희의 부축을 받아 윗몸일으키기 기구에서 일어났다. 기구 옆에 세워둔 생수병을 잡았다. 물을 마시고 로희에게 점퍼를 돌려주었다.

"미안해. 같이 와달라고 해서. 내가 훌라후프 돌려서 어지러웠어?"

로희는 자신 때문에 진영이 무리를 했다고 여겼다.

"아니. 너 마사지 잘하더라. 묵은 피로가 싹 풀렸는데?"

로희의 표정이 조금 밝아졌다.

진영이 농담을 던지면 민채도 밝은 표정을 했다. 그래서 진영도 민채에게 마음을 열었다. 그런 유의 밝음에는 가슴을 뭉클하게 만드는 무언가가 있었다. 진영은 민채에게 고마움을 느꼈다. 교사로서의 자신을 신뢰하는 민채에게 진영은 부응하고 싶었다. 그게 잘못이었다.

검사는 1박 2일 동안 진행되었다. 채혈을 하고, 24시간 심전도 검사를 하고 30분 동안 러닝머신에서 뛰며 혈압을 쟀다. 마지막 검사를 받기 위해 진영은 신경생리검사실을 찾아갔다. 의사가 간단히 설명을 했다. 실신을 유도한다고 했다. 의사는 진영에게 혈압계를 부착하고 진영의 몸을 침대에 묶었다. 그리고 침대를 재빨리 일으켰다. 70도의 각도로 세워둔 채, 혀 밑에 약물을 투입했다. 진영은 두통과 메스꺼움을 느꼈다. 몸의 균형이 깨진 듯하고, 눈의 초점을 맞추기 어려웠다. 심장이 빠르게 뛰는 소리가 들렸다.

"토할 것 같아요."

진영이 말했다.

"아직 괜찮네요. 조금 더 견디세요."

의사가 한 번 더 약물을 투입했다. 중력이 진영의 몸을 짓누르는 게 느껴졌다. 진영은 실신을 하기 위해 기다리는 중이었다. 눈앞이 점점 흐려졌다.

"조금만 더 견딜게요."

부장님, 저는 민채가 수행평가 과제를 내지 않아서 교무실로 불렀던 거예요. 얘기를 나누다가, 민채 손목에 상처가 있는 걸 발견했고요. 종이에 베였다고 거짓말을 하더라고요. 다른 사람한테는 말하지 말아달라고 간곡하게 부탁을 하면서요. 사실 위험하지 않은 상처였어요. 후시딘을 바르고 대일밴드를 붙이면 흉터 없이 아물 정도였거든요. 그 정도의 일을 부장님께 일일이 보고할 필요는 없다고 판단했어요. 양호실에 가서 약솜이랑 탈지면이랑 붕대 같은 것을 얻어 와서 치료했어요. 서랍에 있던 초콜릿도 꺼내서 쥐여줬어요. 민채가 활짝 웃더라고요. 고맙다면서요. 몇 번이나 인사를 하더라고요. 민채가 가기 전에 민채를 한 번 안아줬어요. 그게 잘못이었을까요. 며칠 후에 민채가 교무실로 저를 찾아왔어요. 무슨 일로 왔느냐고 물었는데, 말은 안 하고 불안한지 손톱만 만지더라고요. 상처는 괜찮냐고 물었어요. 그리고 손목을 봤어요. 감아준 붕대는 사라지고 새로운 상처가 생겨 있었어요. 그 이후로 민채가 계속 저를 찾아왔어요. 일요일에는 메일을 보내고요. 한밤중에 전화가 걸려오기도 하고요. 제가 다정하게 대할수록 민채는 더 깊이 상처를 냈어요. 민채가 제게 보여주기 위해서 자기 몸에 상처를 내는 걸로 보였어요.

부장님, 저도 제가 실수를 했다고 생각해요. 하지만 민채에게 차갑게 대한 것은 잘못이라고 생각하지 않아요. 다정하게 대한 게 잘못이라면 모를까.

"이진영 씨! 눈 떠보세요!"

진영은 눈을 떴다. 침대의 각도가 수평으로 돌아와 있었다. 몸을 고정해놓은 벨크로를 의사가 풀었다. 정상적인 실신이니 걱정하지 말라고 의사는 말했다.

진영은 수납을 하기 위해 병원홀 의자에 앉았다. 거대한 크리스마스트리가 홀 중앙에 서 있었다. 트리 주변에는 선물 상자들이 즐비했다. 빨간 리본으로 묶여 있는 초록색 상자 안에는 아무것도 없을 것이다. 오직 선물처럼 보이기 위해 놓여 있는 상자들과 오직 트리처럼 보이기 위해 서 있는 플라스틱이었다. 진영은 이 분위기가 좋았다.

균질하지는 않지만 회복을 염원하는 사람들이 이곳의 손님들이었다. 진영도 그들 중 한 명이라는 것. 그곳에서 느끼게 되는 소속감이 편했다. 환자복을 입고 있는 사람들이 링거대를 끌며 걸어 다녔다. 무릎을 조금 굽힌 채 느린 걸음으로 걸었다. 모두 다른 질병을 갖고 있을 사람들이 비슷한 자세로 걸었다. 질병이 비슷한 자세를 만들어가는 것일까. 환자 이미지에 부응해야 환자처럼 보인다는 사실을 그 누구보다 인숙은 가장 잘 알았을지도 모른다. 다만 그에 부응하지 않으려고 했을지도 모른다. 그럼으로써 지키고 싶었던 것이 있었을 것만 같았다.

다음 날 진영은 검사 결과를 들었다.

"결과가 모두 깨끗해요. 뇌도 정상이고 심장도 정상입니다. 미주신경성 실신이 맞습니다."

검사는 미주신경성 실신의 원인을 찾기 위해 진행된 것이 아니라, 미주신경성 실신이 아닐 가능성을 찾기 위해 진행된 것이라 했다. 몸에 문제가 없는 경우에 발생하는 것이 미주신경성 실신이므로, 당연히 치료법도 없다고 했다.

처음에는 민채가 해결책을 찾는 데에 보탬이 될 수 있을 거라 진영도 생각했다. 민채 혼자서는 해결할 수 없는 어떤 문제가 발생해서, 자해를 통해 도움을 청하고 있는 것이리라 진영은 믿었다. 가정 폭력이나 학교 폭력에 노출되어 있다면 학교에 협조를 요청하고 신고와 보호 절차를 밟을 수 있었다.

민채는 진영에게 7년 전 사고에 대해 말했다. 충돌 사고가 발생했다. 처음은 단순 접촉 사고였다. 더 큰 문제는 중앙분리대 건너편 도로를 무사히 지나가던 차량들 사이에서 일어났다. 사고로부터 조금이라도 거리를 두려던 차량들의 무리한 차선 변경과 사고를 구경하려던 차량들의 부주의함이 연쇄 추돌로 이어졌다. 차량들은 순식간에 뒤엉켰다. 그때 민채는 가장 많은 사상자가 발생한 고속버스에 타고 있었다. 다른 사람이 쿠션 역할을 했기에 민채는 크게 다치지 않았다. 밑에 깔린 사람이 무겁다고, 무겁다고 신음처럼 말했다. 민채는 몸을 움직일 수 없었다고 했다. 가만히 누워 있었다고. 골절상을 당한 것도 아니었고 의식을 잃은 것도 아니었다. 그저 일어날 수가 없었다. 그 사람은 끝내 조용해졌다. 민채는 죽어가는 사람의 눈동자를 지켜보았다고 했다.

학교의 상담 센터에서 상담을 받고, 필요하다면 정신과 치료를 병행하자고 민채에게 제안했다. 민채가 마음을 회복하고 잘 살아가는 것 말고 해결책은 없다고 진영은 판단했다. 민채는 완강히 거부했다. 민채는 회복할 의사가 없어 보였다. 오히려 의지적으로 고통을 소환해내 되새기는 것처럼 보였다. 그 고통을 진영에게 보여주고 싶어 하는 것 같았다.

민채가 또다시 손목을 긋고 교무실을 찾아왔던 날, 진영은 민채를 양호실로 보냈다. 민채의 상황을 상담 센터에 알리고 전문가를 통한 치료를 진행하겠다고 통보했다. 민채가 말했다.

"하는 척은 할 만큼 했다는 건가요."

민채는 진영에 대한 원망의 내용을 담은 유서를 책상 위에 올려두었다. 그리고 또 자해를 했다. 그때는 교실이 아닌 자기 집 욕실에서. 손목의 힘줄이 끊어져 접합 수술을 받아야 했다.

진영은 징계위원회에 회부되었다. 누군가는 진영이 민채

를 방치한 것이 문제라고 했고, 누군가는 진영이 민채의 일에 너무 깊게 개입한 것이 문제라고 했다. 진영은 어떤 징계도 받지 않았다. 계약직 교사로서 계약 연장을 거부당했을 뿐이다. 그 사립학교에서 계약직 교사로 5년을 버틴 사람은 진영밖에 없었다. 티오가 생기기만 하면 이제 정교사로 채용될 것이라고 진영은 믿어왔다. 결국 진영은 학교를 떠났다.

"저는 일주일에 두 번씩 학원에서 강의를 합니다. 지하철을 통해 출퇴근을 하고요. 사람이 붐비는 밀폐된 장소를 피하는 것은 불가능합니다. 미주신경성 실신에 대해 미리 대비할 수 있는 방법이 없을까요?"

진영이 의사에게 물었다. 의사는 진영에게 항우울제를 처방해주었다. 제10뇌신경이라 불리는 미주신경이 제 역할을 못 하는 원인이 우울증이라는 사실을 주입받는 기분이 들었다. 꼭 필요한 복용이라 판단해서 의사가 이 처방을 했다기보다는 플라세보 효과라도 기대해보려는 차선책이었을 것으로 짐작했다. 원인을 파악할 수 없지만 아무 처방도 하지 않을 수는 없다는 뜻 같았다. 지금 진영에게 원인은 존재한다기보다 필요한 것에 가까웠다. 그러나 원인이라는 단어를 생각하다 보면 그 단어가 끝말잇기처럼 느껴졌다. 사건에 원인이 존재한다면, 그 원인에 대한 원인도 존재할 것이다.

민채야말로 회복을 간절히 바랐을지 모른다고, 진영은 이제야 민채를 이해하기 시작했다. 민채는 망각이 아닌 처벌을 통해서만 자신이 회복할 수 있다고 여겼을지 모른다. 그러나 아무도 자신을 처벌할 리 없었으므로 자해를 통해 해결하려 했을 수도 있다. 그러다 자신의 죄책감을 짊어질 타인이 필요해졌고 처벌 가능한 타자를 만들어내기에 이른 것일지도 모른다.

진영은 2주에 한 번씩 로희를 만났다. 로희가 도시의 경계선을 찾아가는 길을 동행했다. 해야 할 일이 없었으므로 동행길은 산책과 비슷했다. 로희와 진영은 거여동과 학암동 사이의 등산로에서 길맥을 했고, 상암동과 대덕동 사이의 월드컵공원 자전거 대여소에서 자전거를 빌렸다. 30분도 타지 못한 채 찬 바람에 귀가 떨어질 것처럼 아파왔다.

이번에는 시흥동과 석수동의 경계에 있는 은행나무를 찾아갈 것이라 했다. 로희는 진영에게 거리뷰에 찍힌 은행나무 사진을 보여주었다. 연립주택 3층까지 은행나무 가지가 뻗어 있는 것을 가리키며, 이 나무가 아프다고 들은 적이 있는데 아직도 살아 있는지 보러 가자고 했다.

연립주택은 그대로였지만 로희가 보고 싶었던 은행나무는 없었다. 은행나무가 서 있던 자리에 서서 로희는 연립주택을 올려다보았다.

"고등학생 때 매점 가는 길에 은행나무 있었던 거 너도 기억나?"

고개를 꺾은 채 로희가 진영에게 물었다.

"응, 은행 떨어질 때마다 냄새가 지독했지. 나무 주변을 빙 돌아서 매점에 들어갔잖아."

진영이 답했다.

"언젠가 은행나무 아래에서 비둘기를 봤어. 다른 애들이 나뭇가지 같은 걸로 쿡쿡 찌르고 있더라고. 날개도 뒤틀려 있고. 죽은 것 같았어. 묻어줘야겠다는 생각이 드는 거야. 은행나무 주변에 구덩이를 팠어. 비둘기를 넣고 흙으로 막 덮으려는데, 갑자기 비둘기가 꿈틀대더라."

"그래서 어떻게 했어?"

진영이 물었다.

"몰라."

로희가 진영을 쳐다봤다.

"기억이 없어. 너는 내가 어떻게 했을 것 같아?"

진영은 아무 대답도 하지 않았다. 로희는 콘크리트 바닥을 신발로 문질렀다. 기억나지 않는 기억을 기억나지 않는 그대로 계속 꺼내보아온 듯했다.

석수역 플랫폼에서 진영과 로희는 의자에 나란히 앉아 하늘을 올려다보았다. 사람들은 어깨를 한껏 웅크린 채 주머니에 손을 넣고 있었다.

"눈이다."

로희가 손가락으로 허공을 가리켰다. 진영의 눈에는 아무것도 보이지 않았다.

"어디?"

진영은 허공을 두리번거렸다.

"잘 봐봐."

로희는 눈을 작게 뜨고 허공에 초점을 맞췄다. 진영도 로희를 따라 했다. 눈송이 한두 개가 겨우 진영의 시야에 잡혔다. 로희와 진영은 맹점 테스트를 할 때처럼 엄지를 벌린 채 두 손등을 포갰다. 겹쳐진 두 엄지 위로 삼각형의 구멍을 만들었다. 그 사이로 눈송이 하나를 바라보았다. 왼쪽 눈과 오른쪽 눈을 번갈아 감았다.

"너는 오른눈잡이라고 했지?"

로희는 그 자세 그대로 왼쪽 눈을 감은 채 진영에게 말했다.

"지금 눈송이가 사라졌어."

로희는 왼눈잡이였다. 조그마한 구멍 속에서 사라졌던 눈송이가 반대쪽 눈을 뜨면 다시 나타났다. 보이지도 않고 느낄 수도 없을 만큼 작은 눈 알갱이 몇 개가 허공을 떠다니고 있었다. 그리고 금세 사라져버렸다.

"시시해도 이걸 첫눈이라고 하자."

진영이 탈 열차가 플랫폼으로 들어올 때 진영은 로희에

게 말했다.

재작년 겨울에는 재난처럼 폭설이 내렸다. 버스는 운행을 중단했고, 휴교령이 떨어졌다. 폭설이 시작되던 시각에 진영은 이모의 장례식장에 있었다. 조문객은 적었다. 조문 온 사람들도 휴대폰으로 뉴스 특보를 검색하며 귀갓길을 걱정하고 있었다. 자정이 가까워져 그나마 있던 조문객들도 거의 돌아갔을 때, 민채가 장례식장에 들어왔다.

"아이고, 완전히 눈사람이 됐네."

민채의 몸에 쌓인 눈을 털어주며 진영의 엄마가 말했다. 이렇게 눈이 오는데 어떻게 왔냐고 진영의 엄마는 민채를 반겼다. 민채는 진영의 귀에 대고 조문하는 방법을 알려달라고 했다. 장례식장에는 처음 와본다고 했다. 묵념만 하면 된다고 말했는데도 민채는 이모에게 절을 했다. 이 폭설을 뚫고 장례식장까지 찾아온 학생은 민채가 유일했다. 진영의 엄마는 진영에게 두고두고 민채를 기특하다며 언급했다. 이 장면이 떠오르자 진영은 이모가 죽었다는 것이 새삼스럽게 느껴졌다. 이모는 점점 멀어지다 잊힌 친척 중 한 사람이 되어갔고, 이모는 진영의 기억 속에서 함께했던 몇 조각의 이미지만 남아 있는 사람에 가까웠다. 이모의 죽음에 대해서 관심을 가진 적도, 진심으로 명복을 빈 적도 없었다.

지하철은 노량진역을 지나 용산역을 향하고 있었다. 한

강이 보였고, 승객들이 고개를 들었다. 눈은 보이지 않았다. 이모의 사인(死因)은 무엇이었을까. 분명 들었을 텐데 잊어버린 것일까.

진영은 신설동역에서 내렸다. 아무것도 바라보지 않으면서 걸었다. 지하철 출구를 빠져나와 노점상을 지나 집을 향해 걸어갔다. 로희에게 문자를 보냈다. 잘 들어가고 있느냐고 물었더니, 잘 들어가고 있느냐는 질문이 되돌아왔다.

"너는 네가 어떻게 했을 것 같은데?"

진영은 로희에게 물었다.

"살리려고 노력했더라면. 그 기억은 남아 있겠지."

진영은 휴대폰을 든 채 거리에 서 있었다.

진영은 현관문을 열었다. 신발도 벗지 않은 채 현관에 누워버렸다. 혼자였으므로 아무도 진영을 쳐다보지 않았다. 도움을 청할 사람도, 도움을 청해야 할 이유도 진영에게는 없었다. 민채는 그 밤중에 왜 장례식장을 찾아왔을까. 그 폭설을 뚫고 민채는 금세 돌아갔을까. 아니면 몇 시간쯤 장례식장에 함께 있었을까. 진영은 이번에도 잊고 있던 장면이 눈앞에 떠오르기를 기다렸다. 진영만이 진영을 쳐다보며, 진영만이 진영을 기다리고 있었다.

* 미술작가 봄로야와의 공동 작업 「no(i)se walk」 및 사유지의 미술 전

시 「곁눈질로 빤히 쳐다보기」(2018)의 맹점… 워크숍에 참여했던 경험을 참고했다. (http://sayuji301.creatorlink.net/맹점… 워크숍Blind-Spot-workshop)

내가 아는 가장 밝은 세계

어떤 웃음은 타인을 향해 수천 개의 화살처럼 발사되었다. 앉으려던 나의 뒤쪽에서 짝꿍이 내 의자를 뺐을 때, 넘어진 나를 향해 주변 아이들이 일제히 웃었던 것처럼. 어떤 웃음은 핏방울처럼 바닥으로 똑똑 떨어졌다. 또 다른 아이가 또 다른 아이의 의자를 뺐을 때, 넘어진 아이가 뒤통수를 움켜쥐고 함께 웃으며 일어서는 것처럼. 그때 그 아이는 머리가 깨져 피를 흘리면서도 웃었다. 친구들의 숙제를 매번 대신해주던 내 친구는 숙제를 하는 것이 재미있어서 그런다며 애써 웃음을 만들어냈다. 체력장으로 오래달리기를 하던 날 가장 느리게 뛰어가는 아이는 마지막까지 가장 느리게 뛰어갔다. 아이들은 한 바퀴나 그 아이를 앞서 뛰며, 그 아이에게 밝은 웃음과 함께 힘찬 응원을 보냈다. 엄마는 담임선생님과 면담을 할 때면 담임이 무슨 말을 하든 간에 입을 가리고 추임새를 넣듯 웃었다. 가족들 앞에서는 한 번도 지어본 적 없는 표정이었다.

웃고 있는 사람들을 나는 무표정한 얼굴로 쳐다보았다. 사람들은 자신의 웃음이 어떤 질감인지에 대해 모르는 체하는 것 같았다. 다 같이 웃고 있는 상황에서도 나는 덩달아 웃지는 않았다. 나는 눈치 없는 아이라는 말을 듣고 자랐다. 눈치가 없는 아이일 뿐이었지만, 나의 눈치 없음이 나는 마음에 들었다. 웃기지 않았으므로 덩달아 웃고 싶지 않았고 그래서 나는 아이들과 함께 분식점에 가지 않았다. 체육 시간에 오자미 놀이를 할 때면 슬그머니 빠져나와 스탠드에 앉아 있었다. 과잉되고 넘치는 웃음소리가 멀찌감치 떨어져 있는 나에게까지 날아들었다. 억지로 웃기는 게 싫어서 나는 TV 예능 프로그램과 로맨틱 코미디를 보지 않았다. 동물원에도 가지 않았다. 중학교 3학년 봄소풍으로 동물원을 처음 가보았다. 토끼 귀 모양 머리띠를 다 같이 하고 사파리 열차를 탔다. 땅에 연신 머리를 박고 있던 너구리와 털이 죄다 빠져버린 타조를 보았다. 아이들은 타조를 뛰어다니는 백 인분 치킨이라고 놀렸다. 자신의 머리털을 쥐어뜯고 있는 곰 앞에서도 아이들은 깔깔 웃으며 손가락질을 했다. 곰은 어슬렁거리며 사파리 열차로 다가왔다. 열차 앞에서 번쩍 일어섰다. 입을 크게 벌렸다. 곰이 소리를 질렀다. 입냄새가 지독하다며 아이들은 코를 막았다. 쩍 벌어진 곰의 입으로 건빵을 집어 던지는 아이도 있었다. 모두들 큰 소리로 웃어댔다.

대학에 입학했을 때에는 신입생 오리엔테이션에 가지 않았다. MT에도 가지 않았다. MT 기념사진 속에서 동기들은 이상한 색깔의 음료수를 손에 들고 있었다. 귤과 막걸리와 소주를 섞은, 우리 과만의 전통주였다. 선배들이 제조한 술을 후배들은 마셔야 했고, 다시 선배가 되어 후배들에게 그 술을 마시게 했다. 오만상을 쓰며 술을 마시고 있는 후배들 옆에서 선배들은 뿌듯한 듯 웃었다.

나는 10년 차 프리랜서가 되었다. 학교 대외협력과에서 전화가 걸려왔다. 분기마다 발행되는 학내 웹진의 편집자라고 했다. 입학하기 전까지는 학교 홈페이지에서 그 웹진을 자주 보았다. 예술 분야에서 자리 잡은 졸업생을 조명하는 인터뷰 코너가 있었다. 나도 그들처럼 될 수 있을까 싶어 그 학교에 입학원서를 냈다. 이번에는 나를 인터뷰하고 싶다고 했다. 예술대에서 자신의 전공을 업으로 삼은 사람은 손가락으로 꼽을 만큼 적었다. 단신에 불과했지만 일간지에 내 작품이 소개된 적도 있었다. 나는 종종 어딘가에서 주목받는 신인이라는 호명을 받았다. 내 또래 직장인의 연봉만큼은 아니지만 꾸준히 원고료와 인세가 들어왔고 적금도 부을 수 있었다. 내 삶은 기숙사에서 원룸텔로, 원룸 월세에서 1.5룸 반전세로 진화해갔다. 세 걸음 정도 되는 넓이의 방을 둘러보며 작업실이 생겼다고 좋아했다. 노트북 거치대를 버리고 올인원 PC를 구입했다. 생애 첫 데스크톱이었다. 메시 소재 시디즈 의자를 주문했다. 누가 쓰던 의자가 아니라 온전히 내 몸을 위한 의자는 처음 가져보았다. 요추 지지대가 있고 틸팅 기능이 있으며 목 받침과 팔걸이까지 내 몸에 맞도록 조절할 수 있었다. 허리디스크를 앓는 글쓰기 노동자에게는 필수적인 장비였다. 중고였지만 새것이나 다름없는 접이식 전기자전거도 사들였다. 수입에 대한 세금을 납부하기 시작했고, 국가는 나를 일정한 소득이 있는 개인사업자로 인식하기 시작했다. 건강보험 피부양자 자격을 상실했고, 국민연금 가입 결정 통지서가 날아왔다. 매달 의무적으로 입금해야 할 항목이 두 가지가 늘었다.

나는 알람을 맞춰놓고 잠을 자지 않았다. 화장을 하거나 셔츠를 다리지 않았다. 금요일 저녁을 손꼽아 기다리지 않았다. 휴식이 필요한 그날이 나에게는 주말이었다. 직장 생활을 하는 친구들은 나를 부러워했다. 매일매일 상사의 말에 맞장구를 치느라 쓸개가 다 털린다고 어떤 친구는 말했다. 웃으면서 항의를 하느라 윗입술이 말려들어간다고도 했다. 이런 얘기 끝에 친구는, 너라면 어차피 버텨내지도 못했을 거라며 자긍심을 드러냈다. 나도 나에게 자긍심이 있었다. 내 자신에게 가장 만족스러워한 것은 그것들을 버텨내지 않기로 선택했다는 점이었다. 나는 내가 선택한 무

표정을 지켜줄 수 있는 사람이었다.

집을 샀다. 보증금을 올려 받겠다는 집주인 때문이었다. 1, 2년 사이에 서울의 부동산 가격은 말도 안 되게 치솟아 있었다. 이제 내가 가진 보증금으로는 서울에서 멀쩡한 집을 구하려면 너무 많은 월세를 부담해야 했다. 지하철 노선도 앱을 켰다. 노선 도면의 테두리를 따라 부동산을 찾아다녔다. 직산역에서 만난 공인중개사가 나를 분양 사무소로 데려갔다. 엘리베이터 버튼에 아직 보호 필름이 붙어 있었다. 견본주택 주방에는 캡슐커피 머신과 와인 거치대가 놓여 있었다. 4층짜리 건물이었지만, 거실에서 하늘이 훤히 보였다. 빌라들이 다닥다닥 붙어 있는 그 동네에서 그만한 조망권을 갖고 있는 건물은 유일했다. 길쭉길쭉한 파들이 심어져 있는 텃밭 뷰가 펼쳐져 있었다.

"매매 생각은 없으세요?"

캡슐커피를 건네주며 분양 사무소 직원이 물었다. 나는 고개를 저었지만, 직원이 꺼내 준 팸플릿을 한 장씩 넘겨 보았다. 필로티 주차장 한편에는 무인 택배함과 입주민을 위한 개별 창고를 만든다고 했다. 내가 갖고 있는 보증금이면 제1금융권에서 안전하게 주택담보대출을 받을 수 있다고 했다. 주거용 오피스텔로 등록이 되었기 때문에 전기료도 저렴할 것이라 했다. 잔여 세대 분양인 만큼 취득세는 분양 사무소에서 납부하고 부동산 중개 수수료도 면제된다고 했다. 직원은 내가 매달 내야 할 대출이자와 원금을 계산해주었다. 원금 상환과 대출이자를 합한 금액이 월세보다 저렴했다. 지은 지 20년도 넘은 1.5룸 반전세 금액이면 신축 투룸 빌라를 살 수가 있었다. 서울시 성북구나 천안시 서북구나 어차피 수도권 지하철로 이어져 있었다. 나는 부동산 매매계약서에 서명했다.

을지로에서 조명을 골라 와 직접 바꿔 달았다. 수전마다 염소 제거 필터를 설치했다. 인터넷에서 목재를 주문했다. 목재로 화분 선반을 만들어 창문 아래에 달았다. 욕실 사이즈에 맞춘 반신 욕조도 주문했다. 거실에는 벽걸이 TV를 설치했다. 거실과 침실과 작업 공간이 비로소 분리되었다. 내 집 마련은 쉬웠다. 전 세대 입주가 완료되고 분양 사무소가 철거되었다. 건물을 덮고 펄럭이던 분양 문의 현수막이 사라졌을 즈음, 집 앞 파밭에서 굴착기 소리가 들리기 시작했다. 파릇파릇한 파들은 하루 만에 사라졌다. 나는 매일 아침 눈을 뜰 때마다 창문을 열었다. 건물이 얼마나 올라왔는지 확인했다. 거실 창문이 한 계절 만에 벽으로 차올랐다. 파밭 앞으로 드넓게 펼쳐진 과수원도 벽 뒤로 자취를 감췄다. 12층짜리 건물이 완공되었다. 나의 집은 이미 조망권을 상실하고 일조권마저 상실한 지 오래였다. 한 치 앞도 예측하지 못한 채로 집을 사버렸다는 사실을 깨달았지만, 다른 빌라의 조망권도 크게 다를 것은 없었다. 마치 무언가가 원래대로 돌아간 느낌이었다.

태풍이 지나갔고 장마가 시작되었다. 작은방 천장에서 물방울 하나를 발견했다. 손끝으로 물방울을 찍어냈다. 다음 날 그 자리에서 다시 물방울을 발견했다. 걸레로 닦아내고 물이 떨어지는 자리에 대야를 받쳐놓았다. 작은방에 이어 안방과 거실 천장에서도 물이 떨어지기 시작했다. 나는 의자를 딛고 올라가 천장 벽지를 뜯어보았다. 실크 벽지 안쪽에서 오도 가도 못하던 물이 주르륵 흘러내렸다. 곰팡이 냄새가 코를 찔렀다. 석고보드에 검은 곰팡이가 드넓게 번지고 있었다. 석고보드에 생긴 균열 사이로 물이 흘러들고 있었다. 태풍으로 외벽이 뜯겨 나가면서 생긴 크랙을 타고 빗물이 들어오는 것이라고 누수 탐지 업체는 진단했다. 건물 외벽 방수 공사를 해야 누수를 잡을 수 있다고 했다. 건물 전면을 세척하고 드라이비트 시공을 해야 했다. 스카이 장비를 사용해야 해서 인건비도 추가되며 부가세도 따로 계산될 것이라 했다. 견적서에는 합계 32,960,000원이 적혀 있었다. 준공을 한 지 1년이 지나지 않았다면, 시공사에 하자 보수 요청을 넣어보라고 했다. 시공사는 사라지고 없었다. 빌라를 짓기 위해 회사를 설립하고 분양이 종료되자마자 회사를 부도내는 방식으로 책임을 피해가는 시공사가 지은 건물이었다. 아마 또 다른 이름으로 시공사를 설립해 어딘가에서 다른 건물을 짓고 있을 것이었다. 인터넷에는 같은 문제로 골머리를 썩는 사연이 넘쳐났다. 그들은 나와 똑같은 방식으로 분양 사무소에 가게 되었다. 나처럼 잘 알지 못한 채 계약서에 서명했고, 나처럼 누수나 결로에 대한 보수 절차를 밟기 위해 인터넷을 검색하다가, 나처럼 시공사가 잠적했다는 사실을 알게 되었다. 수십 페이지에 걸쳐 이어지는 똑같은 사연들은 포털 속에 감춰져 있다가 같은 키워드를 검색하는 사람 앞에만 자명하게 드러났다.

입주민 회의가 필요했다. 외벽은 법적으로 공용 공간이기 때문에, 공사 비용도 입주민이 공동으로 부담하는 것이 맞았다. 나는 입주민 단체 채팅방을 떠올렸다. 외부인 주차 문제로 이 채팅방에 초대를 받았다. 그때 나는 "408호 차 없습니다"라는 한마디만 남기고 알림을 꺼버렸고, 이후로 한 번도 들여다보지 않았다. 단체 채팅방에 장문의 메시지를 남겼다. 함께 공사 비용을 부담해달라고 부탁했다. 지금은 장마 때문에 공사가 불가능하니, 차후에 다시 얘기를 나누자는 입주민 대표의 답이 돌아왔다.

대야에 락스를 부었다. 걸레에 락스 물을 묻혔다. 의자에 올라갔다. 까치발을 들고 두 팔을 높게 뻗었다. 곰팡이를 닦았다. 걸레에서 락스 물이 흘러내렸다. 내 팔뚝을 타고 겨드랑이 쪽으로 내려왔다. 얼굴을 보호하기 위해 마스크와 안경을 썼다. 입김 때문에 안경에 김이 서렸다. 냄새를 빼기 위해 창문을 열면 빗물이 들이쳤다. 외출을 했다

돌아오면 락스 냄새와 곰팡이 냄새가 함께 나를 반겼다. 락스를 덧바르고 덧발랐다. 장마는 끝도 없이 길었다. 55일 내내 비가 내렸다. 기록적인 장마였다.

장마가 끝나자마자 단체 채팅방에 다시 메시지를 올렸다. 서른 세대 중에서 다섯 세대가 공사에 찬성 의견을 밝혔다. 나머지 세대는 말이 없었다. 한 명 한 명에게 따로 메시지를 보냈다. 몇몇 주민은 나를 차단했다. 대체로 침묵하는 방식으로 반대 의견을 표했다. 답하지 않는 사람에게는 설득할 방법이 없었다. 내 피해를 스팸 메일 정도로 여겼다. 내용증명서를 발송하는 일이 남아 있었다. 장마가 끝나자 더 이상 비가 새지는 않았다. 곰팡이도 얼룩만 남긴 채 종식되었고 락스에 절어 있던 석고보드도 잘 말라갔다. 여기저기 뜯긴 벽지 아래에서 나는 글을 썼다. 그렇게 1년이 지나갔다.

다시 여름이 왔다. 얇은 이불을 꺼내고 에어컨 필터를 청소하며 여름을 열었다. 장마가 오기 전에 누수에 대한 대비를 해야만 했다. 동네 철물점을 찾아갔다. 우레탄폼과 핸디코트를 구입했다. 철물점 사장은 사용법을 알려주며 용도를 물었다.

"직접 하시게?"

나는 고개를 끄덕였다.

"잠깐이야 버티겠지만. 소용없어요. 제대로 공사를 해야

지. 아는 사장님 연결해줘?"

"제가 할 수 있어요."

나는 우레탄폼에 스트로를 연결했다. 크랙에 꼼꼼하게 쏘았다. 우레탄폼은 서서히 부풀어 오르며 크랙을 채워나갔다. 반나절을 말린 다음, 튀어나온 우레탄폼을 커터 칼로 조심조심 깎아냈다. 그 위에 핸디코트를 펴 발랐다. 철물점 사장의 말처럼, 아무리 내부를 꼼꼼히 다져도 외부에 금이 가 있으니 소용없을 것이다. 이번 장마를 버티는 정도가 전부일 것이다. 우레탄폼은 장마를 잘 버텨줬다. 하지만 다른 자리에서 또 물이 샜다. 옷에도 시디즈 의자에도 락스 물이 튀어 자국이 남았다. 락스가 담긴 대야와 걸레를 피해 다니며 외출 준비를 했다. 가장 좋은 옷을 꺼내 입고 예식장에 갔다.

그해 여름에는 유난히 결혼하는 친구가 많았다. 친구들은 신혼여행에서 선물을 사 왔고, 집들이에 나를 초대했다. 신혼집은 양가 부모님의 지원에다 대출까지 최대치로 끌어모은 결과물이었다. 돌잔치를 기점으로 나는 친구로부터 점점 멀어지는 사람이 되어갔다. 친구는 육아에 시달리는 자신과 비슷한 고민을 나눌 친구를 찾기 시작했다. 출산과 육아가 여성에게 얼마나 멋진 경험을 선사하는지에 대한 자랑으로 시작해서, 너는 좋겠다는 신세 한탄으로 대화가 끝났다. 나는 친구의 이야기를 들으며 응원을 보냈지만 깊은 동질감을 표할 수는 없었다. 같은 일이 반복되자, 돌잔치에 갈 때마다 친구에게 우정을 표현할 마지막 기회가 될지도 모른다는 생각을 하게 되었다. 그래서 최선을 다해 친구를 대하게 되었다. 일찌감치 도착해 함께 상을 차리고 잡일을 도왔다. 새로운 친구의 결혼 소식이 들려올 때, 축의금으로 얼마를 넣을지 고민하지 않게 되었다. 내가 할 수 있는 가장 최대한의 금액을 봉투에 넣어 예식장에 갔다. 그동안 고마웠고, 멀어지더라도 네가 잘 살아가기를 진심으로 바란다는 마음을 돈으로 대신했다.

나의 대출이자와 건강보험료는 계속 올라갔다. 은행에서 대출이자를 계산할 때에 나는 무직자로 분류되었고, 국민건강보험공단에서 건강보험료를 책정할 때에 나는 직장인으로 분류되었다. 나는 공단에 전화를 걸었다.

"보험료가 잘못 책정되어서요. 저는 프리랜서고요. 직장에 다니지 않습니다."

"네, 보험료 조정으로 전화 주셨군요. 일을 하지 않는다는 말씀이시지요?"

보험공단 직원은 프리랜서라는 단어를 받아들이지 않았다.

"아뇨, 일은 계속 하는데요. 직장인이 아니라고요."

"네, 그러니까, 직업이 없다는 말씀이시죠?"

"아뇨, 저는 프리랜서고요. 소득 신고된 곳들이 저의 직장은 아니라고요."

공단에서는 내가 취직을 하지 않았다는 증거가 있어야 보험료 조정을 할 수 있다고 했다. 나에게 원천징수영수증을 발급한 곳들에서 해촉증명서를 받아 제출하라고 했다. 시 한 편 원고료로 3만 원을 지급한 곳까지 포함하면 서른 군데가 넘었다. 나는 3만 원을 받는 직원이 아니라는 것을 증명하기 위해 일일이 전화를 돌렸다. 담당자가 내게 되물었다.

"애초에 작가님께 직책을 위촉한 적이 없는데, 어떻게 해촉을 하지요?"

위촉된 적 없는 직책의 해촉증명서를 발급받기 위해서 나의 위촉에도 해촉에도 전혀 관심이 없는 거래처와 몇 번의 메일을 오가며 증명서를 발급받았다. 어떤 출판사는 이미 폐업한 이후라 증명서를 받을 수조차 없었다. 나는 사라진 회사의 직원으로 남게 되었다.

그즈음부터 아파트 청약 홈페이지에 접속하기 시작했다. 라임팰리스 라세느 에코파크 어반, 센트리움 라크에르 스카이시티…… 아파트 이름은 도스토옙스키의 소설 속 등장인물들 이름만큼이나 길었다. 사람들이 아파트의 건설사와 주변 인프라와 시세의 상관도를 추리하고 있을 때, 나는 레이먼드 챈들러의 추리소설을 읽고서 관계도를 그려가며 살아가고 있었던 것이다.

나는 마트에서 장을 볼 때면 물건을 덥석 집어 카트에

넣지 않았다. 뒷면을 보았다. 조그맣게 적혀 있는 원재료와 함량을 일일이 살펴보았다. 간장이 양조간장인지 한식 간장인지 산분해간장인지 따위를 따져보았다. 대개 5년 이상 숙성을 시켰다며 광고하는 진간장은 숙성된 간장 30퍼센트에 산분해간장 70퍼센트를 혼합하여 만든 혼합간장이었다. 나는 식품첨가물이 적게 들어가면서도 가격이 합리적인 한식 간장을 카트에 담았다. 나는 인터넷 블로그에서 실제 후기와 후기를 가장한 광고를 가려낼 수 있었고, 내 생활 패턴에 맞춰 포인트를 적립해주는 신용카드를 선택할 줄 알았다. 카드 대금이나 공과금 같은 것을 연체해본 적은 당연히 한 번도 없으며 월세로 살 때에도 집주인으로부터 사랑받는 세입자였다.

글쓰기를 직업으로 삼고 싶다고 처음으로 생각했을 때, 한 달을 살아가려면 나에게 얼마만큼의 금액이 필요한지 계산해보았다. 나는 괜스레 쇼핑센터를 돌아다니며 아이쇼핑 하는 것을 좋아하지 않았고, 집에 액세서리나 옷, 생필품이 쌓이는 것도 좋아하지 않았다. 볼펜도 한 자루를 다 써야만 새로운 볼펜을 구입했다. 볼펜 한 자루와 수첩 한 권, 책 한 권을 가방에 넣어 다니는 것이 가볍고 좋았다. 내게는 필요한 것을 갖추는 것보다 불필요한 것을 덜어내는 것이 더 편했다. 글쓰기를 생업으로 삼는다면 벌이가 시원찮을 것이라는 자명한 사실을 나는 잘 알고 있었고, 그 사실이 나를 불편하게 하지 못한다는 것 정도는 자신이 있었다. 내 꿈은 나답고 소박했으므로 나는 그 꿈을 쉽게 이뤘다. 문학은 적어도 인간의 표정 따위는 신경 쓰지 않는 것처럼 보였다. 내가 좋아하고 흠모하면서 읽었던 많은 작품은 인간이 품은 진실이라거나 각자의 입장 같은 것을 끈질기게 탐구할 때에 빛을 발했다. 나는 이미 그런 빛에 매료되어 있었다. 내가 아는 가장 밝은 세계였다.

친구가 아파트 청약을 앞두고 모델하우스 가는 길에 동행했다. 처음 해보는 일 중에서 비용이 들지 않는 일은 언제고 환영한다며 나는 친구를 따라나섰다. 유리문을 열자 슈트를 입은 남자가 우리에게 인사를 건넸다. 그는 박 부장이라고 자신을 소개했다. 제일 먼저 우리를 모형도 앞으로 데려갔다. 버튼을 누르면 타입별로 조명이 켜졌다. 어떤 유닛을 자세히 보고 싶은지, 아파트 구입 자금이 얼마나 준비되어 있는지, 자녀의 연령은 어떻게 되는지 친구에게 물어보았다. 박 부장과 친구가 앞서 걸었고, 나는 그 뒤를 따라갔다. 유닛을 돌다가 나는 친구와 박 부장을 놓쳐버렸다. 나는 모델하우스 소파에 앉았다. 부장들이 사람들을 안내하는 것을 구경했다. 유닛을 다 돌자 친구는 박 부장에게 청약 관련 상담을 받았다. 친구는 신혼부부 특별공급으로 청약을 넣을 예정이라 했다. 박 부장은 친구에게 아이가 하나뿐이라 가점이 부족하다고 했다.

"모르는 사람들은 아이를 키우는 데 돈이 많이 드니 한 명만 낳아서 잘 키워야 한다고 생각하죠. 그렇지 않습니다. 서울에서 아파트 한 채는 아이가 둘은 있어야 당첨권이에요. 서울 아파트 한 채만큼 돈 되는 일이 한국에는 거의 없죠. 요즘 서울 아파트 가격이 기본 10억입니다. 아이를 두 명 낳아 아파트에 당첨되신다면, 아이 한 명당 5억인 셈이에요."

박 부장의 계산법에는 분명 이상한 지점이 있었다. 그러나 부동산 상승세를 고려한다면 틀렸다고만 볼 순 없었다. 박 부장은 친구에게 청약 당첨 전략을 짜주었다. 이번 청약에는 해당되지 않겠지만, 곧 분양을 시작할 2단지 모집 공고문이 게시되기 전에 임신을 하라고 했다. 태아도 아이로 인정이 되기 때문에, 임신만 한다면 당첨 가능성을 확실하게 높일 수 있다고 했다. 임신을 확정받으면 직장은 바로 그만두라고 했다. 맞벌이를 하면 소득이 높게 잡혀서 당첨이 불가능하다는 게 이유였다.

"로또가 당첨되어도 계속 직장에 다니실 겁니까? 똑같은 겁니다. 당첨 가능성이 높다면 당연히 그만둬야죠."

박 부장이 건네준 사은품을 두 손에 가득 안고 친구와 나는 모델하우스를 나왔다. 친구와 헤어져 지하철에 올랐을 때에야 사은품을 살펴보았다. 갑 휴지 다섯 개와 손 세정제 다섯 개였다. 나는 의자에 앉아 지하철이 텅 비어가는 것을 지켜보았다. 태아도 아이로 인정이 된다면, 태아를 인정받은 이후에 낙태를 하는 것이 가장 영리한 전략이 된다. 아이 한 명당 5억이 아니라, 낙태 한 번에 5억이 될 수도 있다. 이런 간단한 계산을 나만 할 리는 없을 것이다. 나는 휴대폰으로 포털 앱을 켰다. '청약'과 '낙태' 두 단어를 검색창에 입력했다. 2019년 특별공급 당첨자 중에서 부정 청약은 밝혀진 것만 10퍼센트에 달했다. 사람들은 청약 당첨자가 되기 위해 싱글 맘과 위장 결혼을 했고, 임신을 한 후 낙태를 했고, 파양할 아이를 입양했다. 나는 봉투에서 갑 휴지 하나를 꺼냈다. 친구와 함께 본 아파트 모형도가 그려져 있었다. 뒷면을 살펴보았다. 가장 작은 글씨부터 읽었다. "본 홍보물에 사용된 CG, 일러스트, 이미지 및 내용, 문구 등은 소비자의 이해를 돕기 위해 제작 또는 표기된 것으로 실제와 차이가 있다"고 적혀 있었다. 나는 계산기 앱에 5억이라는 숫자를 입력했다. 매달 백만 원씩 저금을 한다 해도, 내가 40년 동안 거의 80세가 될 때까지 모아야 하는 액수였다. 청약 가점 계산기를 켰다. 나에 대한 정보를 가점 계산기에 하나씩 입력했다. 나 같은 주거용 오피스텔 소유자는 무주택자로 분류되기 때문에 예상보다 높은 점수를 받을 수 있었지만, 그래봤자 내 점수는 16점밖에 되지 않았다. 서울 아파트에 당첨되려면 최소 54점 이상이 필요했다. 부모를 부양하지 않으면서 비혼으로 살아

간다면, 50세가 될 때까지 무주택자로 살아가야 아파트 청약에 당첨 가능성이 생겼다.

현관문을 열었다. 캄캄한 집이 나를 반겼다. 나는 일괄 소등 버튼을 눌렀다. 집에 불이 켜졌다. 가방을 정리하고, 사은품을 창고에 차곡차곡 쌓았다. 청바지와 흰 티를 두 개의 빨래 바구니에 나누어 담았다. 반신 욕조에 따뜻한 물을 받았다. 욕조 물에 마그네슘 가루를 풀었다. 물의 온기가 몸 안으로 스며들 때까지 몸을 담갔다. LED 조명을 차례차례 끄고, 스탠드를 차례차례 켰다. 집 안이 부드러운 조도로 변했다. 원두를 갈아 커피를 내렸다. 아이스커피를 들고 책상 앞에 앉았다. 내가 글을 쓰기 전에 치르는 일종의 의식이었다. 문서 프로그램 창을 켜고, 문장을 입력했다. 벽지가 벗겨진 천장이 거슬렸다. 나는 의자에서 일어났다. 의자를 끌어 크랙 아래로 가져갔다. 의자에 올라서서 핸디코트를 만져보았다. 양생이 잘 되어 있었다. 나는 사포로 핸디코트의 거친 면을 문지르다가, 사포를 방바닥에 집어 던졌다. 의자에서 내려와 컴퓨터 앞으로 돌아갔다. 인터넷 창을 띄웠다. 청약 홈페이지의 입주자 모집 공고문을 열었다. 특별공급에 장애인 항목이 있었다. 장애인 특별공급 대상자에게는 청약 통장도 필요가 없었다.

발을 다치고 나서 처음 샌들을 신고 외출했던 여름날을 기억했다. 잘려 나간 발가락을 감추고 싶지 않았다. 손상

되어버린 신체 부위를 자연스럽게 여기고 싶었다. 지하철 손잡이를 잡고 서 있었다. 내 앞에 앉아 있는 남자는 고개를 숙인 채 휴대폰을 보고 있었다. 그는 휴대폰을 몸 쪽으로 살짝 당겨 내 발을 내려다보았다. 그리고 고개를 들어 내 얼굴을 확인했다. 나는 시선을 창에 고정하고 있었다. 남자는 내 발과 얼굴을 번갈아가며 보았다. 샌들을 신고 지하철을 탈 때마다 같은 일을 겪었다. 내 발을 먼저 본 사람은 반드시 고개를 들어 내 얼굴을 확인했다. 목욕탕에 가면 큐피드 같은 아이들이 내 앞에 우뚝 멈춰 서서 입을 벌린 채 내 발을 구경했다. 아이의 엄마는 재빨리 아이를 데려갔고 내 곁에 얼씬도 못 하게 했다. 어떤 사람은 고개를 홱 돌렸다. 어떤 사람은 잘 걷는 나를 부축하고 싶어 했다. 어떤 사람은 안 보는 척하면서 보려고 애를 썼다. 어떤 사람은 내 발을 본 순간 뭉클한 표정을 지었다. 혼자 대단한 드라마를 예상한 눈치였다. 내가 발가락 세 개만으로도 까치발을 설 수 있다는 걸 보여준다면, 박수를 치며 눈물이라도 흘릴 기세였다. 운동화를 신은 날의 나는 비장애인 취급을 받았고, 샌들을 신은 날의 나는 장애인 취급을 받았다. 내가 느끼는 불편과는 무관했다. 발이 불편하다는 감각은 잠잘 때만 잊을 수 있었다. 한 발 한 발 걸을 때마다 다치기 이전과는 전혀 다른 집중을 해야지만 균형을 맞추며 걸을 수 있었다. 계속 자라나는 손톱을 꾸준히 관리하며 사는 것처럼 그랬다. 나는 장애인 특별공급이라는 용어를 본 순간 나의 발이 장애로 인정될 가능성을 떠올렸다. 장애인 등록증 발급을 신청해보기로 결정했다. 자녀만 5억이 아니었다. 절차는 간단했다. 엑스선 기계가 있는 병원에서 전문의로부터 진단서를 받아 제출하면 되었다. 병원을 찾아갔다. 샌들을 벗고 의사에게 발을 보여주었다.

"장애인 등록증을 발급받으려고요. 진단서를 받고 싶어 왔어요."

의사는 내 발을 보며 고개를 갸우뚱거렸다.

"이건 안 되는데요."

"왜요?"

"인정이 안 돼요."

"장애가 아닌 건가요?"

"손가락은 한쪽 엄지만 없어도 장애인 등록이 되는데요. 발가락은 열 개 모두 없어야 인정이 됩니다."

"왜요?"

"그걸 왜 저한테 물어봅니까."

의사는 허허 웃었다. 웃고 있는 의사를 보다가, 나도 의사를 따라 웃었다. 진료실을 나왔다. 엘리베이터 속에서도 나는 자꾸 웃음을 흘렸다. 실소는 아니었다. 함께 엘리베이터를 탄 사람이 내 발을 내려다보았다. 이제 내 얼굴을 보겠구나, 나는 예측했고 그는 내 얼굴을 보았다. 픕, 하고 웃음이 터져 나왔다.

입주민 대표가 집으로 찾아왔다. 우리 집 천장의 상태를 직접 보고 싶다고 했다. 그는 휴대폰으로 천장 사진을 찍고 의자에 올라가 팔을 뻗어 천장을 만져보았다. 나와 보수에 대한 이야기를 나누고 싶다 했다. 그는 우리 집 누수에 대한 걱정을 늘 마음 한편에 담아두고 지냈다고 말했다. 그렇게 시간을 보내다가, 건축법에 대해 잘 알고 있는 지인과 이야기를 나누게 되었다. 하자 이행 보증보험이라는 제도가 있었다. 시공사가 증발하여 하자에 대한 보수를 진행하지 않을 때, 이 보험 제도를 통해 보험금을 청구할 수 있었다. 입주민들에게 동의서를 얻을 수만 있다면 주민들이 돈을 갹출하지 않아도 외벽 보수공사를 할 수 있었다. 대표는 자신이 주민들을 직접 만나 동의서를 받아 오겠다고 했다. 다만, 공사 비용을 조금만 더 여유롭게 잡아 견적을 내자고 했다. 넉넉한 보험금을 받아 외벽 공사를 한 후, 잔액을 주민들에게 배분한다면, 당연히 서명을 해줄 것이라 했다. 견적서를 내줄 인테리어 업자와 보험금 청구를 도와줄 지인을 이미 알고 있으며, 보험금에서 약간의 수수료만 떼어주면 된다고 했다.

나는 일단 생각을 해보겠다고 답했다. 보험금을 과잉으로 청구하다 적발되면 과태료를 물게 되는 것은 물론이고, 적발이 되지 않는다 해도 앞으로 건물에 하자가 생겼을 때

보험금을 청구할 수 없게 될 것이다. 주민들이 동의서에 서명을 하고 현금을 받는 순간, 주민들은 공범이 되고 건물 보수에 대한 자신의 권리를 포기하는 셈이 될 것이다. 나는 이상한 선을 밟고 서 있는 기분이었다. 어렸을 적 놀이터에 나가면 나는 모래밭을 둘러싸고 있는 타이어를 밟고 서 있었다. 모래밭에서 놀면 옷과 손이 더러워진다고 엄마는 주의를 주었고, 나는 선만 밟은 채 모래밭에서 흙장난을 하고 있는 아이들을 구경했다. 더러워, 더러워라고 연신 중얼거리면서도 눈을 떼지 못했다. 테두리를 빙글빙글 돌다가 처음으로 모래밭에 뛰어들었던 그때처럼 나에게 용기를 낼 타이밍이 찾아온 것 같았다. 뒤늦게 두려움이 몰려올 테지만 잠시뿐일 것이며, 이후로는 더 쉽게 더 자주 모래밭에 뛰어들 것이다.

다음 날 입주민 대표가 다시 나를 찾아왔다. 생각은 해보았느냐고 물었다.

"좋아요."

나는 대표에게 답했다. 대표는 나를 향해 웃어 보였다. 내 안면 근육이 움직이기 시작했다. 광대가 올라가고 입술이 길게 퍼져갔다. 나도 웃고 있었다. 욕실에서 손을 닦으며 웃고 있는 내 얼굴을 한참 동안 바라보았다. 내가 바라보니까 내 웃음이 지워졌다. 나의 웃음은 내가 한 선택에 대한 자조는 아니었다. 나의 선택에 대한 가책을 삭제하면서 생기는 빈틈에 재빠르게 메워지는 대체 감정도 아니었다. 웃지 않음을 기준으로 내가 삶을 선택해왔다고 생각해본 적이 있었다. 영화관에서 어떤 영화를 선택할 것이냐는 사소한 것부터 어떤 직업을 선택하고 살아갈 것이냐는 문제까지, 나는 매번 웃지 않을 수 있는 쪽을 선택해왔다.

주방 서랍에서 마른미역을 꺼냈다. 미역을 물에 불리고, 찬물로 바락바락 닦았다. 냄비에 참기름을 두르고 미역을 볶았다. 미역국은 내가 가장 잘하는 요리였다. 특별한 비법 없이도 뭉근해질 때까지 약한 불에 오래도록 끓여내면 깊은 맛을 냈다. 대표로부터 메시지가 도착했다. 인테리어 업자가 우리 집을 방문해야 한다고 했다. 마음이 다급해졌다. 미역에서 맛이 우러나올 때까지 기다릴 수 없었다. 나는 미역국에 화학조미료를 넣었다. 숟가락으로 맛을 보았다. 맛집에서 먹는 것처럼 맛이 좋았다. 웃음이 나왔다. 번번이 이런 순간에 내가 웃는다는 것을 알게 되었다.

대표는 3일 만에 입주민 전원의 동의서를 받아냈다. 공사는 빠르게 진행되었다. 외벽 공사가 완료되자마자 도배사를 불렀다. 새로 도배를 한 방은 감쪽같았다. 아무 일도 없었던 것 같았다. 나는 집을 시세보다 낮은 가격에 매물로 내놨다. 김장 봉투를 구매했다. 주방 세제와 수세미를 먼저 김장 봉투에 넣었다. 식탁 위에 놓여 있던 영양제와 홍삼 엑기스도 넣었다. 싱크대 위에 올려져 있던 양념 통과 조리

도구들을 한 번에 쓸어 넣었다. 갖은 잡동사니를 김장 봉투에 욱여넣은 후, 단단히 묶은 다음 옥상 계단에 올려두었다. 청소기와 충전기처럼 전선이 드러나 있는 것들은 창고로 옮겨두었다. 장르별로 꽂아둔 책장의 책들은 키를 맞춰 재배치를 했고, 지나치게 우울한 제목의 책들은 빼버렸다. 비워둔 자리에는 포인트가 될 수 있는 예쁜 소품을 놓았다. 집의 모양새가 모델하우스와 가까워져갔다. 약속 시간에 맞춰 공인중개사가 찾아왔다. 집을 보러 온 첫 사람이 한눈에 반해 집을 사겠다고 했다. 나는 손해를 보며 집을 매매한 것이지만, 누군가를 낚았다는 기쁨을 느꼈다. 계약서에 서명을 하고 돌아와 생필품이 가득 담긴 김장 봉투를 질질 끌며 옥상 계단을 내려올 때에도 나는 히죽거리며 웃고 있었다.

지하철 노선 도면 바깥으로 나갔다. 서울에서 멀어질수록 주거 공간에 대한 희망이 생겼다. 미분양 아파트가 넘쳐났다. 나는 직장인이 아니었으므로 역세권도 필요 없었고, 학부모가 아니었으므로 학군도 필요 없었다. 쇼핑 인프라 같은 것도 나에겐 무의미했다. 다만 창밖으로 앞집이 시야를 가리지 않기만을 바랐다. 해가 잘 들고 환기가 잘 되어서 곰팡이가 생기지 않는다면 더할 나위 없었다. 서산에서 만난 공인중개사가 나를 센트럴 퍼스트힐 아파트로 데려갔다. 버스 노선도 그다지 없는 외곽에 1천6백 세대가 입주하는 대단지 아파트가 있었다. 원래 살던 빌라와 전용면적은 같았으나 단지 내에 피트니스 센터와 실내 수영장이 갖춰져 있었고 가격은 훨씬 저렴했다. 1군 브랜드는 아니었지만 도급 순위 백 위 안에 드는 건설사가 지은 건물이었고, 22층이기 때문에 조망도 좋았다. 대출을 무리하게 받지 않아도 되었다. 서울의 지인들과 맺은 관계를 포기하기만 하면 되었다. 공인중개사가 현관문을 열어주었다. 텅 빈 공간에 햇빛이 가득 차 있었다. 아주 밝은 집이었다. 나는 거실 창으로 걸어갔다. 창문을 열었다. 바람이 시원하게 들어왔다. 창 너머로는 아무것도 없었다. 누군가가 사는 집도 나무도 지나가는 차도 없었다. 끝도 없이 없었다. 내가 원하는 풍경이었다. 나는 부동산 매매계약서에 서명했다.

마피아는 고개를 들어 서로를 확인해주세요

112주 차 | **진도가 안 나가요** | **하연** | 2021. 08. 15.

다들 어디까지 가셨어요? 저는 셋째 이모가 외삼촌을 죽인 곳까지 와 있어요. 더 나아가기가 심적으로 부담스러워요. 이후에 뭐가 또 오나요? 비행기 떨어진 곳까지 간 분 계신가요?

113주 차 | **밑줄을 그으면 밑줄이 튀어나옵니다** | **지유** | 2021. 08. 21.

책을 읽을 때 나는 CCTV가 됩니다. 책 속의 세계는 아무리 핍진할지라도 나는 그저 보는 사람입니다. 누군가의 독백이 들려온다거나, 내가 유일한 목격자인 양 상황을 알아채게 될 때에도. 책이 나에게 얼마나 깊이 관여하든, 그로 인해 내 자신이 얼마나 바쁘게 변화하고 있든, 나는 책 속의 인물을 상상할 뿐 아무것도 할 수가 없습니다. 내가 아무리 진심에 호소한다 한들 그가 겨눈 총을 내려놓게 할 수 없습니다.

나는 책에 밑줄을 긋는 것을 무척이나 경계합니다. 밑줄을 긋는 순간, 그 문장은 책 바깥으로 튀어나와버립니다. 어느 문장이 나의 손과 물리적으로 관계를 맺고 책으로부터 멀어져 나에게 성큼 다가와버리는 것만 같습니다. 어쩌면, 나는 그 문장을 밑줄이라는 것으로써 포획하는 것일 수도 있습니다. 밑줄은 어딘가 사냥과 닮았습니다.

도서관에서 책을 대출해서 읽을 때에 다른 이가 그어놓은 밑줄을 발견하는 순간이 있습니다. 나는 책 속에서 이탈되는 걸 느낍니다. 밑줄이 곧으면 곧아서, 밑줄이 휘청이면 휘청여서. 기름기가 묻은 볼펜 자국의 밑줄일 때에는 밑줄만 보이고 문장은 전혀 보이지 않게 됩니다. 일시정지 버튼이 눌리고 창문 안을 비추던 카메라가 빠르게 뒤로 물러섭니다. 나는 책을 읽으려고 했던 것일까, 책을 읽는 사람을 읽으려고 했던 것일까. 모르는 사람이 밑줄을 긋는 것을 나는 보고 있습니다. 나는 책으로 돌아가는 길을 잃습니다.

ㄴRe: 113주 차 | 1권 438쪽 11째 줄 | 진영 | 2021. 08. 21.

돌이켜 생각해보니, 영화에서는 오페라 극장이 나올 때마다 무대보다는 좌석의 배치가 중요하게 다뤄지는 듯해요. (ex. 1층 일반석에 앉아서 2층 박스석의 뒤늦게 나타날 귀족을 주시하는 장면.) 그럴 때에는 무대에서 어떤 공연이 펼쳐지든 아무 상관이 없죠. 무대에서 공연을 하던 인물이 2층 박스석으로 총을 쏘는 게 아니라면요.

책에서도 언급되었지만 뮤지컬을 보러 가면 사람들이 말쑥하게 차려입잖아요. 저도 트레이닝복 차림으로 뮤지컬을 보러 가진 않고요. 어떤 문화들은 익명의 관객이 스스로를 전시할 수 있을 때에 가까스로 지속되는지도 모르겠어요. 책에도 이런 요소가 분명 있겠죠. 그렇다면 우리는 무슨 공연을 하고 있을까요? 누가 어떤 역할을 맡았을까요? (저는 2층 박스석 커튼 뒤에서 밀서를 운반하고 싶어요.)

114주 차 | 제안합니다 | 하연 | 2021. 08. 22.

다음 주 114주 차 과제로는 마피아 게임 하면 어때요? 우리가 서로 나이나 직업 같은 걸 모르잖아요? 그러니까, 몇 명은 진실을 말하고, 몇 명은 거짓말을 하는 거예요. 거짓말을 하는 사람은 그동안 우리가 읽었던 책에서 인물을 절묘하게 훔쳐오는 거죠. 레이먼드 카버의 소설에 나오는 제빵사가 될 수도 있을 테고, 페르난두 페소아가 되어 상자에 원고를 모아둘 수도 있을 거예요. 재미있을 것 같지 않아요? 다음 주는 지유 님이 과제를 낼 차례인 건 저도 아는데, 좋은 생각이 떠올랐을 때 제안 정도는 자유롭게 해볼 수 있겠죠?

111주 차 | 329쪽부터 338쪽까지 | **혜리** | 2021. 08. 27.

뒤늦게 올려요.

A4용지 한 장을 펼친다. 작가가 책에서 제안한 대로 329쪽부터 338쪽까지를 함께 그려보기로 한다. 이 페이지에는 사진, 악보, 시, DIY 매뉴얼 같은 것들이 섞여 있다. 이 페이지들을 장소화한다면 어느 장면을 어디에 배치해야 할까. 똑같은 페이지를 읽고 우리가 상상한 공간에는 공통점보다 차이점이 더 많을 수밖에 없다. 예컨대 1층 오른쪽 벽에 창문이 있고, 창밖으로 폭설이 내리고 있으며, 창문 아래에 벽난로가 있다는 데에 우리는 의견이 일치했다. 그러나 벽난로 왼쪽에 놓인 피아노에 악보가 놓여 있어야 하는지, 벽난로 속에서 악보가 불타고 있어야 하는지에 대해서는 의견이 달랐다. 식탁 위에 몇 개의 접시가 놓여야 하는지에 대해서도 마찬가지다. 지유 님은 한 개의 접시가 있어야 한다고 말했다. 다른 하나의 접시는 바닥에 깨져 파편으로 흩어져 있어야 하기 때문이다. 진영 님은 두 개의 접시가 온전히 식탁에 놓여 있어야 한다고 말했다. 접시가 깨졌다는 사실보다 두 개의 온전한 접시가 더 중요하기 때문이다. 작가의 말에 따르면 이 공통점과 차이점은, 소통의 불가능

과 불가능으로 가능해지는 소통을 동시에 담고 있다. 불가능으로 가능해지는 소통은 어쨌거나 소통의 영역이다. 당신과 나, 타자와 내가 같은 책을 읽고 같은 문장을 통해 같은 상상을 하지 않게 될지라도 미묘한 같음 속에 있다는 것. 만약 이 책이 이런 면만을 확인하게 했다면, 상상력의 폐쇄성을 답습하는 책이 되었을 것이다. 이 페이지들의 진짜 매력은 아무래도 소통 불가능성에 있는 것 같다. 내가 상상한 장면과 타자가 상상한 장면이 불일치하지는 않는다는 것, 우리의 소통에 불일치하는 지점이 존재한다는 것이 우리를 대화하게 한다. 우리가 함께 그린 그림에는 세 개의 접시가 있다. 접시는 두 개뿐일지라도 두 개의 접시는 식탁 위에 있고, 한 개의 접시는 파편이 되어 있다. 악보는 피아노에 놓인 채로 벽난로 속에서 불타고 있다.

113주 차 | **이번에도** | **문경** | 2021. 08. 27.

저는 이번 주도 못 했어요. 죄송.

모두에게 | **지유** | 2021. 08. 28.

처음 모임에 참석하던 날이 떠오릅니다. 몇몇 분이 먼저 도착해

계셨는데, 서로 인사도 나누지 않고 각자 책을 뒤적이거나 휴대폰만 봤습니다. 그날 저는 여러분께 제가 짜 온 독서모임 계획표를 나누어 드렸습니다. 제 계획대로 모임을 이끌어나가려 했던 것은 아니었고, 우리의 모임에 대한 저의 성의를 표현하고 싶어서 그랬습니다. 모임을 시작한 지 3년이 되어갑니다. 저는 이제 쉬어야 할 때가 온 것 같습니다. 그게 맞는 것 같습니다. 직접 얼굴을 보면서 말씀드리는 것이 예의일 텐데, 제가 말주변이 부족한 사람인지라 글로 대신합니다. 다음 주부터 저는 모임에 참여하기 어려울 듯합니다. 그동안 많이 배웠고 감사했습니다. 과제는 이번 주까지만 제출하겠습니다. 양해 부탁드립니다.

ㄴ Re: **지유 님께** | **하연** | 2021. 08. 29.

어떤 이유에서 탈퇴하려 하시는지 조금만 더 친절하게 말씀해주시면 좋을 텐데. 이유가 안 적혀 있어서 어떤 말씀을 드려야 할지 모르겠네요. 다른 분들도 저와 비슷할 것 같은데. 우리는 수평적 관계를 지향했지만, 지유 님이 제일 연장자이기 때문에 모두들 지유 님을 어려워하리라 짐작됩니다. 그래서 제가 큰 용기를 내어 총대를 메고 지유 님께 여쭈어봅니다. 지유 님이 모임에서 나가면 다들 서운할 거예요. 오프라인 모임에 나오기 어려우시다면, 온라인에서라도 참여를 하시는 건 어때요?

114주 차 | 진영 | 2021.08.30.

길게 썼다가 지웠어요. 다른 핑계를 대려 했어요. 제가 다음 달부터 새로운 프로젝트를 맡게 되어 더는 참석이 불가능할 것 같다고 적었습니다. 솔직하게 말하는 것보다 핑계를 대어 그럴듯한 이유를 만드는 게 나을 것 같았어요. 적어도 다른 곳에서 우연히 마주쳤을 때 어색해할 일은 없겠죠. 뻔한 거짓말이라는 걸 분명히 알더라도 굳이 제게 왜 거짓말을 하느냐고 아무도 묻지 않을 거라는 믿음이 이 모임에는 있었거든요. 저는 우리의 이 암묵적인 약속을 존중했고 안전하게 여겼으니까요.

오프라인 모임에서도 저는 주로 들었던 것 같아요. 고개를 끄덕이고, 모두의 친교적 발언과 강경한 의견을 고루 경청만 해왔죠. 그럴 수 있어서 좋았어요.

저는 종일 말하는 사람이에요. 일방적으로 떠드는 일이 직업이랍니다. 고등학교 교사거든요. 반마다 분위기는 조금씩 다르지만, 저는 1반에서 한 얘기를 2반에서도 합니다. 3반에서도 하고 4반에서도 해요. 같은 시, 같은 소설, 같은 퀴즈, 같은 농담. 구구단 같아요. 눈을 감고도 줄줄 읊을 수 있어요. 1년이 지나가고 학년이 바뀌어도, 작년에 했던 수업을 처음부터 다시 반복합니다. 듣는 사람들이 말하는 사람을 내내 쳐다본다는 건 아이들을 가르치기 시작한 이후에야 알았어요. 한 교실에 스무 명 남짓이 각자의 책상에 앉아 도열해 있으니까, 적어도 마흔 개 정도의 눈동자가 저를 쳐다보지요.

꼬마 적부터 낯가림이 심했어요. 명절 때마다 만나는 친척들이 낯설어서 큰집에 갈 때마다 책을 싸 들고 갔어요. 방구석에 가만히 웅크리고 있는 아이는 걱정의 대상이 되지만, 방구석에서 가만히 웅크려 책을 읽고 있는 아이는 책을 좋아하는 기특한 아이가 되니까요.

교사도 학생에게 낯을 가릴 수 있다는 건 상상을 못 했어요. 그런 교사를 본 적이 없어서요. 아니, 교사에게 무관심했으니까요. 처음 교사가 되었을 때만 해도 곧 적응될 줄 알았어요. 처음이니까 긴장이 돼서 불편한 거라고, 곧 익숙해지겠거니 했어요.

저도 교실 구석진 자리에 앉아서 교과서에 코를 박고 싶어요. 앞머리를 눈 밑에까지 기르고서, 다리를 떨면서 교과서 귀퉁이에 낙서를 하고 싶어요. 고등학생 때 그랬던 것처럼.

그때는 교사라는 직업이 괜찮아 보였어요. 동기들이 휴학을 하고 아르바이트를 하고 유럽 여행을 갈 때에도, 과방에 모여 술을 마시고 연애를 하고 광화문에 시위를 하러 갈 때에도, 저는 같은 트레이닝복 두 벌을 번갈아 입으며 학교 도서관에서 임용고시 준비를 했습니다. 고시는 스물아홉이 되어서야 합격했어요. 여섯 해 동안 실패를 했어요. 매번 최종 면접에서 떨어졌거든요. 면접관에게 낯을 가리는 바람에.

검은 트레이닝복은 접힌 자리마다 잿빛으로 바래 있었어요. 고무 밴드는 이리저리 뒤틀려 있었고 엉덩이와 무릎은 늘어나다 못해 저의 못난 체형을 다 드러내며 너덜거렸어요. 새 트레이닝복을 사 입으면 그만이었지만, 그 트레이닝복을 쓰레기통에 후련하게 버리는 장면을 상상하며 7년이나 입게 되었어요. 마침내 그것들을 버리면서 다시는 이런 짓을 하지 말아야겠다고 다짐했습니다. 미래를 위해 현재를 저당 잡히는 짓이요. 이십대를 도서관에 버린 걸로 충분했어요.

다른 선생님들은 교사가 되자마자 승진을 준비하거나 소개팅을 하며 결혼을 준비하거나 부동산이나 주식을 시작했지만, 저는 아무것도 안 했습니다. 안 하기로 했으니까요. 현재를 즐기기 위해 살기로 했으니까요. 넉넉한 월급이 있었고, 퇴근 후의 삶과 방학 기간이 있어서 얼마든지 여가 생활을 즐길 수 있었어요. VIP석 티켓을 끊어 뮤지컬을 봤어요. 한 공연을 열 번도 봤어요. 구구단처럼 공연 대사를 줄줄 읊게 되자, 더는 보기가 싫어졌어요. 와인바에서 와인을 종류별로 마셨고, 1:1 필라테스 레슨을 받았고, 방학에는 해외여행도 다녔어요. 그렇게 5년 정도 보냈더니 더는 할 게 없었어요. 뭘 해도 구구단처럼 될 테니까. 매년 똑같은 현재가 반복되어요. 학생들을 가르치는 게 싫은 건 아니에요. 성의 없게 수업을 하는 것도 아니에요. 최선이 반복되어도 매번 같은 자리에 서 있다는 것뿐이에요. 서 있다는 표현이 제게는 정확해요. 교사는 서 있는 직업이니까요. 제가 서 있는 동안 현재도 서 있어요. 계속 서 있으면 몸의 어딘가가 점점 불편해져요. 종아리일 때가 대부분이지만, 목이거나 등이거나 배일 때도 있어요. 제 몸은 제 의지와 상관없이 어딘가로 걸어가고 싶어 하는데 교단은 너무 좁아요. 시간이 더 지나면 불편하다는 감각이 서서히 마비되고요. 내가 내 몸을 소외시켜요. 내가 나의 시간을 교묘한 핑계들로 소외시켜요. 미래를 바라보며 고시 공부에 매진했을 때에는 미래에 묶여 있는 것 같았는데, 현재를 즐기는 현재 역시 현재에 묶여 있을 뿐일 줄은 몰랐던 거예요. 같은 반 학생들과 함께 찍은 단체사진은 점점 늘어나요. 학생들은 해마다 바뀌지만 언제나 같은 나이에 멈추어 있고, 사진 속 내 모습이 변해가는 건 내 눈에만 보여요. 교사들 사이에서는 오래된 농담으로, 「여고괴담」 속 유령이 바로 우리라는 얘기가 오가요. 지금까지의 이런 제 모습이 앞으로의 제 모습일 테지요. 정년이 되어 퇴직할 때까지.

저는 할머니가 되어도 낯을 가릴 거예요. 낯을 안 가리려고 식은땀을 뻘뻘 흘리다가 한 해 한 해가 지나갈 거예요. 이제야 좀 마음을 나누기 시작했다 느낄 때면 학생들은 졸업을 하겠죠. 미래에도 현재에도 신물 나게 머물러본, 저 같은 사람은 어디로 가야 할까요.

저는 이 모임이 좋았어요. 다들 별로 안 열심히 하는 것 같아서. 저의 낯가림을 일정 정도는 내버려두어도 되었던 것이 가장 큰 이유였지만요. 저는 이 모임에서만큼은 낯가리는 제 자신을 존중해줄 수 있었어요. 오랜 시간 침묵하고 있어도 괜찮은 유일한 관계였어요.

이제는 모르겠어요. 우리가 왜 이 모임을 지속하는지. 낯을 가려서 침묵하는 것이 아니라 할 말을 삼키려고 침묵하고 있다는 생각이 들어요. 침묵으로 모두에 그저 동조하려고, 동조를 하면서 그저 지속하려고.

스물여덟 살 때였어요. 그날도 어김없이 도서관에서 공부를 했어요. 집에서 싸 온 도시락을 꺼내 식당으로 갔어요. 두부조림을 한 입 베어 물었어요. 상했더라고요. 여름이었거든요. 1년 전 여름에도 상한 음식을 베어 물었다는 게 기억났어요. 상하지 않은 음식을 골라 먹고, 도서관 앞 벤치에 잠깐 앉아 있었어요. 시계를 봤고, 7시 23분을 가리키자 가로등을 봤어요. 가로등 불이 일제히 켜졌어요. 계절마다 가로등이 켜지는 시간이 바뀌었고, 저는 정확히 그 시간마다 가로등이 켜지는 걸 보곤 했어요. 그때 생각지도 못한 말이 입에서 튀어나왔어요.

"외롭네."

이미 알고 있던 감정이었지만 입 바깥으로 튀어나온 건 처음이었어요. 이후로, 가로등이 켜지는 걸 볼 때마다 제가 뱉은 말이 떠올랐어요. 어떤 말은 웬만해서는 입 바깥으로 내뱉어서는 안 된다는 걸 알게 되었죠.

그래서 그동안 탈퇴에 대해 말하지 않았습니다. 저도 탈퇴를 결정하게 되었습니다.

ㄴRe: 114주 차 | **지유** | 2021. 08. 30.

가로등이 켜지는 시간. 저도 압니다. 저 외에 그 시간을 외우는 사람은 처음 보았습니다. 그 시간은 일몰 후 10분 뒤로 설정되어 있습니다. 동쪽에 가까울수록, 위도가 적도에 가까울수록 일몰 시각이 빠릅니다. 우리나라에서는 울릉도와 독도에서 가장 먼저 가로등이 켜질 겁니다. 서쪽으로 점점 번져가다가 약 29분 뒤에 백령도 가로등이 마지막으로 켜집니다. 이 연쇄작용을 상기하는 일을 좋아합니다. 적도를 따라 가로등이 켜지는 광경을 상상하면 몇 분 사이에 아주 멀리까지 가게 됩니다. 이런 상상이 저와 상관은 없지만, 이런 반복이 매일 일어나고 있음을 상상하는 것은 제게 중요합니다.

저는 매일 정오에 기상합니다. 휴대폰으로 일몰과 일출 시각을 확인합니다. 그 시간에 저는 일하고 있거나 잠들어 있거나 할 테지만, 일몰과 일출 시각이 매일 바뀐다는 사실을 확인하는 것이 중요합니다. 오후 3시에 가게 문을 엽니다. 발주한 물건들이 차례대로 도착합니다. 제가 하는 일은 요리라 부를 수 있겠지만, 요리는 제 일의 극히 일부분에 지나지 않습니다. 몇백 명이 먹을 음식을 만들려면 파트를 나누어야 합니다. 직원 분들이 차례대로 출근하고, 담당한 것들을 처리합니다. 세척과 손질은 직원이 하고 저는 칼질과 플레이팅을 맡습니다. 칼질을 반복하면 칼질이 칼질처럼 안 느껴지는 때가 옵니다. 그럴 땐 내 손목도 내 손목이 아니게 되고, 내가 당근인지 칼인지 손목인지 모르게 됩니다. 그때 손끝을 베기 쉽습니다. 손끝을 베면 칼을 도마 위에 놓게 됩니다. 손끝을 보게 됩니다. 비로소 내가 나로 돌아옵니다. 현재가 현재로 돌아와 있습니다.

수돗물에 손끝을 내밀면 따갑고 시원합니다.

밤 10시에 직원들이 퇴근합니다. 저는 가게에 남습니다. 새벽 4시까지 소설을 씁니다. 텅 빈 가게는 소설을 쓰기에 최적의 장소입니다. 고객의 장소였던 홀이 그 시간만큼은 저의 장소가 되고, 저는 테이블 사이를 마음대로 걸어 다닐 수 있습니다. 글이 잘 써지지 않을 때에는 테이블 사이를 이리저리 누비며 서성이는 버릇이 있습니다. 제가 쓰는 소설에는 소설을 쓰는 제가 나오기도 하고, 칼질을 하는 제가 나오기도 합니다. 두 사람은 실은 한 사람이지만, 한 사람으로 나오지는 않습니다.

매주 월요일은 휴무입니다. 태안에 있는 어머니 집에 갑니다. 아버지가 돌아가신 후에 어머니는 아파트를 팔았습니다. 그 돈으로 바닷가에 집을 지었습니다. 어머니가 어린 시절에 살던 집이 폐가로 남아 있어 헐값에 매입을 했다고 합니다. 마을도 있었다던데, 지금은 없습니다. 드문드문 빈집들이 있고, 개농장이 있고, 들개가 많습니다. 저는 창문을 열고 환기를 시킵니다. 쌓인 먼지를 털고 욕실의 곰팡이를 닦아냅니다. 잡초를 솎아내고 텃밭에 물을 줍니다. 장마철에는 한 번씩 보일러를 돌리고 겨울에는 수도꼭지를 조금 열어둡니다. 매주 관리를 해도 다양한 사체들이 고즈넉이 이 집을 지키고 있습니다. 사마귀. 지네. 파리. 매미. 귀뚜라미. 곱등이. 나방. 벌. 거미. 노린재. 잠자리. 메뚜기. 바퀴벌레. 딱정벌레. 돈벌레. 무당벌레. 노래기. 물방개. 빗자루로 쓸어서 한꺼번에 쓰레받기에 담아 버린 후에 나는 이 벌레들의 이름을 검색합니다. 초등학생처럼 습성을 공부하고 한살이를 연구합니다.

어머니가 요양원에서 돌아와 이 집에서 다시 사실 일은 없을 것 같습니다. 청소를 마치면 식탁에 앉아 이 모임에서 함께 읽기로 한 책을 읽습니다. 다 읽고 나면 제 집으로 돌아옵니다. 매달 마지막 주 휴일에는 요양원에 면회를 갑니다. 어머니를 담당하는 간호사와 이야기합니다. 처음 요양원에 들어가셨을 때만 해도 어머니는 간호사와 잘 지냈던 듯합니다. 세탁실에 찾아가 빨래를 함께 개고 식사 시간마다 거동이 불편한 노인을 부축하며 도왔다고 합니다. 간호사에게 유일하게 존댓말을 사용하는 어르신이었다고 들었습니다. 지긋지긋했던 삶이 이제야 다 끝이 났다고, 훌훌 털어버리고 편안히 눈감을 날만 기다리며 살면 된다고, 잘 부탁드린다고 말했다 합니다.

이제 어머니는 간호사에게 막말을 합니다. 나물이 반찬으로 등장할 때에는 고추장과 참기름을 가져오라 하고, 젓갈이 들어가지 않은 김치를 가져오라 합니다. 환자복을 입지 않고 사복을 입겠다고 합니다. 치매가 악화된 것이리라 예측했지만 간호사는 그런 게 아니라고 했습니다. 어머니 또래의 룸메이트가 들어왔기 때문이라 합니다. 그분은 첫날부터 반찬 투정을 하였다 합니다. 이런 밋밋한 음식을 어떻게 먹느냐고, 나는 도저히 못 먹겠다며 항의를 했던 모양입니다. 간호사의 말에 따르면, 그분과 제 어머니는 요양원에서 상대적으로 건강한 축에 속해서 발언권도 강하다고 합니다. 그분은 자신이 요양원에 와 있다는 사실에 자존심이 상해 있고, 여러 요양원을 전전했기 때문에 요양원에 대해 불평하는 것으로 자신의 경험을 과시하고 있다고 합니다. 문제는 제 어머니가 그분의 도발을 닮아가기 시작했다는 겁니다. 저는 요양원 멤버들 사이에서 텔레비전에 나오는 유명 셰프가 되어 있습니다. 어머니의 집은 3층짜리 전원주택이 되어 있습니다. 간호사는 위기 상황마다 어머니와의 면회를 제안하고, 저는 알겠다고 감사하다고 문자에 답하지만 방문을 하지는 않습니다. 대신 간호사에게 정중히 사과합니다. 어머니와 저의 지긋지긋했던 관계가 다 끝난 것도 같지만, 또 다른 지긋지긋함이 계속해서 이어집니다.

면회를 한 마지막 주 월요일은 특히 모임 시간이 기다려집니다. 면회가 끝이 나면 어머니와의 대화를 곱씹게 되지만, 모임이 끝이 나면 모임에서의 대화를 곱씹게 되기 때문입니다. 어차피 대화를 곱씹어야 한다면 제가 선택한 대화를 곱씹고 싶었습니다. 간호사가 제게 요양원 이야기를 전해주었듯, 이 모임에도 제게 제가 모르는 이야기를 전해주는 사람이 있습니다. 이 모임 안에 저를 제외한 모임이 따로 있다는 것도 알고 있습니다. 모임이 끝나면 뿔뿔이 헤어지는 척하다가 따로 모여 식사를 하러 간다는 사실도 알고 있습니다. 우리가 서로의 나이를 밝히지 않고 동등하게 대화를 하기로 약속했어도, 제가 가장 나이가 많다는 사실을 모두가 알고 있습니다. 저는 다음 책을 읽기 위해 이 모임에 참석해왔습니다. 모든 것이 반복되는 지금일지라도 다음 책이 남아 있다는 게 제게는 중요했습니다. 말씀드렸던 대로 이 게시물이 114주 차 과제이자 저의 마지막 과제입니다.

ㄴRe: Re: 114주 차 | 문경 | 2021. 09. 01.

다 귀찮아요. 이 글 쓰는 것도 귀찮아. 귀찮아, 귀찮아, 침대에만 누워 있었는데요. 잠이 또 안 오더라고요. 제가 마음에 걸리는 일이 있으면 잠을 못 자거든요. 지금 오전 10시란 말예요.

이렇게 지낸 지 오래됐어요. 4년 됐나? 아니, 5년 됐다. 아무것도 안 했어요.

추로스랑 애플파이랑 수정과. 계피 향 나는 음식들. 영화관에서 팝콘 라지 사이즈랑 콜라 라지 한 통 혼자 다 먹기. 그러고선 활명수 따 먹기. 배달 음식 도착했다는 초인종 소리. 눈 오는 날 슬리퍼 끌고서 목욕탕 가기. 눈 오는 날 목욕탕에서 나오자마자 맥주 한 캔. 강아지 발바닥 냄새. 월급날! 어마어마하게 쏟아지는 여름날 빗소리.

좋아했던 것들인데요. 이제 안 좋아해요. 안 좋아하는 건가? 아무 느낌도 안 드는 게 안 좋아하는 거 맞죠?

제가 원래 누군가를 돌보는 게 꿈이었거든요. 어릴 적부터 하수구에 빠진 다람쥐도 구조하고, 친구 집에서 좁은 철창에만 갇혀 사는 고양이도 구조하고, 비둘기랑 참새도 구조하고. 그 동물들이 또 절 그렇게 좋아라 했어요. 그래서 좀 일찍 알았죠. 진짜 돌보려면 제대로 된 능력이 필요하단 걸요. 저 간호학과 졸업했어요. 그런데 막상 수술처럼 누군가의 몸에 손을 대는 건 못 하겠더라고요. 그건, 뭐라 해야 하나. 살리려다가 해칠 수도 있다는 무서움이 든다고 해야 하나. 뒤늦게 회계사무소 취직하고 밤에는 PC방에서 카운터 아르바이트 했어요. 주말에는 튜터 했고요. 서른둘이 됐을 때 퇴사하고 땅 보러 다녔거든요. 그땐 또 방방곡곡 여기저기를 다니니까, 내가 막 복부인이 된 거 같고 그랬어요. 모아놓았던 돈으로 구미에 임야를 매입했어요. 계획관리지역에 있는 2백 평 정도. 거기에 컨테이너로 동물 보호소를 지었어요.

갑자기 더 얘기하기 싫어졌어요.

아침에 커튼을 걷다가, 창문을 열다가, 칫솔에 치약 짜다가, 냉장고 열다가, 숟가락으로 밥을 펐다가, 설거지하다가, 약봉지 뜯다가, 청소기 돌리다가, 세탁기에서 빨래 꺼내다가, 책 읽다가, 운동 나가려고 옷 갈아입다가, 휴대폰으로 게임하다가, 컬러링북 칠하다가, 구인 구직 사이트 접속했다가, 1천 피스 퍼즐을 9백 개쯤 맞췄다가…… 더 하기 싫어졌어요. 매번. 언제나. 뭘 하든. 더 하기 싫어.

병원도 가고 상담도 받았거든요. 자꾸 말해보라는 거예요. 왜 더 하기 싫어지는지. 더 말하기도 싫어. 더 말하기 싫다고 하면 숙제를 내주더라고요. 문항 몇백 개에 답을 체크해 오라고. 저도 해보려고 하긴 했거든요. 답하기 싫은 문항들은 건너뛴 것뿐이거든요.

이해해주세요. 이 모임은 안 그래도 되어서 좋았거든요. 우리가 처음 모였던 날에 제가 그랬잖아요. 나 자기소개 하기 싫다고. 앞으로도 하기 싫을 거라고. 그랬더니 진영 님이 그랬잖아요. 너무 좋은 생각이라고. 나이, 출신 대학, 직업, 고향, 사는 동네, 가족 구성원, 또 뭐더라. 아무튼 그런 것들. 처음 만나는 사람에게 습관처럼 물어보거나 말하게 되었던 정보들을 이 모임에서는 숨겨두자고요. 앞으로 우리가 어떤 대화를 나누게 될지 기대된다고요.

약속이 다 지켜졌다고는 말 못 하죠. 말 안 해도 알게 되는 게 있으니까. 진영 님이 고등학교 선생님인 건 진작 알고 있었어요. 진영 님 차를 얻어 탔을 때 조수석에 노트북 가방이 놓여 있었는데, 고등학교 마크가 엄청 크게 찍혀 있더라고요. 차 앞유리에 붙어 있는 주차 출입 스티커에도 같은 마크가 있었고. 오우, 티처, 그랬죠. 학생들 앞에서는 낯가림 어떻게 하나 싶긴 했어요, 하핫. 다 알아도 서로 아는 체를 안 한 거. 저는 그게 좋았거든요.

나이, 품종, 몸무게, 모견과 부견의 몸무게, 털 길이, 애절한 사연. 그런 게 중요하거든요. 유기견 입양인데도요. 사람하고 똑같거든요. 자기소개서를 잘 써야 서류 심사를 통과하거든요. 제가 회사 다닐 때는 자기소개서 첨삭 과외도 꽤 했거든요. 거기에 사실만 적는 사람이 어디 있어요. 사실만 적으면 바로 탈락이죠. 다 조금씩은 지어내고 조금씩 지어내다 보면 조금이 많이가 되고 많이가 거의가 되고 그런 거죠. 제 친구들은 제가 아직도 회계사무소 다니는 줄 알거든요. 어떤 친구는 제가 간호사인 줄 알걸요. 저는 그 일들을 관뒀다는 말만 안 했을 뿐인데요. 제가 입양 공고에 강아지들 개월 수랑 몸무게를 좀 적게 적었거든요. 동물들은 하루가 다르게 크는 데다가 저 좋자고 한 일도 아니었거든요.

누구를 탓하고 싶은 건 아닌데요. 구미는 좀 외지니까 자원봉사를 하러 오는 사람도 없고, 저 혼자서 동물들을 다 돌볼 수가 없었어요. 직원을 고용했으면 당연히 인건비를 줘야 하는 거잖아요. 새끼 동물들은 자꾸 전염병에 걸리고, 파보랑 홍역은 빨리빨리 치료를 해줘야 하는데, 보호소에 들어오는 후원금이 너무 적었어요. 제가 사비를 쓰는 것도 한계가 있고 해서, 동물들한테 사연들을 좀 만들어줬어요. 그래야 SNS에서 RT도 많이 되고, 후원금도 들어오죠. 동물들을 살리는 게 가장 중요했으니까요. 다시 돌아간다고 해도 똑같이 할 거예요.

연극성 성격장애래요. 애니멀 호더래요. 제가 털이 하얀 개만 골라서 구조를 한대요. 근데요. 그 글이 올라오고 나서 보호소를 둘러봤더니, 까만 애랑 얼룩덜룩한 애랑 누런 애들이 곳곳에 누워 있는 거예요. 한 번 더 둘러보았더니 진짜로 하얀 애들이 많은 거예요. 전 하얀 개만 고른 적이 없거든요. 맹세코 없거든요. 세상 모든 개를 구조하면 좋겠지만, 유난히 안쓰러운 개들만 데려왔는데. 그 개들이 어째서 다 하얀 걸까요. 진짜 지금도 모르겠어요. 우연이었을까요? 누가 말이 안 되는 소리를 한 건지…… 말이 된다는 상황이 저는 더 말이 안 되는 억지처럼만 느껴지더라구요. 제가 지금도 고민을 하고 있거든요. 어디까지 말해야 될까. 어디까지 말해야 연극성 성격장애가 아니게 되나.

지유 님이 그랬죠. 책을 꼭 페이지 순서대로 읽을 필요는 없지 않느냐고요. 모든 페이지를 차례차례 읽어야 책을 읽었다고 여기는 것도 이상하지 않느냐고요. 권위에 사로잡힌 독서,라고 했잖아요. 작가의 의도 말고, 우리 마음대로 읽자고요. 이 모임에서 같이 읽기로 한 책 중에서 제가 페이지 순서대로 읽은 책은 한 권도 없어요. 표지만 본 것도 있고요. 아무 페이지나 펼쳐서 한두 줄씩만 읽은 것도 있고. 맨 뒷장부터 거꾸로 읽다 만 것도 있고, 번역자의 해설 부분만 읽고 참석한 적도 많아요. 그것도 온전한 독서라고 믿기로 했으니까. 우리가 그렇게 약속했으니까.

저 서른아홉이에요. 지유 님이 아니라 제가 나이가 제일 많죠. 제가 철이 없어서 겉보기에 좀 어려 보일 수는 있었겠어요. 보호소는 아무튼 2년 만에 문 닫았고요. 동물들은 다른 보호소에서 데려갔어요. 땅은 되팔았어요. 2년 사이에 땅값이 많이 올랐더라고요. 직원들 밀린 인건비 주고 병원에 밀려 있던 치료비까지 치르고도 남았어요. 내가 복부인 같은 기분을 조금 느끼긴 했는데, 진짜 복부인이 되려고 한 건 아니었거든요. 웃긴 일인데 그렇게 됐어요. 저 보호소를 관둔 돈으로 지금 먹고 살아요.

돈 떨어지면 어쩌려고 그러냐, 다시 예전처럼 일해봐라, 예전의 너라면 다시 할 수 있다.

저도 알거든요. 근데 뭘 위해서요. 행여나 좋아했던 것들이 다시 좋아질까요. 모임이 끝나고 매번 하연 님이 밥 먹으러 가자고 했고, 지유 님만 빼고 우리가 함께 밥을 먹은 것은 사실이지만 저는 지유 님에게도 호감이 있었고 언젠가는 같이 밥을 먹을 수 있게 될 거라고 막연히 기다렸어요. 당연히 그렇게 될 거라고.

이 모임은 안 없어졌음 좋겠어요. 그동안 안 관둔 게 이것뿐이라서요. 이건 안 관두고 계속할 수 있을 거 같거든요. 꼭 완독해야 하는 건 아니지 않나요. 보기 싫은 면은 서로 좀 안 보고 지내도 되고, 좀 건너뛰고 대충 살 수도 있는 거죠. 그게 어때서요. 대충 때문에 제가 지금껏 버텼는데요. 어떤 사안에 대해서는 너무 꼼꼼하게 곱씹어도 사람이 돌아버릴 것 같거든요. 그렇지만 그만하고 싶다는 게 뭔지도 잘 알아요. 제가 그 마음 몰라주면 누가 알아주겠어요, 하핫. 책을 마지막 장까지 읽는 것만 독서는 아니니까. 그만두지 않고 엉성하게 같이했으면 좋겠어요.

ㄴ Re: Re: Re: 114주 차 | **능원** | 2021. 09. 01.

수평적인 모임이라는 걸 알고 있었지만 수평적이라는 느낌을 가진 적이 저는 없어요. 우리 중에 누군가를 일부러 소외시키거나 일부러 마음 상하게 할 사람은 아무도 없다고 알고 있지만 모두가 마음 상하지 않고 이 모임을 좋아했다고 말할 수는 없을 거고요. 우리 중에 누군가는 은연중에 누군가를 싫어할 수도 있고, 이유가 있을 수도 없을 수도 있고요. 지유 님을 빼고 함께 밥을 먹으러 갔지만, 밥을 함께 먹기 위해서는 아니었어요. 하연 님이 우리 모임에 대해 미안한 마음이 생길 때마다 그 마음을 달래기 위한 자리였다는 게 맞는 표현일 거예요. 하연 님이 눈물을 보이면, 멤버들은 하연 님 덕분에 이 모임이 잘 꾸려지고 있다는 말을 번갈아 해드리면서 하연 님을 달래곤 했어요. 이것 역시 지유 님이 모르셔도 되는 이야기지만 지유 님에게 말씀드려봅니다.

ㄴRe: Re: Re: Re: 114주 차 | **하연** | 2021. 09. 01.

비님이 오시니까 얼큰하게 끓인 칼국수 생각이 나더라고요. 그리들에다가 지글지글 튀긴 파전도 생각나고요. 칼국수나 끓일까 하다가, 냉장고에 넣어둔 막걸리 생각이 나지 뭐예요. 막걸리에는 칼국수보다 파전인 거 다들 동의하시죠? 부침가루에 얼음 넣어서 쫀쫀하게 반죽하고 오징어도 제가 좋아하는 몸통만 큼직큼직하게 썰어 넣었어요. 10년 전만 해도 달걀프라이 반숙도 제대로 못 했는데, 이젠 인터넷으로 레시피 검색 안 해도 뚝딱 만들어요.

어때요? 이건 제 말투 같아요? 선입견하고 매칭 시켜드렸는데. 근데 저 비 오는 날 칼국수나 파전 먹는 거 안 좋아해요. 이런 음식은 이런 날씨에 먹어야 한다, 그래야 뭘 좀 아는 거다, 이런 사람들. 뭘 아는 거 맞아요? 세뇌죠 그냥. 잘 세뇌된 걸 뭘 좀 안다고 착각하는 거죠. 비 오는 날 파전 같은 거 안 먹는 사람도 이 정도 레시피는 누구나 쓸 수 있잖아요?

처음엔 뭔 말을 못 하겠더라고요. 이상적이긴 하죠. 나이, 직업,

가족 구성원. 그런 얘기 안 하는 거. 사람 대 사람으로 대화하는 거. 근데 우리가 살아왔고 살아가는 현실이라는 게 있는데, 갑자기 추구한다고 이상이 짠 하고 이루어지는 건 아니잖아요. 우리가 10년씩 알고 지낸 친구 사이도 아닌데, 갑자기 속엣말을 털어놓을 수도 없고. 할 수 있는 말이 없으니까 다들 날씨 얘기만 했잖아요. 오늘 유난히 구름이 어떻다는 둥 해가 길어졌다는 둥. 저만 답답한 건 아닌 것 같던데요. 지유 님은 책을 국회도서관에서만 빌려 오시더라고요. 로고 박힌 차 키도 매번 테이블 위에 올려놓고요. 쉬는 시간마다 발주 전화도 꼭 하시던데요. 지유 님이 텔레비전에 나오는 유명 셰프는 아니지만, 지유 님 레스토랑이 텔레비전에 자주 나오는 건 맞잖아요. 지유 님이 무슨 책을 썼는지도 우리는 다 알잖아요. 나이부터 이력까지 뻔히 다 보이는데. 말을 안 해도 주눅이 들죠. 지유 님이 눈치 준 적 없으셔도 우리는 다 지유 님 눈치를 보게 마련이죠. 페이지 순서대로 책을 읽을 필요는 없다고 말한 것도 지유 님인데, 페이지 순서대로 책을 다 읽어 오는 사람도 지유 님이잖아요. 그렇다고 우리가 지유 님한테, 왜 약속을 깨고 약력을 밝히냐고 따지지는 않잖아요. 저도 없는 말은 안 했고요.

이 모임에서야 알았어요. 아, 사람들이 말하고 싶은 게 있는데 말할 수 없을 때, 저렇게 돌려서 말하는구나. 제 딸이 32개월인데요. 말을 안 해요. 언어 지연이라고 하더라고요. 말을 안 하면요, 사람들이 온갖 추측을 해요. 엄마가 애한테 소홀했다는 둥, 유튜브만 보여준 거라는 둥, 유전적인 요인이 있다는 둥. 근데 말을 안 한다고 해서 말을 못 알아듣는 건 아니잖아요. 말만 점잖게 한다고 점잖은 게 아니잖아요.

제가 지유 님을 배제시킨 것으로 상황이 정리되는 모양인데, 아닌 거-다들 아시잖아요. 전 그냥 총대를 메게 된 거죠. 제가 매번 총대 역할 해왔던 건 아시잖아요. 지유 님이 모임 그만하겠다고 처음 글 올리셨을 때에도, 문경 님이 따로 제게 연락하셨거든요. 온라인으로라도 모임을 지속하자고 누가 말해봐야 되는 거 아니냐고. 지유 님이 책을 매번 다 읽어 와서 늘 과제를 안 하는 문경 님 입장에서는 아무래도 눈치 보이고 불편하다고도 말하셨어요. 독서모임이 아니라 작가와의 만남 행사에 온 것 같다고 능원 님도 그러셨고요. 읽고 쓰는 게 직업인 사람이 왜 익명 모임에서 활동하는지 모르겠다고도 했잖아요. 지유 님이 말하면서도 책 읽듯이 문어체를 쓴다고, 그래서 입을 열 때마다 비문이 튀어나올까 봐 검열을 하게 된다고 소민 님도 그러셨고요.

다수가 언제나 옳을 리는 없다고, 몇 주 전 모임에서 책에 대해 나누었던 대화가 기억나네요. 하지만 이번 상황은 어쩐지 다른 생각을 하게 만드네요. 소수가 매번 약자인가. 강자인 소수와 다수의 약자로 구성된 모임에서는 누가 약자인가. 따돌림을 당하면 강자도 약자로 위치가 변하는가. 지금 여기에선 강자가 약자의 정체성을 함께 지니게 되는, 묘한 상황이 발생하고 있네요. 다른 분들은 지금 약자의 편을 들고 있는 걸까요, 강자의 편을 들고 있는 걸까요? 저와 함께 식사하러 갈 때는 어땠나요? 그때는 제가 강자로 보였나요, 약자로 보였나요?

자기 정보를 감추는 쪽이 더 편안할 수밖에 없는 사람, 자기 정보를 감출 필요를 전혀 못 느껴서 은연중에 공개 아닌 공개를 하는 사람, 감추거나 드러낼 만한 정보랄 것도 딱히 없는 저 같은 사람. 다르다면 다른 사람들이 서로 일정 정도의 불편함을 느끼는 것은 당연하지 않나 생각되는데요. 지유 님에게 우리 이야기를 전달한 사람이 누구일지도 뻔히 알지만 말하지는 않을게요. 진영 님은 정규직 교사라는 사실을 항상 자랑하고 싶어 하시는데 감추려고 애를 쓰다 보니까, 비슷한 종류의 노력을 하고 있을 지유 님을 가장 잘 이해할 수밖에 없겠죠. 미래를 위해 현재를 저당 잡히는 짓은 하지 않겠다고 진영 님은 멋있게 말씀하셨는데, 승진을 하려고 노력하는 사람들, 결혼을 하고 자기 가정을 꾸린 사람들의 묵묵한 노력은 무시되어도 좋을 속성이 전혀 아니지 않나요.

댓글 8>

진영 | 우리 모임에서 식상하기 짝이 없는 인격체의 상징으로 교사를 언급한 적이 있어요. 말한 사람은 기억하지 못할 수 있겠지만 저에겐 피부에 박혀버린 기억이에요.

하연 | 누가 그런 말을 했나요?

진영 | 하연 님이요.

하연 | 직접 쓴 글 다시 읽어보고 오시겠어요. 교사가 얼마나 식상한 직업인지를 구구절절 고백해놓고 이런 댓글을 남기시는 건

좀 아니지 않나요.

능원 | 오해가 생길 것 같은데요. 작가와의 만남 행사에 온 것 같다고 말한 것은 일말의 부러움을 담아 긍정적인 의미로 말한 거였어요. 왜 익명 모임에서 활동하는지 모르겠다는 말도 마찬가지였고요.

문경 | 아무래도 눈치가 보이지 않냐고 하연 님께서 물어보시니까 저는 그렇다고 답한 것뿐인데요.

진영 | 하연 님, 위 게시물로 남긴 저의 자세한 고백은 식상하다는 한마디로 요약되지 않기를 바라는 마음에서 시작된 것이었어요.

문경 | 이거 지금, 마피아 게임의 클라이맥스인 건가요? 저 여태 이 모임에서 눈치 본 적 없었는데 지금이야말로 진짜 눈치 보여요.

ㄴ Re: Re: Re: Re: Re: **114주 차** | **혜리** | 2021. 09. 03.

이 모임이 시작되었던 날부터 거의 매일 이 사이트에 접속해왔다. 오프라인 모임 시간이 되면 모임 장소를 상상하고 어떤 대화들을 나누실지 짐작하며 시간을 보내왔다. 한국어로 적힌 책을 읽고 싶으면 스톡홀름 시립도서관에 간다. 스톡홀름 시립도서관은 친구 때문에 발견했다. 친구라고 말해도 되는지 모르겠다. 친구의 얼굴을 본 건 너무 옛날이다. 얼굴도 잘 기억나지 않는다. 그래도 나는 친구라고 여기고 있다. 시립도서관을 발견하게 해준 것만으로도 충분히 소중한 친구다. 본관을 끼고 오른쪽으로 돌면 별관이 나온다. 이 별관 꼭대기 층 가장 깊숙한 자리, 52번과 53번 서가에 한국어 책들이 꽂혀 있다. 이 자리는 찾아오는 사람이 거의 없다. 홍보가 안 된 탓도 있고, 가장 외진 자리인 탓도 있다. 한두 번 정도 이 서가를 서성이는 사람을 마주친 적이 있는데, 그들은 모두 케이팝에 대한 이야기를 했다. 그들은 나에게서 한국에 대한 이야기를 듣고 싶어 하고, 나는 한국어를 하지 못한다고 말한다. 그들은 곧 서가를 떠난다.

서가에는 동화책이 대부분이지만 문학 전집과 소설 신간도 간간이 들어온다. 몇 번 안 되긴 하지만, 이 독서모임에서 읽기로 한 책을 발견할 때도 있었다. 작은 기적을 만난 것처럼 종일 기뻤다. 그런 날에는 제시간에 과제를 올렸다. 도서관에 책이 없으면 전자책을 사서 보기도 하고, 전자책이 출간되어 있지 않으면 해외 배송을 시키기도 한다. 배송은 빠르면 일주일, 길면 2주 소요된다. 나는 대부분 1~2주 정도 늦게 읽는다. 아무리 빠르게 읽어도 몇 박자 늦게 과제를 올린다. 이 모임 사람들은 내가 어디에 있는지 모르고, 나를 아주 게으른 사람이라 생각할 것 같다. 송년회가 열릴 때마다 나보고 오라고 하는 게, 내가 마음만 먹으면 언제든 올 수 있는 사람이라고 여겨주는 게, 스웨덴 얘기를 아무도 나한테 묻지 않는 게, 마음에 든다. 스웨덴 사람들은 한국 얘기만 묻고 한국 사람들은 스웨덴 얘기만 묻곤 했다.

한 번도 만나보지 못한 사람들과의 만남이 이제 끝이 날 것 같다. 내가 참석하지 못한 모임에서 어떤 일이 일어났는지 구체적으로 알 리 없지만, 사실 나는 알고 있었다. 냄새처럼 본능적으로 전달되는 일들이 있다. 반쯤 유령처럼 떠도는 캐릭터였지만 다들 반쯤 유령 같아서 나 혼자 유령 같지는 않았다. 한 사람 한 사람에게 정이 들었다고는 말할 수 없지만 이 유령들과 만들어온 공동체에는 정이 들어버렸다. 유령에도 저마다의 자격이 있는 건지도 모르겠다. 같은 유령이라 여겼는데도 내가 개입할 수 있는 여지가 전혀 없음을 느낀다. 설령 개입을 한다 해도 내게는 자격이 전혀 없는 듯하다. 지금 내 책상 위에는 창문이 있고, 창문과 책상 사이에 A4용지가 붙어 있다. 111주 차에 우리가 함께 책을 읽고 과제로 그린 그림이다. 피아노 위에 악보가 있고 벽난로 속에서 악보가 불타고 있는 그림. 함께 그린 그림이었는데 이 그림은 나 혼자 그렸다. 오프라인 모임에서 다른 사람들이 함께 그렸다던 그림과 나의 그림에는 불일치가 더 많았지만 부분적인 일치를 발견할 때 소소하게 반가웠던 기억이 있다. 이번에 나는 내가 감지해온 불화를 확인하면서 드러난 일과 내 직감이 일치하는 기쁨을 잠시 맛보았는데, 그 뒷맛은 아주 싸늘했다. 나는 이제 이곳에 들어오지 않을 것이다. 스톡홀름 도서관 별관에도 가지 않을 것이다. 이제 52번 서가에 나라는 유령은 없다.

ㄴ Re: Re: Re: Re: Re: Re: 114주 차 | 소민 | 2021. 09. 05.

제가 정신없이 바빴어요. 오랜만에 접속했는데 게시판에 글이 엄청 길게 올라와 있네요. 아직 다 읽지는 못했어요. 마피아 게임 재미있어 보이는데요. 처형은 언제 하려나요? 오프라인으로 하려나, 온라인으로 하려나. 혹시 벌써 끝났나요?

아무것도 아니라고 잘라 말하기

다른 날이었더라면 아란은 이번에도 전화를 받지 않았을 것이다. 창문으로 시선을 돌렸을 것이다. 새카만 창문이 아란의 얼굴을 되비추고 있었을 것이다. 진동이 멈추고, 부재중 메시지가 도착할 때까지 아란은 창에 비치는 자기 얼굴만 쳐다봤을 것이다. 3년 전 어느 밤에도 그랬고 4년 전 어느 밤에도 그랬으니까. 그때에 그랬듯이 다음 날 오전이 되어서야 문경에게 전화를 했을 것이다. 어젯밤에 전화했었네,라고 말했을 것이다. 아란이 시치미를 떼고 있다는 것을 문경은 다 느낄 수 있었을 것이다. 그래서 그냥,이라 답했을 것이다.

하지만 오늘 아란은 휴대폰을 집어 들었다. 자리에서 일어났다. 외투를 챙겨 집 밖으로 나갔다.

"받네."

문경의 첫말이었다. 아란은 휴대폰을 귀에 댄 채 계단을 내려갔다. 1층의 유리문을 밀고 건물 바깥으로 빠져나왔다. 차가운 공기가 얼굴에 훅 끼쳤다. 시원했다. 문경의 전화가 반가웠다. 지금의 아란에게는 문경이 아니고 다른 누구였다 해도 반가웠을 것이다. 혹시 무슨 일이 있는 거냐고 문경은 아란에게 물었다.

"전화는 네가 했잖아."

아란이 웃자 문경도 따라 웃었다.

"나는 그냥 전화했어."

"나도 그냥 받았어."

정말로 아무 일 없는 것 맞냐고 문경은 다시 물었다.

아란은 오늘 기차를 탔고 지하철을 갈아탔고 지하철역에서 내려 또 한참을 걸었다. 서울의 연남동까지 가서 케이크를 받아 왔다. 아란과 단영이 그 동네에서 살던 때에는 그 수제 케이크 전문점에 자주 갔다. 케이크를 안 좋아하는 단영이었지만 유독 그 집 케이크는 맛있다며 잘 먹었다. 그래서 이사를 한 뒤로도 케이크가 필요한 날마다 그 가게에서 케이크를 주문해왔다. 5일 전에만 연락하면 택배로 받을 수 있었는데, 마침 주인이 개인 사정으로 이틀 동안 영업을 하지 않는다고 했다. 택배로 발송을 하면 제날짜에 도착하지 못할 수 있다고 했다. 오늘은 단영이 아란과 함께 산 지

6주년이 되는 날이었다. 아란은 올해에도 꼭 그 케이크를 단영과 함께 먹고 싶었다.

집에 돌아왔더니 단영도 이미 집에 와 있었다. 단영은 계절학기를 수강하면서 아르바이트를 병행하고 있었고, 친구들과 노는 일에도 빠지지 않고 싶어 했다. 평일에도 주말에도 얼굴 볼 틈 없이 바빴다. 오늘을 기억하지 못할 것이라 예상했는데 알고 있는 모양이었다. 아란은 싱크대에 서서 큼직큼직하게 야채를 썰었다. 단영은 그 옆에 서서 야채들을 구웠다. 아란은 반찬을 꺼냈다. 단영은 달걀프라이를 만들었다. 아란의 것은 완숙, 단영의 것은 반숙이었다. 이제 단영과 아란은 손발이 잘 맞았다. 단영은 카레 접시를 꺼내어 한쪽에 쌀밥을 담아 아란에게 건넸다. 아란은 카레 소스를 밥 옆에 담고 구운 야채들을 차례차례 올려서 다시 단영에게 건넸다. 단영은 마지막으로 달걀프라이를 얹고 파슬리 가루를 약간 보탰다. 아란과 단영은 나란히 앉아 식사를 하고 나란히 서서 설거지를 했다. 아란이 냉장고에서 케이크 박스를 꺼내려 했을 때, 단영이 말했다.

"선주도 부르면 안 될까?"

케이크 박스의 손잡이를 잡은 채 아란은 뒤를 돌아보았다. 단영은 휴대폰에 문자를 입력하고 있었다.

"지금?"

"지금."

단영은 휴대폰에 시선을 고정한 채 말했다. 선주는 단영의 단짝 친구였다. 언젠가부터 단영은 자신의 생일에도, 크리스마스에도, 한글날이나 식목일 같은 온갖 공휴일에도 선주와 여행을 다녔다.

"내일 어차피 보지 않아?"

"내일은 내일이잖아."

"오늘 안 봤어?"

"그건 아까 본 거지."

아란은 케이크 박스를 꺼내고 냉장고 문을 닫았다. 소파 테이블로 걸어갔다.

"오늘은 둘이 있으면 안 될까."

케이크를 박스에서 꺼내어 상자 위에 올려놓으며 아란은 말했다. 단영은 가만히 서 있기만 했다. 아란은 가까이 오라고 손짓했다.

"언니는 왜 선주를 안 보고 싶어 해?"

단영이 원망을 담아 말했다. 단영은 선주와 둘이 만날 때에는 아란을 부르지 않았다. 아란과 둘이 있을 때에만 선주를 부르고 싶어 했다. 이삿짐을 싸야 해서 짐 정리를 하기로 약속한 날이라든가, 아란이 보고 싶어 했던 영화를 함께 예매할 때라든가. 그때마다 아란은 단영에게 선주와 놀고 싶으냐고 물었다. 단영은 힘차게 고개를 끄덕였고, 아란은 기꺼이 단영을 보내주었다. 365일 중에 단 하루 정도는 둘이서 온전히 보낼 수도 있는 것 아니냐고 아란은 되물었다. 단영은 금세 시무룩한 얼굴이 되었다. 아란은 차분한 목소리로 말했지만, 어쩐지 단영을 몰아세운 느낌이 들었다. 아란은 다시 단영에게 손짓을 했다. 단영은 풀이 죽은 얼굴로 다가와 소파에 앉았다. 아란이 초에 불을 붙일 때에도, 거실 불을 끄고 박수를 칠 때에도 단영은 입을 다물고만 있었다. 아란은 케이크를 잘라 접시에 담아주었다. 단영은 등을 동그랗게 웅크리고선 케이크를 내려다보았다. 다른 생각에 잠긴 듯 주먹으로 턱을 괸 채 포크로 케이크의 가장자리를 조금씩 떼어내고만 있었다. 단영의 눈꺼풀이 점점 내려앉았다. 그 자세 그대로 졸기 시작했다.

"너무 졸려. 나 잠깐 눈 좀 붙일게."

반쯤 감긴 눈으로 단영이 웅얼거렸다. 자리에서 일어나 자기 방으로 휘적휘적 걸어갔다. 화가 날 때마다 단영이 자신의 감정을 처리하는 방식이었다.

지금 단영이가 삐쳐 있다고 아란은 문경에게 말했다.

"그러면 다음에 통화할까?"

"아니."

문경의 말이 끝나기도 전에 아란은 답했다. 이번에는 문경이 먼저 웃었고, 아란이 따라 웃었다.

"옛날 생각나네."

문경이 말했다. 아란은 걷기 시작했다. 며칠 전에는 분명 한파가 오고 폭설이 내렸는데, 그래서 단영과 함께 수도 계량기에 헌 옷을 감아두고 집 앞에는 눈사람을 만들어두었는데, 눈은 모두 사라져 있었다. 1월이었는데도 봄밤처럼 훈풍이 불었다. 휴대폰 너머로 현관문이 열리는 소리가 들렸다. 문경의 발소리가 들렸다. 문경도 문경의 동네를 걷기 시작했다.

"그렇네. 옛날 같네."

아란이 문경에게 말했다. 10년 전에도 아란과 문경은 그랬다.

그때 아란은 저녁 시간마다 옥상 정원을 빙글빙글 걷곤 했다. 화단에는 잡풀만 무성했다. 사방은 철망 펜스로 둘러싸여 있었다. 하늘까지 철망으로 막혀 있었다. 혹시 모를 학생들의 자살을 방지하기 위함이었다. 아란은 스물다섯이었고, 기숙학원에서 지내고 있었다. 재수생들을 위한 입시 전문 학원이었는데, 새로운 학기가 시작되는 3월의 특성상 학생들의 열기가 대단했다. 공부에 전념하기 위해 친구를 사귀지 않겠다는 의지 같은 것이 엿보였다. 특별한 용건이 없으면 서로에게 말을 건네지 않았다. 그런데 그날, 문경이 옥상 문을 열었다. 바깥을 보는 척하며 문경은 아란에게 걸어왔다. 아란의 뒤를 졸졸 따라 걸었다. 조금씩 속도를 내며 가까워지더니 마침내 옆에까지 바짝 붙어왔다.

"혹시 무슨 일이 있어?"

문경이 아란에게 물었다. 문경은 아란보다 한 살이 어렸으나 문경은 그 사실을 모르는 듯했다. 하지만 아란은 문경에 대해 웬만큼은 알고 있었다. 학생들은 서로의 이름을 몰랐으나 문경의 이름은 잘 알았다. 모든 강사가 문경을 부르기 때문이었다. 수업 자료나 출석부를 교무실에 두고 왔을 때마다 강사들은 문경에게 심부름을 시켰다. 어떤 강사가 교무실의 몇 번째 책상에 앉는지, 그 책상 어디쯤에 출석부가 꽂혀 있는지까지 문경은 꿰고 있었다. 문경은 그 기숙학원에서 5년째 살고 있는 학생이었다. 학생이라기보다는 조교처럼 보였다.

아란은 걸음을 멈추고 문경을 쳐다보았다. 갑자기 다가와서는 무슨 일이 있느냐니. 이상한 아이라고 생각했다. 다짜고짜 반말로 말을 거는 것부터 마음에 들지 않았다. 아무것도 아니라고 문경에게 잘라 말했다. 문경은 머쓱해진 표정으로 딴청을 부렸다.

"그러면, 다음에 얘기할까?"

문경이 물었다. 그때 아란은 자신도 생각지 못한 대답을 문경에게 했다.

"아니."

그때부터 문경은 아란과 함께 걸었다. 문경이 5년 동안 꽤나 많은 학생에게 같은 질문을 던져왔다는 사실은 나중에야 알았다. 자신이 그 질문을 받고 싶었기에 그랬는지도 모른다는 생각은 나중에야 해보게 되었다.

첫 모의고사 이후로 문경은 한층 유명해졌다. 아란과 문경이 속한 반은 그 학원에서 성적이 하위권인 학생들이 모여 있었는데, 문경은 최상위권 소수정예 반에 들어가고도 남을 점수를 받았다. 다음 모의고사에서도, 그다음 모의고사에서도 마찬가지였다. 점수에 맞춰 월반을 하는 학생들과 달리 문경은 그 반에 남았다. 문경의 말에 의하면, 최상위권 반의 학생들은 수능 날이 될 때까지 정말로 서로 한마디도 이야기를 나누지 않는다고 했다. 예외라는 것은 존재하지만, 대부분 그렇다고. 상위권 반에 있으나 하위권 반에 있으나 어차피 점수는 좋기 때문에 딱히 반을 옮겨야 할 필요성도 못 느낀다고 했다. 그렇게 점수가 좋은데 왜 대학에 못 갔는지를 아란은 물었다.

"왜일까."

문경은 수능 날에만 정지했다. 글자가 읽히지 않았다. 한 문장을 이해하는 데에 몇 배의 시간이 걸렸다. 지문을 끝까지 읽지도 못한 채 종료 시간이 다가왔다. 평소 점수가 좋지 않았더라면, 포기라도 할 수 있었을 것이라고 문경은 말했다. 해낼 수 있을 것 같았으므로 재수를 했고 삼수를 했다. 사수생이 되었을 때에야 해내지 못할 수도 있다는 예상을 하기 시작했다. 고통스럽지는 않았다. 오히려 그때부터 기숙학원에서의 생활을 진심으로 좋아하기 시작했다. 문경이 살면서 소속되어본 곳 중에서 이곳이 가장 좋았기 때문이었다.

"대학에 들어간 애들은 여기에 없어."

오직 실패한 학생만이 이곳에 있었다. 문경은 그들 중에서 실패를 가장 많이 한 학생이었고, 그럼에도 가장 유능한 학생이었다. 연도별 기출문제는 몇 월부터 풀어야 좋은지, 듣기 평가를 정복해야 하는 시점은 언제이며 타이머를 맞추어가며 지문 읽기에 속도를 내야 하는 시점은 언제인지, 학생들은 어떤 시기에 어떤 이유로 슬럼프에 빠지는지 강사만큼이나 정확하게 파악하고 있었다. 같은 반 학생들은 약속 시간을 따로 잡아야 하는 강사보다 문경에게 상담을 청할 때가 잦았다. 강사들도 문경을 신뢰했다. 문경은 이곳에 오고 나서야 자신의 적성을 찾았다고 했다. 도움이 필요한 사람들을 보살피는 것. 그것이 문경의 장래 희망이라고 했다.

문경이 아란을 따라다녔다. 아란과 문경은 1년 내내 단짝으로 지냈다. 아란이 문경보다 나이가 많은 유일한 학생이었기 때문에 문경에게 언니가 필요해서 자신을 선택한 것이리라 아란은 짐작하고 있었다. 아란이 듣는 음악을 따라 듣겠다며 이어폰 한쪽을 달라고 할 때나 자습 시간에 볼펜 오목을 두자고 조를 때의 문경은 영락없는 동생의 모습이었다. 아란은 귀찮은 기색을 내비치며 이어폰 한쪽을 빼주거나 격자무늬 공책에 건성건성 동그라미를 그리곤 했다. 그런데 묘하게도 문경이 귀찮게 굴던 그 순간은 매번 아란의 감정이 곤두박질을 치던 순간이었다. 인플레이션과 환율과 채권자의 상관관계가 이해되질 않아서. 직접 정리한 요약 노트를 짝꿍에게 빌려주었는데 콜라를 쏟아놓아서. 창밖으로 한여름의 쨍한 햇살이 쏟아지고 있어서. 오직 창밖으로만 쏟아지고 있어서. 책상에 앉아 자기감정을 어쩔 줄 몰라 하고 있을 때면 문경이 다가왔다. 귀찮은 문경을 받아주고 있다 보면 어느새 감정이 잔잔하게 변해 있었다. 아란은 어느 순간 상대를 받아주고 있는 사람은 자신이 아니라 문경이라는 것을 알았다. 취향에 맞지 않는 음악을 함께 들어주는 것도, 자습 시간을 할애해서 함께 오목을 둬주는 것도 문경이었다. 고맙다는 말을 아란이 전했을 때, 문경은 말했다.

"동생이 아니어도 괜찮은 것 같단 말이지."

"뭐가?"

"보살피는 거. 나 재능 있지 않아?"

거들먹거리는 표정으로 장난스레 웃으며 문경은 말했다.

아란은 쓰레기봉투가 쌓여 있는 전봇대를 지나 주택가

골목을 걸었다. 대문 너머에서 짖던 개는 아란이 가까워지자 대문 아래로 코만 빼꼼 내밀었다. 동그랗고 새까만 코를 지나쳐 골목을 빠져나갔다. 문경은 주차타워를 지나 고층 오피스텔 사이를 걸었다. 신축 오피스텔의 후문으로 들어갔다. 텅 비어 있는 불 꺼진 상가들을 지나 오피스텔 정문으로 빠져나왔다. 이 오피스텔을 통과하는 것이 대로변으로 가는 지름길이었다. 언니는 어디를 가고 있느냐고 문경이 물었다.

"몰라. 편의점이나 갈까."

그러면 자기도 편의점에 가겠다고 문경이 말했다. 아란과 문경은 각자의 동네에 있는 편의점으로 향했다. 아란의 동네에 있는 편의점은 문이 열려 있었고, 문경의 동네에 있는 편의점에는 잠시 화장실에 다녀온다는 쪽지가 붙어 있었다. 편의점에서만 구할 수 있는 두부 맛 아이스크림을 아란은 손에 들었다. 포장을 벗겨 아이스크림을 먹기 시작할 때 문경이 말했다.

"혼자 먹으니까 맛있냐."

"맛있다, 어쩔래."

아란이 아이스크림을 다 먹은 후에야 문경은 편의점으로 들어갔다. 편의점에서만 구할 수 있는 흑임자 맛 아이스크림을 문경은 손에 들었다. 문경이 아이스크림 포장을 벗기는 소리가 들렸다.

"혼자 먹으니까 맛있다."

"많이 먹어라."

아란은 이런 말투를 사용하지 않은 지 오래였다. 대학에 입학한 이후로는 말을 놓게 되더라도 보다 깍듯한 말투를 사용했다. 서른을 넘어가면서부터 문경과도 점점 그렇게 되어갔다. '맛있냐?'가 아니라 '맛있어?'라고 물었다. '잘자라'가 아니라 '굿밤'이라 말했다. 서로에게 다정함과 존중을 표하는 것이기도 했지만, 더 이상 이전처럼 친밀한 관계는 아니게 되었다는 뜻이기도 했다. 그런데 지금 문경의 입에서 옛날에 사용하던 말투가 갑자기 튀어나왔고, 아란도 옛날에 사용하던 말투를 쓰고 있었다. 아란과 문경은 서로에게 각자의 과거를 연기하고 있었다. 그 사실을 둘 다 알았다.

"이제 어디 가냐."

문경이 물었다. 10년 전에도 문경은 같은 질문을 했다. 기숙학원에서는 한 달에 한 번씩 네 시간의 저녁 외출을 허용했다. 학생들은 그 네 시간 동안 가족과 함께 외식을 하거나 학원 바깥에 있는 친구를 만나러 갔다. 문경과 아란은 둘이서 패밀리 레스토랑에 갔다. 한 개의 식전빵 앞에 세 개의 잼을 나란히 두었다. 라즈베리, 허니버터, 오렌지 잼을 번갈아가며 빵에 발라 먹었다. 샐러드 바에서 샐러드를 수북이 담아 오고 파인애플 조각이 유리잔에 꽂혀 있는 무알코올 칵테일을 주문해 먹었다. 레스토랑을 나오면 배스킨라빈스에 갔다. 파인트 컵에 세 가지 맛 아이스크림이 듬뿍 담겨 나왔다. 열 달이면 서른 가지의 아이스크림을 맛볼 수 있을 테고, 그때면 수능도 끝나 있을 터였다. 아이스크림을 다 먹고 나서도 시간이 한참 남았다. 분홍색 스푼을 입에 물고서 문경은 아란에게 이제 어디 가냐고 묻곤 했다. 그때에 했던 대답을 아란은 지금 똑같이 했다.

"가던 데나 가자."

문경은 아파트 단지로 향했다. 매일 지나가는 아파트지만, 단지 안으로 들어가는 것은 처음이라고 했다. 입구에 세워진 이정표를 보며 문경은 놀이터의 위치를 체크했다. 아란은 단영과 함께 자주 산책하던 공원으로 향했다. 농구대를 지나 산책로를 따라가면 그 끝에 그네가 있었다. 아란은 그네에 앉았다. 문경도 이제 막 그네에 앉았다고 했다. 10년 전 재수학원 시절의 저녁처럼, 아란은 문경에게 그네를 타고 누가 더 높게 올라갈 수 있는지 시합을 하자고 했다. 아란은 주먹 크기의 돌 하나를 주워 왔다. 그네로부터 세 걸음 떨어진 자리에 돌을 내려놓았다. 그리고 돌에 휴대폰을 비스듬히 세워두었다. 카메라 앱을 켜서 화면을 확인했다. 그네가 잘 보였다. 아란은 문경에게 페이스타임을 요청했다.

"봐야 시합을 하지."

문경은 페이스타임을 받지 않았다. 집에서 그냥 나와서 지금 꼴이 말이 아니라고 했다.

"머리도 안 감았다고."

어차피 밤이라 보이지도 않는다고 말했지만, 문경은 한사코 페이스타임을 받지 않았다. 그냥 스피커폰으로 시합을 하자고 했다. 아란은 휴대폰을 그 자리에 세워둔 채 스피커폰 기능으로 바꿨다. 잘 들리냐 물었더니 잘 들린다 했다. 발을 구르기 시작했다. 그네가 가장 먼 뒤쪽까지 물러났을 때, 줄을 몸 쪽으로 당기면서 반동을 주었다. 두 무릎을 쭉 펴면서 몸을 뒤로 눕혔다. 그네는 더 높이높이 올라갔다. 바람 소리가 귓가를 메웠다. 땅이 보였다가, 놀이터의 전경이 보였다가, 나무들의 꼭대기가 보였다가, 밤으로 가득 찼다.

"야, 나 거의 90도 올라왔거든?"

아란은 소리치듯 말했다.

"나는 120도 올라왔거든?"

문경도 소리치듯 말했다.

"아주 360도 돌았다고 해라."

한창 웃고 있을 때 휴대폰 액정이 밝아졌다. 아란은 발을 멈추고 휴대폰을 들여다보았다. 통화중 대기 알림이 액정에 떠 있었다. 단영이었다.

열일곱 살이었던 단영이 처음 아란의 집으로 찾아왔을 때, 아란은 스물아홉이었다. 4학년 1학기였고, 과 연계형 인턴에 합격하여 회사 생활을 시작하고 있었다. 월급은 50만 원 선이었다. 지내고 있는 옥탑방의 월세와 공과금 따위를 내기도 빠듯했다. 아르바이트를 하던 때보다 생활은 더 어려웠다. 학자금 대출은 빚으로 쌓여갔다. 갈 곳이 없어지면 나를 찾아오라고, 아란은 단영에게 말한 적이 있었다. 단영이 열두 살 때의 일이었다. 하지만 이렇게 빨리 그날이 오게 될 줄은 몰랐다. 최소한 이 옥탑방을 벗어난 이후여야 한다고 생각했다. 단영이 아란을 찾아오지 않고 계속해서 다른 곳에 머물거나 찾아갈 만한 또 다른 곳이 생겼다고 해도 아란은 그러려니 생각하며 지냈을 것이다. 단영은 교복을 입고 책가방을 메고서 쇼핑백 하나를 손에 든 채 문 앞에 서 있었다. 잠깐 얼굴을 보려고 찾아온 건 줄로만 알았다. 빈손으로 찾아오기는 좀 그래서 쇼핑백에 자그마한 선물을 넣어 온 줄 알았다. 아란은 단영을 집 안으로 안내했고, 단영에게 쇼핑백을 건네받았다. 쇼핑백을 열어보았다. 속옷 두 벌과 양말 두 개. 휴대폰 충전기와 머그컵 같은 것이 들어 있었다. 꼭 필요한 것만 챙겼다고 단영은 말했다. 머그컵은 무엇이냐고 물었더니, 자기가 직접 만든 것이라 했다. 아란은 단영에게 새 칫솔과 갈아입을 옷을 꺼내 주었다. 우선 잠을 자고, 이야기는 내일 나누자고 말했다. 아란이 깨어났을 때 단영은 없었다. 꺼내 준 잠옷이 머리맡에 개어져 있었다. 싱크대 앞에는 접이식 밥상이 펼쳐져 있었고 1인분의 음식이 차려져 있었다. 화장실의 샤워 타월은 젖어 있었는데, 바닥에는 물기가 말끔하게 닦여 있었고 머리카락 한 올도 떨어져 있지 않았다. 왜 깨우지도 않고 나갔느냐고 아란은 문자를 보냈다. 자기 때문에 혹시 깼느냐고 단영은 반문했다. 단영은 자신이 일어날 시간에 알람을 맞추지 않고 잠을 잤다. 드라이기로 머리를 말리지 않고 등교를 했다. 아란이 잠에서 깰까 봐서였다. 아란의 집에 오기까지 5년 동안 단영은 네 가족의 집을 전전했다고 했다. 알람을 맞추지 않고도 제시간에 눈을 뜨고 물소리를 내지 않고 씻으며 그 집들에서 가장 방해되지 않는 방법들을 익혔다고 했다. 5년 내내 이런 아침을 반복해왔다고 했다. 그렇게 하면 가족으로 받아들여질 수 있을 것 같아서 그렇게 해왔다고 했다.

"언니, 우리는 가족 같은 거 하지 말자."

그때 단영은 아란에게 말했다. 아란과 단영은 단짝처럼 붙어 살았다. 단영은 학교가 끝나자마자 집에 간다고 문자를 보냈고, 아란은 회사가 끝나자마자 집에 간다고 문자를 보냈다. 집에 먼저 도착한 사람이 집에 늦게 도착한 사람을 마중하러 지하철역으로 나갔다. 지하철역 앞에 있는 노점상에서 붕어빵이나 떡볶이 같은 것을 사 먹었다. 천 원에

세 개짜리 붕어빵을 먹을 때는, 한 개는 아란이, 한 개는 단영이, 나머지 한 개는 반으로 나눠 먹었다. 아란은 팥이 많은 머리 부분을 좋아했고, 단영은 바삭바삭한 꼬리 부분을 좋아했다. 나란히 서서 요리를 했고, 마주 서서 빨래를 널었다. 모든 것을 함께했지만 서로 연연하지 않았다. 다른 인간관계가 더 필요하지 않다고 생각할 정도로 마음이 통했다. 처음에 아란은 이 관계가 1년만 지속되어도 좋겠다고 생각했다. 그 이후에 단영이 떠나더라도, 좋은 시간을 함께한 걸로 충분하다 여겼다. 함께하면서 타인을 대하는 자잘한 기술들을 익힐 수 있었으므로, 서로 웃으며 손을 흔들며 조금 뒤로 물러난 사이로 바뀌는 것도 좋을 것이라 여겼다. 언제든 단영을 떠나보낼 준비가 되어 있었다. 그건 단영도 마찬가지였을 것이다. 그런 마음으로 두 사람은 6년을 함께 살았다.

쇳소리를 내며 그네가 움직이고 있었다. 진동이 멈추었고, 부재중 메시지가 도착했다.

"왜 갑자기 말이 없어?"

문경이 물었다.

"아무것도 아냐."

아란이 답했다. 아란은 주변을 둘러보았다. 무엇인가 달라져 있었다. 놀이터는 이제 멈추어 있었다. 텅 비어 있었다. 꽁꽁 얼었다가 질척하게 녹아내린 흙과, 그 흙에 어지럽게 찍혀 있는 발자국들을 아란은 보고 있었다. 그넷줄을 쥐고서 가만히 있었다. 그네의 반동은 저절로 줄어들었다. 공원 옆 도로에서 자동차 한 대가 지나갔다. 그림자들이 갑자기 나타나서는 사물의 주변을 반 바퀴 돌고는 사라졌다. 아란과 문경은 언젠가부터 서로에게 이 말을 반복해왔다. 아무것도 아냐. 어떨 때는 미세한 한숨을 섞어 이 말을 했고, 때로는 단호하게 잘라 말하기도 했다. 반복할수록 서로에게 아무것도 묻지 않게 되어갔다.

수능 시험에서 아란과 문경은 비슷한 점수를 받았다. 아란에게는 가장 높은 점수였고, 문경에게는 가장 낮은 점수였다. 비슷한 점수를 받고서 뛸 듯이 기뻐하는 아란 때문에, 문경은 함께 웃어버렸다. 각자의 성적표를 책상에 올려두고서 문경과 아란은 꿈 이야기를 오래 나누었다. 문경은 기숙학원을 떠나 간호학과에 입학했다. 환자를 보살피는 방식으로 문경이 꿈을 이룰 수 있으리라고 문경도 아란도 믿었다. 문경은 2년 내내 과톱을 차지했다. 그러나 3학년 때부터 문경은 가장 기본적인 일조차 헤매는 사람이 되었다. 실습이 시작되었기 때문이었다. 실수를 해서는 안 된다고 생각했기에 몸이 움직이지 않았다. 사람의 말을 단번에 이해할 수 없었다. 수능 날처럼 그랬다. 교수는 건강보험심사평가원 채용을 노려보라고 문경에게 권했다. 심사평가원은 간호사들 사이에서는 꿈의 직장으로 통했다. 채용되기만 하면 준공무원이 되어 정년까지 일을 할 수 있었다. 삼교대와 야간 근무도 당연히 없었다. 연봉도 높아 경쟁이 매우 치열했다. 임상 경력을 마치자마자 문경은 심사평가원에 합격했다. 주변 간호사 모두가 부러워했지만, 정작 문경은 시큰둥했다. 원한 적 없는 직업이었으므로 응시를 하면서도 긴장할 이유가 없었을 뿐이었다. 그래서 좋은 결과가 나왔을 뿐이었다. 문경은 환자를 보는 대신 서류를 보기 시작했다. 서류에 적혀 있는 몇 개의 문장과 숫자로 문경은 환자의 상태를 평가해야 했다. 병원에서 보험료를 과다하게 청구하지는 않았는지를 살펴보는 것이 문경이 맡은 중요한 업무였다. 물론 그중에는 거짓으로 보험료를 청구하다 적발되는 악덕 업체도 있었다. 아닌 경우도 있었다. 환자의 생존을 위해 반드시 필요한 시술이었다 하더라도 심사 기준에 적합하지 않으면 과잉 진료 판정을 내려야 했다. 의사들은 과잉 진료 판정을 받지 않기 위해서 환자를 죽게 두기도 했다. 그렇다 하더라도 그것은 잘 내린 선택으로 인정받았다. 그 인정을 정당화하는 일이 문경이 맡은 일이었다. 그때부터 문경은 아란에게 직장 이야기를 하지 않았다. 아무것도 아니야. 문경은 한숨을 섞어 이 말을 자주 하기 시작했고, 언젠가부터는 이 말을 하면서 미세한 야멸참이

묻어나왔다. 문경에게 비밀 혹은 실망 혹은 낙담 같은 것들이 생겨나고 있었다.

그즈음 아란은 고3이 된 단영과 함께 살고 있었다. 조금 일찍 도착했을 뿐, 아란에겐 단영과 함께하겠다는 꿈이 이미 곁에 와 있었다. 아란은 단영이 현관문을 열었을 때 텅 비어 있는 집을 맞이하지 않기를 바랐다. 불이 환하게 켜져 있고 누군가가 기다리고 있는 공간이 단영의 집이 되었으면 좋겠다고 생각했고, 그 생각을 하루하루 잘 실천해나갔다. 퇴근 후에 술 한잔 마시자는 문경의 제안을 어느 때부턴가 거절하기 시작한 것은 그래서라고, 아란은 문경에게 말했다. 깊은 밤에 걸려오는 문경의 전화를 받지 않은 이유도 그 때문이라고 말했다. 그게 전부일 리는 없었다. 간호학과에 지원을 해보는 것이 어떻겠느냐고 추천했다는 것 때문에 아란은 죄책감을 느끼고 있었다. 매일 술을 마시는 문경과 술에 취해 전화를 거는 문경을 아란은 언젠가부터 피하고 싶었다. 문경과 아란은 꿈 이야기를 너무 많이 나누었다. 꿈이 있는 문경을 아란은 너무 많이 응원해왔다. 꿈꾸던 것과 다른 길을 선택하게 된 문경에게 어떤 반응을 표해야 할지 망설여졌다. 망설임을 감추려고 노력할수록 무언가가 어긋나는 느낌이 들었다. 새로운 일자리를 찾은 것에 대해 해맑게 축하를 하기에는 문경의 마음을 너무 잘 알았다. 문경은 깨져버린 유리컵 조각을 맨손으로 훑으며 찾는 사람 같아 보였다. 유리 조각들이 박혀 있을 손끝을 보여주지 않기 위해 호주머니 속에 넣어두고 꺼내지 않으려는 것처럼 보였다. 무슨 일을 겪었고 그래서 어떤 심정인지를 아란에게 말하지 않았다. 문경의 얼굴은 무슨 일이 있는지를 더 캐물어볼 수도 없는 표정이었다. 아무 표정도 없는 표정. 아란은 아무것도 아닐 리 없다는 것을 잘 알고 있었으면서도 아무것도 아니라는 말을 믿는 척해야 했다.

단영이 수능을 마친 이후에야 아란은 다시 문경을 만났다. 문경이 석 달 전에 심사평가원을 그만두었다는 사실도 그제야 알게 되었다. 지금은 동네에서 아르바이트를 하며 지낸다고 했다. 회계사무소에서 업무를 보조하는 일이었는데, 영수증에 풀칠을 하고 전화만 받으면 된다고 했다.

"괜찮아?"

아란은 문경에게 물었다.

"뭐가."

문경이 아란을 쳐다보았다. 문경의 얼굴이 굳어 있었다. 눈빛에 냉기가 박혀 있었다.

"아무것도 아니야."

그때에 아란은 문경에게 '아무것도 아니야'라는 말을 사용했다. 괜찮은지 안부를 묻는 일이 아란에겐 선을 넘어 침범을 해버린 것처럼 느껴졌다. 잘못한 것이 없는 것 같은데 미안함이 엄습해왔다. 그날 이후로 문경은 아란에게 그런 눈빛을 보이지는 않았다. 아란은 조마조마한 마음으로 최대한 선을 지키며 문경을 대했다. 아란과 문경은 생일마다 서로에게 카드와 선물을 보냈다. 사랑한다는 말을 잊지 않고 적었다. 진심이 아닌 적은 없었다. 문경은 아르바이트를 하던 회계사무소에서 전산회계 자격증을 따보는 것이 어떻겠냐는 제안을 받았다. 자격증을 딴 이후에 문경은 정식 직원으로 채용되었다. 문경은 분명 그 일을 잘할 것이었다. 계산을 하고 절세 전략 같은 것을 세우는 것을 문경은 아주 쉽게 하는 사람이었지만, 그런 것을 꿈꾼 적은 없는 사람이었다. 문경과 아란은 1년에 두 번 정도는 함께 술을 마셨다. 한 명이 취할 정도가 되면 속엣말이 쏟아지기 전에 알아서 자리를 정리했다. 다음에 또 놀자, 응, 다음에 또 놀자, 진심일 수도 있고 상투적인 인사말일 수도 있는 말들로 문경과 아란은 만났고 헤어졌다.

단영으로부터 부재중 전화가 왔다고 문경에게 말해도 그만이었지만, 아란은 굳이 이 사실을 문경에게 말하고 싶지 않았다. 어째서 단영의 전화를 받지 않는지, 그 이야기를 다 하고 있다 보면 더는 함께 그네를 탈 수 없게 될 것 같았다. 문경은 아란의 일 중에서 단영과 관련된 것들에 대해 항상 조심스레 대해왔다. 언제고 단박에 물러설 준비를 하고 있는 사람처럼 그랬다. 아무렇지도 않게 아무것도 아니라는 말을 내뱉고 나서야, 그 한마디가 문경과 아란 사이에 끼치는 영향력을 아란은 상기했다.

"타고 있는 거지?"

문경이 아란에게 물었다.

"그럼."

멈춰 있는 그네에 앉아 아란이 답했다.

"얼마큼 올라갔는데?"

"너는?"

"90도 정도?"

"나도 90도."

그네는 여전히 멈춰 있었다. 아란과 문경은 말이 없었다. 완전하게 조용했다. 그네의 쇳소리도 바람 소리도 숨소리도 들리지 않았다.

"안 타고 있으면서."

문경이 아란에게 말했다.

"너도 안 타고 있잖아."

아란도 문경에게 말했다. 언제부터 알고 있었느냐고 문경이 아란에게 물었다. 언제부터였냐고 아란이 되물었다.

"처음부터."

문경이 말했다.

이정표에서 본 것을 따라 문경은 걸었다. 113동에서 오른쪽으로 꺾으면 커뮤니티 센터가 나왔고, 커뮤니티 센터를 끼고 돌아 조금 더 걸어가면 놀이터가 나왔다. 생각보다 놀이터는 멀었다. 아란보다 늦게 도착하지 않기 위해 문경은 발걸음을 빨리했다. 마침내 미끄럼틀과 시소가 보였다. 놀이터에 도착했다. 그네는 없었다. 이정표에서 또 다른 놀이터를 본 것 같았는데, 위치가 어디였는지는 기억나지 않았다. 이 아파트에서 가장 큰 놀이터가 이곳이라는 사실만 알았다. 다른 놀이터에 그네가 있는지도 알 수 없었다. 그때 아란이 그네에 앉았다는 말을 했다. 그네가 없다는 말을 문경은 하고 싶지 않았다. 이유는 없었다. 그냥 그네에 앉았다고 말하고 싶었다. 그리고는 놀이터 벤치에 앉아 있었다. 아란이 소리를 지르면 함께 질렀고, 아란이 웃으면 따라 웃었다.

"난 몰랐네."

하나 마나 한 말을 아란은 되뇌었다. 자신이 앉아 있는 그네가 흔들리는 것을 느끼면서. 오늘 더는 문경과 함께 그네를 탈 수 없다는 것만은 알고 있었다. 그네가 없어도 함께 그네를 탈 수는 있었지만, 그네가 없다는 것을 다 알고 있으면서도 계속 그네를 탈 수는 없는 것이다. 아직도 그네에 앉아 있느냐고 문경이 물었다. 그렇다고 아란은 답했다.

"그럴 줄 알았어."

문경이 말을 이었다.

"어색해하고, 무슨 말을 해야 할지 몰라 하고. 아까 언니한테 전화를 거는데, 언니가 전화를 받으면 분명 그럴 거라는 생각이 들더라. 받아도 또 절절맬 걸 알았지. 알았는데 전화한 거야. 언니 원래 잘 그러잖아."

"내가 그랬나?"

"지금도 그래."

그러고서 문경은 언니,라며 아란을 불렀다. 문경이 이제야 이야기를 하려 한다는 걸 아란은 알 수 있었다.

"언니가 예전에 나를 얼마나 아름다운 사람으로 봐주었는지 기억하고 있어. 언니는 내가 언니를 보살폈다고 말하지만, 그게 아니야. 그때에는 언니한테 아름다운 사람으로 보이고 싶었고. 그게 멋있는 줄 알았고. 그걸로 그 시절을 버텼지. 이제 그런 아름다움 같은 게 나한텐 없어. 나는 이제 아무도 안 보살펴. 나만 생각해. 언니가 나한테 많이 서운해했다는 거 아는데. 근데, 나 이제 좀 만족해. 지금 내가 좋아. 그냥 우리 얘기 안 한 지 너무 오래됐잖아. 그래서 전화했어."

배터리가 다 되어간다고, 휴대폰이 꺼지려 한다고, 이제 그만 집으로 돌아가자고 문경은 말했다. 아란이 말을 꺼내려 할 때 통화 종료음이 들렸다. 아란은 하고 싶은 이야기가 있었다. 문경에게 다시 전화를 걸었다. 문경의 전화기는 꺼져 있었다. 아름답다고 생각했던 기억들이 놀이터의 흙바닥 위로 우당탕탕 쏟아졌다. 그리고 흔적도 없이 깔끔하게 휘발됐다. 그때의 아란과 문경은 이제 사라졌다. 아란은 오랫동안 듣고 싶었던 이야기를 들은 것 같았다. 아란은 그네에서 일어났다. 집을 향해 걸었다. 선주를 불러도 좋다고 단영에게 말해봐야겠다는 생각을 하며 빠르게 걸었다. 현관문을 열었다. 아란은 단영의 방문을 노크했다. 방문을 열었다. 단영은 없었다. 단영은 선주를 만나러 나갔을 수도 있다. 아란을 찾으러 나갔을 수도 있다. 둘 다 아닐 수도 있다. 어디가 되었든, 단영은 자신이 가고 싶은 곳으로 갔을 것이다. 열두 살이던 단영을 만났을 때에도 단영은 그랬으니까. 단영의 그런 면이 아란은 좋았다. 아란은 거실 테이블에 올려져 있는 케이크를 내려다보았다. 소파에 앉았다. 케이크 한 조각을 잘라 접시에 담았다. 포크를 들어 케이크를 떼어 먹기 시작했다.

손을 내밀었다

"누가 기숙사에서 목을 매고 죽었대요."

나도 들었다. 2층 침대 난간에다 목을 맸다고 했다. 나는 그 이야기를 믿지 않았다. 성희도 소문일 뿐이라고 했다. 교직원이 모친상이나 부친상을 당했을 때에도 학교 측은 단체 문자를 발송해왔다. 홈페이지에도 매번 부고가 게시되었다. 정말로 누군가가 자살을 했다면 말만 떠돌 리가 없었다. 연못에서 귀신을 보았다거나 연습실 커튼 뒤에서 성관계를 하는 커플을 보았다는 이야기처럼, 재학생의 자살은 소문처럼 번져갔다. 기숙사에서 그랬다는 이야기가 자취방에서 그랬다는 이야기로, 언젠가부터는 한강에서 투신했다는 이야기로 바뀌고 있었다. 미술 전공 학생이라고도, 영화 전공 학생이라고도 했다. 죽은 사람이 둘 다라는 말도 있었다.

석 달 뒤, A예술대학에서 네 명의 학생이 잇달아 자살했다는 신문 기사를 보았다. 아는 사람의 일이라고도 모르는 사람의 일이라고도 여길 수 없는 기사를 강의실에서 접하다가 나는 화장실로 뛰어갔다. 신체의 반응이 가라앉을 때까지 변기에 앉아 있었다. 쉬는 시간에 자주 찾던 장소였다. 이 은신처에서 나는 마음을 삭이기도 하고 변기 물과 함께 할 말을 흘려 내리기도 했다. 마주 보는 눈높이에 부착되어 있던 거울을 통해서 내 표정에 아무것도 담기지 않은 걸 확인하고 다시 강의실로 돌아가곤 했다. 지금 그 자리에는 거울 속 내 동그란 얼굴 대신에 동그란 스티커가 보였다.

"손을 잡으세요."

스티커의 아래쪽에 자살 예방 긴급 전화번호와 함께 교내 상담실 전화번호가 적혀 있었다. 학교 곳곳에 대자보가 나붙기 시작했다. 비상대책위원회가 설치되었고, 자살 대책 마련을 위한 공개 토론회가 개최되었다.

*

"이메일도 받으셨나요?"

내 옆에 앉아 있던 성희가 내 휴대폰을 내려다보며 말했다. 나는 고개를 저었다. 같은 수업을 들은 사람들은 평소처럼 함께 학식을 먹고 함께 일어났지만, 함께 식판을 치우고 함께 정수기 앞에 서서 물을 마셨지만, 학교는 우리를 다른 그룹으로 나누었다. 상담실에서 연락을 받은 학생들이 과방에 모여 있었다. 나는 성희에게 며칠간 상담실로부터 받은 문자메시지를 보여주었고, 성희는 내게 별도로 받은 메일을 보여주었다.

"이 메일은 저만 받았나요?"

성희가 다른 사람들에게 물었다.

"저도 받았어요."

다솜이 손을 들었다. 둘은 서로의 얼굴을 물끄러미 보았다.

"다솜 씨, 나이가 어떻게 되세요?"

하연이 다솜에게 물었다. 서른넷이라고 다솜은 답했다. 하연은 모두에게 나이를 물었다. 불문율처럼 그동안 우리는 서로의 나이를 물어보지 않고 지내왔다. 우리 학교에는 유독 만학도가 많았다. 입시에 수능 점수를 반영하지 않기 때문에, 실기 능력이 뛰어난 사람이 합격할 확률이 높았다. 현장 경험이 풍부하거나 예술 관련 공부를 오랫동안 해온 사람에게 유리했다. 나도 그 덕분에 이 학교에 입학할 수 있었다. 다른 전공으로 다른 대학을 졸업한 후 직장 생활을 하다가 서른이 넘어서야 예술가로 살기로 결정한 사람과 중학교를 자퇴하고 일찌감치 입시 준비를 시작해서 입학하게 된 미성년자가 서로의 동기가 되어 학교를 다녔다. 매우 친밀한 사이를 제외하고서, 우리는 서로에게 '씨'를 붙여 호명했다.

휴학을 많이 해서 이미 졸업을 하고도 남았을 성희는 나보다 두 살이 많았고, 신입생 다솜은 우리 중에서 가장 나이가 많았고, 성희와 같은 학년인 하연은 나와 동갑인 스물여덟이었다. 학교가 나이 많은 학생들을 자살 위험군으로 주목하기로 했다는 소문은 사실이었다. 커트라인은 스물여섯이었다. 그중에서도 서른이 넘은 재학생은 특별 관리 대상자로 취급되었다. 성희와 다솜이 그에 속했다.

"손을 잡으세요."

나는 매일 아침마다 상담실로부터 문자를 받았다. 냉동실에 얼려둔 밥을 전자레인지에 넣고 기다리는 3분 동안에, 같은 문자를 받고 있을 사람들을 상상했다. 다정한 메시지를 들어야만 한다고 분류된 사람들에 대해 상상해보았다. 소외. 생활고. 취업난. 예술 전공 학생들의 자살 원인을 추측하는 말들이 앞집 공사장 굴착기 소리처럼 끊어지지 않던 나날이었다. 학교는 진단 결과를 발표했다. 자살한 학생들의 나이가 많다는 공통점을 찾아냈다는 것이다. 입시 제도를 전면 개편한다는 대책도 나왔다. 고교 졸업 예정자에 한한 특별 전형을 만들고, 수능과 흡사한 필기시험 제도를 도입하겠다고 했다. 이로써 만학도를 줄이겠다는 취지였다. 만학도가 줄면 취업률도 올라갈 것으로 예측했다. 취업률이 사회 문제가 되고서 다른 대학들은 예술 관련 학과의 존폐를 두고 나날이 시위가 이어졌다. 통폐합 과정을 거치기도 했다. 우리 학교는 최악의 취업률로 유명했다.

어제 자살 위험군과 과방에 모여 있을 때, 학생이 들어올 때마다 성희는 그 학생을 붙잡았다. 이 일을 어떻게 생각하느냐고 물었다.

"학교의 진단이 어이없죠."

학생들은 명쾌하게 답했다. 그리고 과방 컴퓨터에 앉아 과제를 인쇄하고는 과방을 빠져나갔다.

자살 위험군에게 학교는 심리 상담을 의무화했다. 불이행 시에는 학점 열람에 제한을 둘 거라며 강경한 입장을 취했다.

"저는 다 받을 거예요."

하연은 학교의 요구대로 상담을 받겠다고 했다. 자신이 자살 위험이 있지 않다는 것을 상담 과정에서 증명할 수 있다고 했다.

"그걸 어떻게 증명해요?"

배달 음식으로 시킨 에비동의 새우튀김을 젓가락으로 든 채 성희가 물었다.

"죽음을 주제로 작품을 쓴 적이 없다든가. 우울증 약을 먹은 적이 없다든가."

하연은 실제로 죽음에 관심이 없다고 했다. 죽음보다 우리의 삶에 가치가 있다고 했다. 존엄하다고 했다.

"저는 항우울제를 먹고 있는데……"

도시락으로 싸온 샌드위치를 두 손으로 들고 있던 다솜이 말끝을 흐렸다. 하연은 대답했다.

"안 먹는다고 하세요. 그 경우는 특별 관리 대상자로 지정된다고 들었어요."

하연은 양 손가락 검지를 교차해 X자를 그려 보였다.

"다솜 씨와 저는 이미 특별 관리 대상자예요. 서른이 넘었으니까요."

퉤, 하고 새우 꼬리를 뱉어내며 성희가 말했다. 상담을 거부하겠노라고 단호히 말했다. 어차피 마지막 학기고, 한 학기만 버티면 학교도 안녕이라고 했다. 다솜은 묵묵히 약을 털어 입에 넣고 꿀꺽꿀꺽 물을 삼켰다. 나는 내가 써온 과제들을 떠올렸다. 과제들마다 누군가의 죽음에 대해 다루지 않은 적이 없었다.

전자레인지에서 종료 알람이 울렸다. 나는 밥을 꺼냈다. 책상에 앉아 밥을 먹었다. 그리고 학교 상담실로 향했다.

2회 차 상담 시간에 다면적 인성 검사를 받았다. 567문항에 14페이지 분량이었다. 3회 차에서 검사 결과를 들었다. 거짓말 지수가 높게 나왔다고 했다. 윤리적인 답을 할수록 거짓말 지수가 높아진다고 했다. 검사는 무효 처리되었다. 다시 답안을 작성했다. 윤리적인 답과 아닌 답을 섞어가며 체크했다. 4회 차에서 일관성 지수가 낮게 나왔다는 진단을 들었다. 아무렇게나 응답을 한 경우라고 했다. 또다시 답안을 작성했다. 5회 차에서 특별 관리 대상자로 지정되었다는 통보를 받았다.

나는 과방에서 하연을 기다렸다. 하연에게 상담 결과를 물어보았다. 하연은 순조롭게 상담을 받고 있다고 했다. 성희와 다솜이 차례대로 들어왔고, 나는 특별 관리 대상자가 되었다는 소식을 전했다. 지금부터 상담실 메일 계정을 스팸 등록하는 편이 마음에 좋을 거라고 성희가 조언했다. 그리고 냉장고에서 캔맥주 네 개를 꺼내 왔다. 우리에게 한 캔씩 나누어 주었다.

"학생회에서 제안을 받았는데요."

하연이 맥주를 한 모금 들이켜며 말했다.

"예술극장 총집회에서요. 자살한 친구를 애도하는 글을 낭독할 사람을 찾고 있다나 봐요. 자살 위험군이 했으면 좋겠다던데."

"자살한 사람의 친구는 자살 위험군일 거라고 추측하나 봐요?"

성희가 말했다.

"그 글이 학교 신문에 실리는 건 물론이고, 언론사에도 보내질 거래요. 학교와 협력 관계에 있는 예술 단체 매거진에도 실릴 거라더군요. 교수님들 칼럼만 싣는 매거진인데, 학생 신분으로 매거진에 글을 발표하는 첫 사례가 될 거래요."

"할 거예요?"

다솜이 물었다.

"자살 위험군이 어떤 상황에 놓여 있는지를 쓰면 어떨까 해요. 단지 나이에 따라 자살 위험군과 특별 관리 대상자를 분류하고, 심리 상담을 강요하는 학교의 부당한 대처에 대해서 쓰는 거예요."

"그런 글을 썼다간 당장 슈퍼 특별 관리 대상자로 지정될 텐데……"

다솜이 고개를 가로저었다.

"공개적으로 낭독한 학생을 학교가 어떻게 그렇게 하겠어요. 발언할 기회가 생겼을 때 목소리를 내야죠."

하연은 주먹을 들어 보였다. 성희가 함박웃음을 지었다. 캔맥주를 내밀어 하연의 캔에 부딪쳤다.

"제가 도울 일이 있을까요?"

*

성희는 출근을 하듯 과방에 오기 시작했다. 인터넷에서 기사를 스크랩하고, 상담실에서 받은 메일을 날짜순으로 정리했다. 자살 위험군 관리를 받고 있는 학생 개개인에 대한 재학생들의 우호적인 의견을 타이핑했다. 핵심적인 문장들을 형광펜으로 표시했다. 성희는 베개와 이불까지 가져다 놓았다. 과방 테이블에 A4용지들을 가득 늘어놓고 자료를 정리하다가, 목이 말라오면 과방 냉장고에 넣어둔 맥주를 꺼내 마시고, 머리가 멍해지면 과방 블루레이로 DVD를 보다가, 과방 소파에서 쪽잠을 잔다고 했다. 자료를 파일첩에 깔끔하게 정리해서 하연에게 넘겨주었다. 하연은 큰 도움이 될 거라고 답했지만, 파일첩을 열어보지 않고 소파 위에 올려두었다. 그러곤 성희에게 물었다.

"어떻게 됐어요?"

무엇이 어떻게 되냐고 성희가 물었다. 오늘이 학점이 공개되는 날이라고 하연은 답했다.

"다행스럽게 또 D학점을 받았죠."

D학점을 받고도 기쁜 적은 처음이라고 성희는 말했다. 우리는 성희의 D학점을 축하했다. 하연은 생각에 잠겨 있었다.

"왜 그래요?"

다솜이 물었다.

"저는 학점이 떨어졌어요."

하연이 답했다. 성희가 호탕하게 하연의 등을 두드렸다.

"떨어질 학점이 있다는 게 어디예요. 저처럼 학점이 땅에 붙은 애도 있는데."

성희는 모니터에 새 창을 겹겹이 띄워 취업률과 자살에 대한 기사를 스크랩하기 시작했다. 이 자료가 더 필요할 것 같다고 성희가 중얼거렸다. 하연은 과방에서 나갔다. 소파 위에 파일첩이 그대로 놓여 있었다.

"찾으러 오겠죠, 뭐."

성희는 새로운 자료를 인쇄해서 파일첩 뒤쪽에 끼워 넣었다. 그리고 과방 테이블 한가운데에 파일첩을 올려두었다. 누군가 놓고 간 전공 서적과 누군가 과방으로 배송시킨 택배 상자가 테이블 중앙에 차례차례 쌓이는 동안에도, 파일첩은 그곳에 그대로 있었다.

엘리베이터 거울에 대자보가 붙었다. 성실하게 상담을 받은 자살 위험군만 시험공부 할 시간을 빼앗기고 피해를 입었다는 내용이었다. 상담을 받지 않는다면 학점을 열람할 수 없게 될 거라는 학교의 선언은 지켜지지 않았고, 학점을 열람하고 안도하는 다른 자살 위험군을 보면서, 결론적으로 교칙을 지킨 사람들이 도리어 교칙을 지켰다는 실의에 빠지게 되었다고 했다.

"말투가 하연 씨 같단 말이죠."

성희가 내 팔을 잡고 흡연실로 향했다. 담배를 피우지 않는 하연은 오지 않을 장소였다.

"대자보 말예요."

성희가 말을 이었다. '결론적으로'라는 말을 결론이 아닌 곳에 남발하는 점이 하연의 문체와 똑같다고 했다.

대자보에는 작성자의 신원을 추측하는 포스트잇이 붙었다. 신원을 추측하는 포스트잇을 달아놓은 사람의 신원을 추측하는 포스트잇도 달렸다. 포스트잇이 꼬리에 꼬리를 물고 길게 늘어져 엘리베이터 문이 열릴 때마다 너풀거렸다. 하연의 이름과 성희의 이름이 적혀 있었다.

*

포대 자루가 현관문에 기대어 있었다. 생거진천쌀 40킬로그램이라고 적혀 있었다. 운송장을 확인했다. 고등학교 동창이 보낸 것이었다. 동창에게 전화를 걸었다.

"밥 많이 먹고 부디 장수해라."

친구의 웃음소리가 들려왔다. 뉴스를 보았다고 했다. 한 예술가가 자기 집에서 사망하기 직전에 영양실조 상태로 발견되어 후송이 되었다고 했다. 그는 지인이 보낸 쌀 한 포대를 오래도록 아껴 먹으며 외주비 체불에 대한 고용노동부의 답변을 기다리고 있었다. 클라이언트는 한 달 뒤에 지급할 것을 노동부에 약속했고, 한 달 뒤에는 다시 한 달 뒤에 지급할 것을 약속했다. 노동부에서는 그가 고소를 선택할 수 있다고 했다. 그러나 고소를 하면 클라이언트의 임금 지급 의무는 사라지게 된다고 했다. 예술가는 결국 고소를 선택했고 근로복지공단에 소액체당금을 신청했지만, 신청은 받아들여지지 않았다.

"너네 학교 다녔대."

쌀이 떨어지기 전에 연락을 하면 또 쌀을 보내주겠다는 말을 남기고 친구는 웃으며 전화를 끊었다.

쌀은 현관에 두었다. 둘 만한 곳이 거기뿐이었다. 현관문을 열고 드나들 때마다 누런 포대 자루와 마주했다. 점심과 저녁은 학식이나 배달 음식을 먹고 사는 나의 습관대로라면, 이 덩치를 쉽게 줄일 가능성은 없어 보였다. 모르는 사람의 목숨을 건 싸움이, 쌀이 되어 현관에 놓여 있었다.

냉동실에서 밥 한 그릇을 꺼내어 전자레인지에 돌리다가, 학교에서 문자메시지가 오지 않는다는 사실을 깨달았다. 방학에는 자살 위험군의 자살 위험도 휴식을 취하는 것일까. 학내 중고 거래 게시판에 접속했다. 쌀을 나누고 싶다는 글을 올렸다. 설거지를 마치고 책상에 다시 앉았을 때 내 게시물에 댓글이 달렸다는 알람이 울렸다. 겨우 쌀이라면, 중정의 토끼한테나 주라고 누군가 비아냥거려놓았다. '겨우 쌀이라니'와 '좋은 생각인데?'가 동시에 떠올랐다.

검은 비닐봉지에 쌀을 한가득 담고서 학교 중정으로 갔다. 주변을 두리번거리며 토끼를 부르기 위해 혀 차는 소리를 냈다. 아무 기척도 없었다.

"돼끼야."

덤불에서 토끼 한 마리가 튀어나왔다. 자기 애칭을 알아듣는 모양이었다. 나는 토끼 앞에 비닐봉지를 내려놓았다. 토끼는 다가와 다소곳이 앉았다. 쌀 한 줌을 땅에 놓아두었다. 토끼는 금세 먹어치웠다. 그리고 나를 올려다보았다. 연신 이빨을 보여주며 더 달라는 듯한 표정이었다. 나는 쌀 한 줌을 더 내려놓았다. 오래전 누군가가 자신이 키우던 토끼를 중정에 풀어놓았고, 다른 사람이 또 한 마리를 풀어놓았고, 토끼는 새끼를 낳았고, 새끼는 또 새끼를 낳아서 대대손손 이 중정에서 토끼들이 살아가고 있다는 이야기를 소문처럼 들은 적이 있었다.

"네 가족은 다 어디 갔니."

토끼는 쌀을 오독오독 깨물고만 있었다. 나는 생쌀을 한 줌 집어 입에 넣어보았다. 쌀을 먹고 있는 토끼를 마주 보며 오독오독 쌀을 씹었다.

"뭐 해요?"

뒤를 돌아보니 성희가 서 있었다.

"쌀을 주고 있어요."

성희의 미간에 주름이 잡혔다.

"토끼는 쌀 먹으면 안 돼요."

성희가 성큼성큼 걸어왔다. 토끼는 쌀을 소화해내지 못한다고 성희가 말했다. 주면 맛있게 먹지만 장 안에서 쌀이 부패하게 되고, 서서히 가스가 차오르다가 고창증에 걸려 죽게 된다고 했다. 나는 미안하다고 말했다. 바닥에 뿌려놓은 쌀을 긁어모아 주머니에 넣었다. 쌀이 사라진 것을 알게 된 토끼가 허망해진 눈빛으로 나를 올려다보았다. 나는 비닐봉지를 들고 일어섰다. 성희가 내 비닐봉지를 들어주겠다고 했다. 전혀 무겁지 않다고 답했지만, 성희는 그래도 들어주고 싶다고 했다.

"여기까지 왔는데, 들어갈래요? 같이 밥 먹어요."

집 앞에서 내가 성희에게 말했다.

*

극장 앞 주차장에 언론사 차량이 세워져 있던 날이었다. 언론사 기자들은 예술극장의 외관을 촬영하고 있었다. 나는 카메라를 등지고 극장 안으로 들어갔다. 2층 세번째 줄에 자리를 잡았다. 1학년 교양필수 강의 때 늘 내가 앉던 자리였다. '예술의 산책'이라는 과목이었는데, 매주 각 과의 교수들이 차례차례 무대에 올라왔다. 음악 전공 교수는 평양에서의 공연을 사례로 들면서, 오랜 단절의 골을 메우는 예술의 힘에 대해 강조했다. 영화 전공 교수는 자신의 히트작에 대해 이야기하면서, 예술성과 상업성을 동시에 거머쥐는 비법에 관하여 들려주었다.

"신입생 여러분, 여러분도 이만큼 할 수 있게 됩니다."

연희 전공 교수는 세 명의 학생을 무대에 초대했다. 학생들이 상모를 돌리며 재주를 넘었다. 무대에서 본 것들이 우리의 미래가 될 것만 같았다. 학생들은 환호성을 질렀다.

오늘은 좌석이 텅텅 비어 있었다. 5백 석이 넘는 이 공간에 새까만 어둠들이 앉아 있었다. 맨 앞 두세 줄에 사람들이 모여 있었다. 기자들, 학생회, 사망한 학생의 친구들이었다. 곧 성희와 다솜이 차례대로 들어왔다. 내 옆자리에 자리를 잡았다. 예술극장 총집회는 살풀이춤으로 시작되었다. 아쟁과 대금 공연이 이어졌다. 학생회의 성명서가 발표되었다. 하연이 무대에 올랐다. 안주머니에서 종이를 꺼냈다.

"제 친구는 기숙사에서 민트 향 샴푸를 사용했습니다. 샤워를 하고 나오면 화장실에 민트 향이 가득했습니다. 고등학교 때 입던 체육복을 잠옷으로 입었습니다. 가슴에는 국제고 마크가 새겨져 있었습니다. 휴대폰 알람은 유행이 지난 아이돌의 노래였는데, 알람을 끄지 않는 버릇이 있어서, 같은 방을 쓰는 친구들도 그 노래를 외우게 되었습니다. 매년 부산국제영화제가 열릴 때마다 학교에서 무료로 셔틀버스를 제공해준다고, 힘들게 기차표를 예약할 필요가 없다고, 다른 학교 친구에게 자랑을 할 만큼 학교를 사랑했습니다. 매 학기 유리 공예 강의를 청강했고, 자신이 만든 유리그릇을 친구들에게 그냥 나누어 주었습니다."

사망한 학생의 세세한 일상이 나열되었다. 세세한 일상만이 나열되었다.

"지금 자기가 룸메이트였다고 말하고 있는 거야?"

성희가 혼잣말을 중얼거렸다.

"하연 씨 후문 쪽에서 자취해요."

다솜이 성희에게 말했다.

"저는 얼마 전부터 민트 향 샴푸를 사용합니다. 제가 샤워를 하고 문을 열면, 샤워실에 차 있던 따뜻한 습기와 함께 친구의 냄새가 샤워실 밖으로 퍼져갑니다. 바람이 불고 제 머리카락이 흩날릴 때 친구의 냄새가 내게서 더 먼 곳으로 향해가는 것을 느낄 수 있습니다. 제 얘기를 듣고 있는 여러분도 앞으로 어디선가 민트 향을 맡으면 친구를 떠올리게 될 겁니다. 친구에게서 제게로, 또 제게서 여러분에게로, 우리는 번져갑니다. 그렇게 친구는 우리 곁에 머물러 있습니다. 서로의 손을 잡으면, 사라지지 않고 이어질 수 있습니다."

제법 많은 언론에서 총집회를 보도했다. 4백여 명의 재학생들이 극장을 가득 채웠다고 적혀 있는 기사도 많았다.

과방으로 성희가 들어왔다. 나는 팔을 들어 손짓을 했고, 성희는 뒤돌았다. 성희는 나를 피했다. 실은 과방에 함께 있는 하연을 피했다. 성희가 졸업 보류 판정을 받았다는 사실을 조교로부터 전해 들었다. 상담을 거부했기 때문이었다. 성희는 졸업식 날 새하얀 상복을 입고서 나타났다. 검은 학사모를 쓰고 있는 사람들 사이를 걸어 내려갔다. 무대로 올라가려다 직원들에게 끌려 나왔다. 이 퍼포먼스로 성희는 징계를 받았고, 고향 집으로 내려갔다. 어쩌면 성희는 토끼보다 더 오래 이 학교를 다녀야 할 것이다.

*

개강을 했지만 다솜도 성희도 수업에 오지 않았다. 올해는 정상적으로 고등학교를 졸업한 스무 살들만 신입생이 되었다. 나는 멀리서도 신입생들을 알아볼 수 있었다. 그들은 새 운동화를 신었다. 서로에게 반말을 사용했다.

중정으로 향했다. 아무도 없는 그곳이 과방보다 편해졌다. 벤치에 앉아 눈을 감고 있다가 뜨면 바로 앞에 토끼가 앉아 있기도 했다. 다시 눈을 감았다 뜨면 토끼는 사라져 있었다. 토끼는 빠르게 나타났다가 빠르게 사라졌다. 다시 눈을 감았다가 떴을 때 내 앞에 다솜이 서 있었다. 포일에 싼 샌드위치를 들고 있었다. 나도 모르게 짧은 비명을 질렀다가, 가슴을 쓸어내렸다.

"죄송해요. 놀래키려던 게 아니라……"

다솜은 내 옆에 앉아 포일을 벗겨냈다. 샌드위치를 좋아하시나 봐요,라고 나는 말했다. 오이를 씹는 소리가 멈추었다.

“혼자 먹기에는 샌드위치가 나아서요.”

식사는 하셨느냐고 다솜이 내게 물었다. 나는 고개를 저었다.

“드실래요?”

다솜이 샌드위치를 내밀었다. 그것을 받아 한 입 베어 물었다. 내 입에서도 오이를 씹는 소리가 났다.

“돼끼가 죽을 거래요.”

나는 샌드위치를 꿀꺽 삼키고 다솜을 쳐다보았다.

“누가 또 쌀을 줬대요?”

다솜은 손을 내저었다.

“유전병이라고, 자기들끼리 갇혀 살아서 생긴 병이라고 들었어요.”

나는 샌드위치를 가만히 내려다보았다. 다솜이 말을 이었다.

“원래 유전병은 순종한테 많이 생긴대요. 애초에 순종이라는 게 존재하지 않는 것인데, 귀가 접혀 있다거나 발이 짧은 토끼를 순종으로 분류하고 순종끼리 교배를 시키니까 유전자 변형이 생기는 거래요. 중정 토끼도 그렇게 된 거라고 해요.”

우리는 한동안 가만히 있었다.

“돼끼한테 같이 작별 인사라도 할까요.”

다솜이 내게 물었다. 다솜과 나는 동시에 자리에서 일어났다. 나는 하연과 성희에게 문자를 보냈다.

"돼끼가 죽게 생겼어요."

성희는 문자를 읽지 않았다. 하연은 슬프고 안타까운 일이라는 답장을 보내왔다. 다솜과 나는 토끼를 불렀다. 땅굴에서 토끼가 튀어나왔다. 우리 앞에 잽싸게 달려와서 연신 이빨을 보여주었다. 자기가 죽을 거라는 걸 모르는 듯했다.

"뭐라고 인사를 해야 하죠?"

내가 다솜을 쳐다보았다. 다솜도 생각이 나지 않는 듯했다. 토끼는 킁킁거리며 몸냄새를 맡았다. 두 발로 서서 우리의 손을 살폈다. 우리의 샌드위치를 원하고 있었다. 소스가 묻지 않은 양상추를 떼어내서 다솜은 토끼에게 주었다. 토끼는 양상추를 몇 번 씹더니 뱉어버리고는 뒤도 돌아보지 않고 땅굴 속으로 들어가버렸다.

"저렇게 팔팔한데."

다솜과 나는 땅굴 앞에 쪼그리고 앉았다. 구멍에 대고 토끼를 불렀다. 전화벨이 울렸다. 성희였다.

"또 쌀을 준 거예요?"

전화를 받자마자 성희는 고함을 질렀다. 나는 다솜에게 들은 얘기를 성희에게 전해주었다.

"돼끼를 풀어줍시다."

결연한 목소리로 성희가 말했다. 지금이라도 해방을 시

켜주자고 했다. 이곳에 토끼를 풀어줄 장소가 어디에 있느냐고 나는 반문했다. 아스팔트 한복판에 토끼를 풀어줄 수는 없었다.

“저희 동네로 데려와요. 온 동네에 풀떼기밖에 없어요. 소랑 염소랑 양이랑 닭이랑 토끼랑…… 하여간 엄청 많습니다.”

다솜도 좋은 생각이라고 했다. 땅굴 앞에 앉아 30분을 기다렸다. 토끼는 나오지 않았다. 나는 집으로 달려갔다. 검은 비닐봉지에 쌀 한 줌을 담아 돌아왔다. 땅굴 속으로 쌀 몇 톨을 떨어뜨렸다. 토끼가 머리를 내밀었다. 다솜이 자기 입을 틀어막으며 내 팔을 붙잡았다. 나는 비닐봉지에서 쌀을 꺼냈다.

“손을 내미세요.”

다솜이 작은 목소리로 말했다. 나는 토끼에게 쌀이 담겨 있는 손을 내밀었다. 토끼는 손에 담긴 것을 보기만 했다. 쌀 몇 톨을 비닐봉지에 남겨둔 다음, 비닐봉지를 열어둔 채 땅굴 앞에 두었다. 토끼가 비닐봉지 속으로 머리를 집어넣었다. 우리는 동시에 숨을 멈추었다. 앞다리가 들어가고, 몸통이 들어가고, 뒷다리가 들어갔다. 조심스럽게 비닐봉지 손잡이를 들어올렸다. 봉지 안에 동그랗게 담긴 토끼가 머리를 들어 우리를 올려다보았다.

*

예술극장 앞에 사람들이 줄을 서 있었다. 지그재그로 이어진 줄이 앞마당을 가득 메웠다. 취재진이 돌아다녔고, 강사의 이름이 적힌 플래카드를 들고 있는 팬들도 보였다. 건물에는 〈졸업생과의 대화〉라고 적힌 현수막이 걸려 있었다. 자살 위험군을 위해 기획된 특강이었다. 재학생들은 이 강의를 '예술의 산책 만학도 버전'이라고 불렀다. 만학도로 입학하여 성공 궤도를 밟은 극소수의 졸업생이 강사로 초빙되어 자기 자랑을 늘어놓았다. 강사들은 웬만한 연예인보다 유명한 셀럽이었다. 유명 연예인이 강사로 오는 경우도 있었다. 강의가 끝나면 강사는 수강생 한 명 한 명과 어깨동무를 하고 사진을 찍어주었다. 나는 언덕을 내려갔다. 경비원이 떨어진 벚꽃을 오늘도 쓸고 있었다. 꽃잎들을 모으고 분무기를 들고 와 분사를 한 다음, 빗자루로 꽃잎을 정돈하고 있었다. 벚꽃 잎 더미는 서서히 사랑이라는 글자가 되어갔다. 경비원이 휴대폰을 꺼냈다. 자신이 만든 것을 카메라로 찍었다. 나도 경비원 옆에 서서 휴대폰 카메라에 담았다. 누군가에게 '사랑해요'라고 응원할 만한 일이 있을 때에 이 사진을 사용하면 좋겠다고 여겼다. 경비원이 벚꽃 잎 글자로 학생들에게 사랑을 고백하는 일화는, 학교에 대한 풍문 중에서도 가장 유명한 미담이었다.

"매일매일 이걸 하시더라고요. 매년 벚꽃 철마다. 대단하세요."

나는 경비원을 보며 웃었다.

"총장님께서 매일 아침마다 하라고 하셨으니까."

주먹으로 허리를 두들기며 그가 말했다.

논리적 글쓰기는 어떻게 가능한가에 대한 과제를 하다가 글쓰기를 밥 짓기에 비유했다. 비영리 예술 단체의 경영 사례에 대한 과제를 하다가 경영을 밥 한 그릇에 비유했다. 미술과 과학의 상관관계에 대해 쓸 때에는 쌀과 물로 비유했다.

"집에 쌀벌레가 많은가 봐요."

강사가 웃음을 섞어 말했다. 나는 머리를 긁적였다. 쌀 얘기를 많이 하게 된다는 건 알고 있었지만, 쌀벌레 이야기를 하고 있는 줄은 몰랐다. 나는 저녁마다 쌀 포대 앞에 쪼그리고 앉아서 검지에 침을 묻혀가며 쌀벌레들을 색출했다. 쌀벌레가 손가락을 물었다. 빨갛게 부어올랐다. 재채기가 나왔다. 목덜미가 간지러웠다. 환절기의 건조함 탓인 줄 알았는데, 벌레 알레르기 진단을 받았다.

"바퀴벌레하고도 괜찮았는데요."

바퀴벌레는 체질이 잘 맞기 때문이라고 의사는 답했다. 잘 맞지 않는 벌레가 따로 있다고 했다.

쌀 속에 통마늘을 묻어보았다. 소용이 없었다. 에탄올을 적신 화장솜도 넣어보았다. 마찬가지였다. 쌀벌레 제거제를 넣었다. 어떻게든 살아남으려는 벌레들을 나는 어떻게든 몰살시키려고 했다. 계절이 바뀌고 나서야, 목숨이 질긴 벌레들도 질긴 살의를 가진 나의 집념도 이 방에 스며드는 온도와 습도를 이기지 못한다는 걸 알았다. 벌레들은 저절로 사라졌고 저절로 죽어갔다. 포대의 모서리 쪽에 벌레들이 옹기종기 모여서 시체 더미로 발견되었다. 손끝으로 살살 쓸어냈다. 다른 한 손을 쓰레받기로 삼았다.

"쌀벌레가 없어졌나 봐요."

같은 수업을 듣던 다솜이 웃으며 말했다. 다솜과 한참을 웃었다.

"돼끼는 잘 지내겠죠?"

성희가 함께 있으니까 잘 지내고 있을 거라고 다솜이 답했다. 정선에 갔던 날에 대해 우리는 이야기했다. 동서울에서 출발한 시외버스가 서울을 빠져나갈 때 토끼가 침을 흘리기 시작했다. 토끼가 죽을 것 같다고 다솜이 말했다. 우리는 휴게소에서 내렸다. 동물병원을 검색하고 성희에게 전화를 걸었다. 멀미를 하는 것 아니냐고 성희가 말했다. 토끼는 멀쩡해져 있었다. 자기가 언제 침을 흘렸냐는 표정으로 코를 쫑긋거리고 있었다. 버스를 타기만 하면 토끼는 몸을 바들바들 떨었다. 우리는 터미널마다 내려 다음 버스를 기다렸다. 한밤중이 되어서야 정선에 도착했다. 불이 꺼진 대합실에 성희가 서 있었다. 우리에게 정선 찰옥수수를 한 개씩 나눠 주었다. 옥수수 알갱이가 입안에서 알알이 터졌다. 이렇게 맛있는 옥수수는 태어나서 처음 먹어본다고 다솜이 말했다. 나도 열심히 고개를 끄덕였다.

"그 얘기 들었어요?"

다솜이 자판기에서 갓 꺼낸 탄산음료를 건네며 내게 물었다.

"기숙사에서 누가 목을 매고 죽었대요."

단영

조는 밥솥을 열었다. 입김을 불었다. 주걱으로 완두콩을 조심스레 뒤섞었다. 완두콩이 빼곡하게 모인 부분을 우선 밥그릇에 담았다. 완두콩이 드문드문 박힌 부분을 두 개의 밥그릇에 나눠 담았다. 나머지에는 쌀밥을 담았다. 주는 오른손으로 두부를 부쳤다. 왼손으로 비지찌개를 휘저었다. 쟁반 위에 반찬들을 차례차례 올렸다. 아란이 부엌으로 들어왔다. 두 팔을 크게 뻗어 쟁반을 들었다.

"애는 왼쪽으로 가."

조가 완두콩이 빼곡한 밥그릇을 가리켰다. 왼쪽 상에는 효정이 혼자 앉았다. 그 옆에 아란과 단영이 마주 앉았다. 마지막 상에는 조와 주가 있었다. 밥알을 씹어가며, 단영은 쉴 새 없이 재잘거렸다. 대훈이가 자기 연필을 부러뜨렸다거나. 여기는 여자들만 있어서 자기를 괴롭히는 사람이 없어 안심이 된다거나. 아이들과 다 같이 떠들었는데 자기만 담임에게 혼났다거나. 태연이 OST 앨범을 냈다거나. 아무도 반응하지 않았다. 단영은 더 필사적으로 종알거렸다. 한 손으로 소매를 잡아가며 두부를 자르던 효정이 젓가락을 내려놓았다.

"단영아."

효정은 단영에게 웃음을 지어 보였다. 단영은 조용해졌다. 밥상을 물렸다. 단영은 등교 준비를 하러 나갔다. 효정은 아란에게, 오랜만에 피아노 소리 좀 들어보자고 했다. 아란은 피아노 뚜껑을 열어 건반에 손끝을 올렸다. 처음 이 피아노를 쳤던 건 7년 전이었다. 그때 아란은 열일곱이었다.

"제가 피아노 치는데 그 자식이 실실 쪼개잖아요."

그때 효정이 이곳에 온 이유를 묻자 아란은 대뜸 이 말부터 했다. 폭행이 처음은 아니었다. 대안학교도 종류별로 다녔다. 아란은 굳이 문제아를 연기할 필요가 없다는 걸 이곳에 온 지 얼마 되지 않아 파악했다. 화난 것을 보여주기 위해 눈썹을 찡그릴 필요가 없었다. 바닥에다 찍 소리를 내며 침을 뱉을 이유도 없었다. 그런 것을 보여줄 사람이 없기 때문이었다. 서열 다툼을 할 또래도 없었다. 훈계하는 교사도 없었다. 화장을 해야 할 이유도, 세련돼 보이기 위해 거울 앞에 서서 옷차림을 살펴볼 필요도 없었다. 아란은 머리카락을 질끈 묶고 다녔다. 효정이 건네준 밴딩바지 두 벌을 바꿔가며 입었다. 이곳 사람들은 대체로 아란을 예뻐했다. 어리다는 이유만으로 아란은 사랑받았다. 방에서 나와 얼굴을 비추기만 해도 사람들로부터 간식거리를 듬뿍 얻었다. 피아노만 쳤다 하면 모두들 모여들어 박수갈채를 보냈다. 예술고등학교에 입학한 이후로는 칭찬이란 것을 받아본 적 없는 피아노 실력이었다.

효정이 주머니에서 천 원짜리 다섯 장을 꺼내 아란에게 건넸다.

"차 마셔야지."

아란은 부엌에서 쟁반을 챙겨 자판기로 향했다. 밀크커피 두 잔은 주와 조의 것이었고, 율무차 세 잔은 효정과 아란, 그리고 단영의 것이었다.

"같이 걸을까?"

종이컵을 든 채 효정과 아란은 걸었다.

"아무것도 없는 곳에 나를 혼자 보내셨지."

효정은 그 시절을 간명하게 요약했다. 눈을 반쯤 내리깐 채 미소를 지었다. 효정의 얼굴에는 암담했던 한 시절을 회상하는 표정이 잠시 머물렀다 거둬졌다. 이내 성공을 거머쥔 특유의 자부심으로 환해졌다.

종단에서 하은사에 약속한 건 초기 공사 비용뿐이었다.

그 비용으로는 대웅전도 완공할 수 없었다. 신도가 필요했다. 공사장 같은 사찰을 찾아오는 사람은 당연히 없었다. 처음 효정은 기도하는 법밖에 몰랐다. 공사가 중단되고 인부들이 떠난 뒤에도 기도만 했다. 그렇게 2년이 지났을 때, 효정의 은사 스님이 서울의 신도들을 이끌고 하은사를 방문하겠다는 연락을 해왔다. 효정은 그들을 위해 안동에서 삼베 침구를 주문했다. 근근한 생활비와 운영비를 접대비로 모두 썼다. 방문자들의 이름을 미리 적어 연등 아래에 하나하나 매달아두었다. 면접을 앞둔 취업 준비생처럼 설교도 철저히 준비했다. 암기하고 암기했다. 그러나 방문자들을 감동시켰던 건 질경이 장아찌였다. 식사를 하던 신도 한 명이 이 음식이 무엇이냐고 물었다. 효정은 질경이라고 답했다. 미안한 마음에 약간의 의미를 보탰다. 삼베 침구도, 효정의 설교도, 자신들의 이름이 적혀 있던 연등도 신도들의 눈에 들지 못했다. 그 대신 집으로 돌아갈 때에 손에 들린 질경이 장아찌 한 병에서 그들은 부처님의 은덕을 느꼈다.

"그때 잭팟이 터졌지."

효정은 아란에게 진담을 말했다. 농담처럼 들렸다. 귀한 손님에게는 산초 장아찌를 대접해야 했지만, 그때 제철이 아니었다. 8월 중순의 열흘 정도 기간에, 열매가 갓 맺혔을 때에만 톡톡 터지는 식감의 산초를 구할 수 있었다. 어렵게 구해 장아찌를 담가도, 최소 3개월은 익혀야 맛이 들고 1년 정도는 묵혀야 제맛을 냈다. 질경이는 어디에서나 뜯을 수 있었다. 밟아도 죽지 않는 데다, 굳이 뜯어 음식으로 먹는 사람도 드물었다. 한 달이면 충분히 숙성됐다. 효정에게 질경이는 차선책이었다. 다른 사찰들이 귀한 손님에게 관례처럼 내어주는 산초 장아찌가 신도들에게는 오히려 당연한 음식이었다.

효정은 질경이 장아찌를 대량 생산하기로 했다. 인력 센터에서 사람들을 사 왔다. 한밤중에 일을 진행했다. 하은사의 밤하늘은 간장 냄새로 뒤덮였다. 곳간에 수천 개의 유리병이 차곡차곡 쟁여져갔다. 효정은 질경이 장아찌를 판매용으로 사용하지 않았다. 거액의 불사를 하는 신도에게만 질경이 장아찌를 선물했다. 신도들은 비구니가 만든 사찰 음식을 자신의 집 냉장고에서 두고두고 꺼내 먹기 위해 절을 찾아오는 것처럼 보였다. 비구니에게 기도나 설교는 바라지 않았다. 영험한 말씀을 원했다면 비구를 찾았을 거였다. 이 점을 효정은 정확하게 파악했다.

다른 유명 사찰이 유튜브에 법회 영상을 올리거나 홈페이지로 온라인 예불을 모시며 시대를 앞서가는 걸 표방할 때에, 하은사는 은둔하는 사찰을 추구했다. 그게 경쟁력이 있다고 효정이 믿었던 건 아니었다. 하은사의 인력으로 온라인 사업은 엄두를 낼 수 없었다. 물건이 좋으면 팔린다.

효정의 소신이었다. 좋은 물건은 좋은 의미를 부여해야 한다. 사찰 안에서 저절로 자라나는 잡초에 영험함을 부여하는 것이 효정의 전략이었다. 스피커에서 흘러나오는 예불 소리를 듣고 자란 식재료라 영적인 효험을 보장한다고 신도들에게 자주 말했다.

수익 사업은 나날이 확장세였다. 기복 없이 번창했다. 주요 사업은 입시 발원문이었다. 하은사의 발원문은 특화되어 있었다. 어머니의 마음을 이어받아 기도를 올린다고 광고했다. 자신의 아이만을 위한 기도는 효험이 없고, 모든 자녀를 위하여 대의적 기도를 함께 올려야 부처의 마음이 움직인다는 점을 강조했다. 자기 자식의 합격 발원문만 올리는 데에는 비용이 많이 들지 않았지만, 효험이 더 좋은, 모든 아이를 위한 대의적 발원문은 비용이 셌다. 주지와 통성명을 하며 지내는 대부분의 신도는 당연히 대의적 발원문을 내고 거액을 불사했다. 수능 백 일 전부터는 줄을 서야지만 발원문을 받을 수 있었다.

효정에게는 재정 문제보다 해결하기 더 어려운 문제가 있었다. 효정의 뒤를 이어 하은사를 맡아줄 후계자가 없었다. 노인 부양 문제가 불교계에서도 중요한 이슈가 된 지 오래였다. 고아인 단영을 키우고 있었으나, 단영은 어려서부터 무엇이든 해보고 싶어 하는 아이였다. TV를 보면 코미디언이 되고 싶다고 했고, 태권도를 보면 태권도를 배우고 싶다고 했다. 꿈이 많은 단영의 모습을 효정은 석연치 않게 지켜봤다. 동자를 더 구해야 한다는 생각을 효정은 한켠에 늘 품고 있었다. 아이들이 필요했다. 같이 살아보며 싹이 보이는 아이 한 명을 골라야 했다. 많은 아이들을 손쉽게 거둬들일 사업이 필요했다. 어떻게 해야 투자에 대한 손실 없이 아이들을 데려올 수 있는가가 효정에겐 고민이었다.

"얼마나 많은 돈을 벌어야 그 많은 아이를 다 구할 수 있나."

효정은 신도들 앞에서 자주 이 말을 했다. 구원에 대한 원대한 포부가 담긴 것 같은 말투를 일부러 사용했다. 효정은 예불 시간에 신도들에게 말했다.

"하은사는 대안학교가 될 겁니다."

신도들이 박수를 쳤다. 효정이 무슨 말을 하든 신도들은 박수를 쳤다.

"지원 보살님은 오늘부터 음악 교사이십니다."

효정은 신도 한 명 한 명을 즉석에서 교사로 임명했다. 대안학교의 커리큘럼도 즉흥적으로 만들어졌다. 효정은 신도들을 교사로 등록시켰다. 명상 센터의 VIP 룸을 리모델링 했다. 거실과 욕실과 침실이 잘 구비된 1인 기숙사가 완성되었다. 공익사업을 하는 비영리단체로서 대안학교 승인

절차를 쉽게 통과했다. 시내에 있는 가장 큰 서점에서 인문학과 불교 분야의 청소년 도서를 모조리 구입했다. 거실 한 면에 짜 맞춘 목재 책꽂이를 한 번에 채웠다.

한 달에 한 명씩, 1년 동안 열두 명의 십대 여성이 하은사에 머물렀다. 하은사가 3백 억 규모의 자산을 가진 절이라는 것과 비구니가 되기로 한다면 이 모든 것을 물려받을 수 있다는 것을, 이곳에 입주해 지내다 보면 누구나 금세 알 수 있었다.

효정은 아란에게 행자 생활을 권했다. 아란은 자신의 단발머리가 모두 사라진 두상에 대해 상상했다. 승복을 입는 것도 머리를 깎는 것도 나중의 일이었다. 지금은 달라질 게 사실상 없다고 효정은 말했다.

"주민등록증만 주면 돼."

나머지 절차는 효정이 밟겠다 했다. 아란에게 지내왔던 대로 지내기만 하면 된다고 했다. 아란이 지갑 속의 주민등록증을 효정에게 건네기만 한다면. 6개월의 행자 생활을 마치고 수미계를 받고 정식 후계자가 된다면. 효정의 설명대로라면. 아란에게 그리 어려운 과정은 아니었다.

"며칠 생각해볼래?"

아란은 고개를 끄덕였다.

스피커를 통해 염불 소리가 퍼져나갔다. 신도들이 차례차례 법당으로 들어갔다. 11시 예불이 시작되었다. 아란은 수련원 옆길로 빠져나갔다. 주차장 옆으로 늘어선 음식점과 기념품 가게를 지나 등산로로 방향을 틀었다. 삼나무 숲이 나타났다. 숲 한가운데에서 끊긴 길과 만났다. 산을 타고 올라갔다. 너무 오래 걷는 것 같다는 느낌이 들 즈음 바위가 나타났다. 자세히 보지 않는다면 불상이라는 걸 알아챌 수 없었다. 불상의 머리는 반쯤 깨져 있었다. 이목구비도 없었다. 손가락 윤곽이 사라진 불상의 손바닥 위에 크래커 부스러기가 떨어져 있었다. 단영이 크래커를 올려놓으러 어제쯤 이곳에 혼자 왔을 것이다.

"불상이야. 내가 찾아냈어."

단영은 법당에는 발을 들여놓지 않았다. 신도에게 받는 예쁨이 싫다고 했다. 신도들이 쥐여 주는 떡과 과자가 싫다고 했다. 스님이 되라는 말도, 스님은 되지 말라는 충고도 싫다고 했다. 7년 전에 두유병을 손에 들고 다니던 다섯 살 단영은 이제 열두 살이 되어 하은사의 거의 모든 것을 싫어하게 되었다. 단영은 아이돌 노래를 찾아 들었다. 그들의 영향을 흡수하며 영 앤드 리치가 꿈이라고 말했다. 방과 후에는 롯데리아에서 햄버거를 사 먹었다. 여분의 햄버거를 포장해서 책가방에 숨긴 채로 절에 돌아왔다. 효정에게 햄버거가 발각되었을 때, 자신은 출가를 하지 않을 것이니 햄버거를 먹어도 된다고 단영은 대들었다. 이것은 명백한 아동 학대라고 덧붙였다.

"무슨 절이 이래요? 스님은 스님이에요? 사업가예요? 여긴 전부 다 가짜 아니에요?"

단영은 참아왔던 말을 효정에게 쏟아냈다.

"너 같은 중생에게 내가 가짜로 보여도 나는 상관이 없다."

장래희망이 승려라고 외쳐오던 단영은 햄버거를 위하여 서슴없이 꿈을 버렸다. 아무도 모르는 이 불상에, 아무도 몰래 찾아와서 크래커를 두고 가는 것은 단영에겐 이 절에서 누리는 유일한 즐거움이었다. 늘 크래커는 사라졌다. 다람쥐일 거라고 단영은 아란에게 말했다.

"다람쥐가 이 손바닥에 앉아서 크래커 먹겠지? 너무 귀여워!"

단영은 이 정체불명의 불상에는 흥미가 없었다. 불상의 손바닥에 올라앉을, 한 번도 만난 적 없는 다람쥐와 크래커로 우정을 쌓고 있었다. 다른 종단에서 만든 불상에 공양물을 바치는 건 용납되지 않았다. 사이비 행위였다. 단영이 아란을 믿어서 이런 비밀을 누설하는 것은 아니었다. 단영이 믿는 것은 아란의 묵언수행이었다. 아란은 침묵하며 지냈으므로 당연히 비밀 또한 누설할 리 없었다.

아란의 눈앞에 숲이 펼쳐졌다. 눈을 가늘게 떴다. 이 시간에 숲을 바라보는 것이 아란의 유일하게 소중한 비밀이었다. 나뭇잎에 초점을 맞추었다. 바람이 지날 때마다 한 장 나뭇잎은 미세하게 흔들렸다. 나뭇잎의 앞면과 뒷면의 색감 차이가 나뭇잎을 반짝이게 했다. 이 반짝거림을 좇다 보면, 바람의 동선을 읽을 수 있었다. 바람과 함께 눈동자로 숲을 타고 다녔다. 밤나무는 유난히 반짝였다. 밤나무를 알아보는 방법을 알려준 건 능원이었다.

"기다려. 바람이 불 때만 알아볼 수 있어."

능원은 아란이 하은사에 돌아온 며칠 후에 이곳에 왔다.

그날 아란은 양말 두 겹을 겹쳐 신었다. 새벽은 사계절 내내 겨울이었다. 법당은 유독 서늘해서, 무릎을 꿇고 있어도 발이 저리지 않았다. 무감각해졌기 때문이다. 그래서 동상에 걸리지 않는 것이 중요했다. 점퍼까지 껴입으면 종송이 시작되었다. 차갑게 내려앉은 공기를 아란은 가로질렀다. 종이 울릴 때마다 숫자를 셌다. 열다섯 번에서 스무 번 사이에 대웅전에 도착할 수 있었다. 촛불만 밝힌 대웅전은 어두웠다. 촛불이 흔들릴 때마다 불상의 얼굴에 맺힌 그림자가 휘청였다. 무릎을 꿇고 있는 능원의 옆모습을 아란은 보았다. 능원은 새벽 예불 시간에만 법당에 나타났다. 사람들과 식사를 하지도, 제사나 저녁 예불에 참여하지도 않았다. 묵언수행을 하고 있는 것도, 참회 기도를 하고 있는 것도 아니었다. 능원이 방에서 혼자 무엇을 하는지는 아무도 알 수 없었다. 누군가는 종일 휴대폰으로 게임을 할 게 뻔하다고 했다. 누군가는 종일 잠만 잘 거라고 했다. 조와 주도 공짜로 먹고 논다며 능원을 흘겨보았다. 능원의 눈은 반쯤 감겨 있었다. 입꼬리는 무심하게 늘어져 있었다. 능원은 지루하고 심드렁해 보였다. 예불을 모시기 위해서가 아니라 능원을 훔쳐보기 위해 아란은 새벽에 일어났다.

효정은 능원에게 웰컴 센터를 맡겼다. 신규 신도를 등록하고, 홍보 메일을 발송하는 업무를 맡겼다. 밤이면 능원은 베개를 끌어안고 아란의 방을 찾아오기 시작했다. 혼자 자는 것이 어렵다고 했다. 능원과 아란은 나란히 베개를 베고 누워 이야기를 나누다 잠들었다. 어쩌다 여기에 오게 되었는지에서부터 시작된 내밀한 대화는 온갖 상처를 전시회처럼 방 안에 펼쳐놓는 대장정으로 이어졌다. 아무에게도 말한 적 없는 이야기까지 모두 꺼내어 공유했다. 누구나 백번쯤 들어봤을 법한 호랑이 생일잔치 유머를 아란이 꺼내자, 능원은 배를 잡고 한참을 웃었다. 아란의 방에서는 밤마다 입을 틀어막고 키득대는 두 사람의 웃음소리가 새어 나왔다.

아란과 능원은 똑같은 염주를 찼다. 낮에도 밤에도 쌍둥이처럼 붙어 있었다. 아란은 웰컴 센터에서 능원의 업무를 돕기 시작했다. 능원이 도량을 돌며 야생화 사진을 찍어 오면, 아란이 그것을 포토샵으로 옮겨 포스터를 제작했다. 가을이 되면 같이 밤을 줍기로 약속했지만, 능원은 어느 날 사라졌다. 작별 인사는 없었다. 능원의 연락처조차 모른다는 사실을 아란은 그제야 알았다. 그의 본명도 알지 못했다. 능원은 중학생 때 감자칩 한 박스를 훔친 적이 있었다. 그게 능원의 가장 행복한 기억이었다. 능원이 키우던 개가 자신이 낳은 강아지를 잡아먹은 적이 있었다. 드림캐처를 좋아했다. 토란국을 좋아했다. 자신의 외꺼풀 눈과 유난히 작은 눈동자를 좋아했다. 칸나꽃을 싫어했다. 청설모를 무서워했다. 능원에 대해 아란은 알고 있는 것이 많았다. 그냥 그게 다였다.

능원이 떠나자 아란은 말을 하지 않기로 했다. 자신이 느끼고 있는 상실감을 극명하게 드러내려면 이 방법밖에 없다고 느꼈다. 누군가 보다 못해 아란에게 능원에 대한 정보를 알려주게 되기를 기다려보기로 했다. 사람들은 아란이 묵언수행을 시작했다고 믿었다. 아란은 자신이 효정처럼 언제나 미소를 짓고 있다는 걸 나중에야 알았다. 누가 어떤 말을 하든 아란은 부드럽게 웃어 보였다. 누구도 능원에 대한 회고는 하지 않았다. 능원은 원래부터 없었던 사람 같았다.

효정이 사랑채를 향해 걸어갔다. 아란과 신도가 효정을

뒤따랐다. 사랑채의 다도실에 효정이 들어섰다. 신도는 벽면 가득 장식된 찻잔들을 보자 감탄했다. 찻잔의 문양과 재질이 모두 달랐다. 같은 찻잔은 하나도 없었다. 신도는 찻잔 하나를 꺼내 손바닥에 올려보았다. 조심스럽게 찻잔을 구경했다.

"마음에 드십니까."

효정이 신도에게 물었다. 신도는 고개를 끄덕였다.

"어떤 건 천 원짜리입니다. 어떤 건 천만 원짜리죠."

효정은 부드럽게 미소를 지었다.

"직접 골라보세요. 드릴게요."

효정이 턱을 들어올렸다. 아란도 미소를 지어 보였다. 신도는 화려한 무늬의 찻잔을 들었다가, 민무늬 찻잔을 들었다가, 찻잔의 바닥을 살펴보았다. 마침내 하나를 들고 효정 앞에 섰다. 자신이 고른 찻잔의 가격을 물었다. 효정은 웃었다. 팔을 뻗어 방석을 가리켰다.

"앉으세요."

효정과 신도가 마주 앉았다. 아란은 청홍보 앞쪽에 자리를 잡았다. 차를 만들기 시작했다. 차가 완성되면 아란은 신도가 고른 찻잔에 차를 따를 것이다. 신도는 찻잔에 입술을 가져다 댈 것이다. 그러고 나면 효정과 신도의 대화가 시작될 것이다. 일주일에 한 번씩 효정은 이 일을 반복했다. 아란이 침묵한 다음부터 이 일에 아란을 동참시켰다.

차를 만드는 것이 아란에게 맡겨진 울력이었다. 다도실에서는 입이 없는 일손이 필요했다.

두 손으로 찻잔을 들었다. 차를 마시며 아란은 신도와 효정의 대화를 들었다. 7년 전에 하은사를 떠나던 날이 떠올랐다. 교육기간이 끝난 것을 그때의 아란은 아쉬워했다. 그날 효정은 아란을 끌어안았다. 언제든 이곳을 다시 찾아오라 말했다. 기다리겠다는 말을 덧붙였다.

“다녀왔습니다.”

단영은 주차장에서부터 소리를 지르며 뛰어왔다. 단영의 버릇이었다. 자신의 하교를 모두가 알아야만 한다는 듯한 외침으로 단영은 하은사의 단조로움을 단박에 깨뜨렸다. 조와 주가 끙 소리를 내며 일어났다.

“벌써 와버렸네.”

단영의 귀가는 조와 주에게 알람이었다. 휴식은 끝났다. 공양 준비를 시작할 시간이었다. 조와 주는 밥을 짓고, 설거지를 했다. 해우소를 청소하고, 빨래를 했다. 그런 후 잠깐의 오수 시간을 즐겼다. 두 개의 시곗바늘처럼 머리를 맞대고 곤히 낮잠을 잤다.

신도들은 반찬이 좋을 때는 조와 주를 공양주 보살이라 불렀고, 시원찮을 때에는 조선족이라 불렀다. 조와 주는 서로에게 꼬박꼬박 ‘보살님’이란 호칭을 썼다. 조와 주는 저녁 설거지를 마치면 샤워를 하고 파스를 붙이고 드라마를 보았다. 그리고 곧장 깊은 잠에 들었다.

단영은 요사채에 책가방을 던져두고 도량으로 뛰어나왔다. 하은사에서는 일출도 노을도 목격이 불가능했다. 사방이 산으로 둘러싸인 탓이었다. 자궁터라고 했다. 어머니의 자궁이 그렇듯이 이런 자리에는 평화가 깃든다는 점 때문에 신도들은 하은사를 더더욱 숭배했다. 일출과 노을을 볼 수 없으니 감정의 기복이 생기지 않아 수행자에겐 더욱 좋은 장소라고 했다.

이 시간이면 단영은 아란을 불러내 도량을 산책했다. 단영은 쉬지 않고 말을 했다. 춤도 췄다. 걸그룹 댄스를 배워왔는데 봐달라거나. 다람쥐 아파트를 발견했다거나. 곳간에 캔커피가 몇 박스씩 쌓여 있길래 먹어봤더니 유통기한이 지나 있었다거나. 산에서 찬 기운이 내려올 즈음이면 단영은 소매로 코를 닦았다. 코를 훌쩍거리고 몸을 떨면서도 단영은 밖에 있고 싶어 했다. 범종각 난간에 올라앉아 단영은 다리를 흔들었다.

"언니, 쥐 눈 본 적 있어?"

단영의 이야기에 답하지 않아도 단영은 아란이 자신의 이야기를 듣는다 믿었다. 단영은 요사채 천장에서 쥐 가족이 산다고 말했다. 밤마다 경주를 한다고. 낮에는 쥐 죽은 듯 살다가 밤만 되면 뛰어다닌다고. 엇그제 새벽에는 쥐가 천장에서 떨어졌다고 했다. 효정 스님 방으로 떨어져버렸다고. 스님의 비명에 조와 주가 잠옷 바람으로 쥐를 잡겠다고 뛰어다녔다고 했다. 조와 주가 쥐처럼 뛰어다녔다고, 단영이 흉내를 냈다. 어제는 조와 주가 천장에다 쥐 끈끈이를 설치했고, 단영이 아침에 일어나 책상을 밟고 올라가 천장을 들여다보았다고 했다.

"쥐들이 끈끈이에 붙어 있었어. 쥐 눈이 엄청 예쁘다. 새까매. 까만 게 엄청 까마면 빛이 난다? 빛이 나는데 울고 있었어."

단영은 주변을 둘러보았다. 귓속말을 하겠다는 단영의 신호였다. 아란은 허리를 굽혀 키를 낮춰주었다. 단영이 아란의 어깨에 손을 얹고 말했다.

"효정 스님이 쥐들을 산 채로 묻었어."

단영이 이제 햄버거에 대해 아란에게 이야기할 거라는 것을 아란은 알고 있었다.

"내가 햄버거 먹었다고 호통칠 때는 언제고."

단영은 또 코를 닦았다.

"효정 스님이 너를 키워줄 신도를 찾고 있어."

아란이 단영에게 말했다. 단영은 눈을 동그랗게 떴다.

"데려가면 아파트를 준댔어. 너 여기서 쫓겨날 거야."

단영은 아란을 올려다봤다.

"나한테 그거 말해주려고 지금 묵언수행 깬 거야?"

단영은 기쁜 표정이었다.

효정은 신도에게 1년을 제안했다. 1년만 키워보고 어떤 방식으로든 결정을 내리면 된다고 했다. 1년이 지난 후에 단영과 함께 살 수 없다는 판단이 선다면 어떻게 되는 것인지 신도는 물었다. 다른 신도님들이 계시지 않느냐고 효정은 준비된 대답을 했다.

"나중에 말이야."

아란이 단영에게 말했다.

"갈 곳이 없어지면. 나를 찾아와."

아란의 얼굴을 바라보며 단영은 서 있었다. 목어를 치는 소리가 들렸다. 아란과 단영은 목어 소리를 향해 걸었다. 요사채에 거의 도착했을 때, 단영이 아란의 소매를 잡아당겼다.

"응."

단영이 아란에게 답을 했다. 아란은 이제 가야 할 곳이 생겼다. 단영이 찾아올 수 있는 곳에 있으려면 우선 여기를 떠나는 게 마땅했다. 이사를 다니지 않으면서, 한곳에서 잘 살고 있어야 했다. 그날 저녁은 공양 시간에 단영이 재잘대지 않았다.

굵은 비질 소리가 장지문 바깥에서 들려왔다. 아란은 귀를 기울였다. 비질 소리 사이로 희미한 도량석 소리가 들렸다. 효정이 목탁을 치며 걷고 있었다. 아란은 대웅전을 빠져나왔다. 비질 소리가 나는 쪽으로 걸어갔다. 범종 소리가 들려왔다. 효정은 하은사의 입구에 놓인 범종 앞에 서 있었다. 서른세 번을 다 치기 전에 아란은 작별 인사를 해야만 했다. 사방이 산으로 막혀 있어 종소리는 도량 안에서 오래 머물며 울려 퍼졌다. 조와 주가 요사채 외벽에 싸리비를 나란히 세워두던 참이었다.

"공양주 보살님."

아란이 조와 주를 불렀다. 어둠 속에서 조와 주는 아란을 돌아보았다.

"저 가요."

밝은 어둠 속에서 조와 주의 눈동자는 어두워졌다. 어두웠으므로 더 빛이 났다. 조가 코를 찡긋거렸다. 눈을 감더니 입을 벌렸다. 재채기가 터져 나왔다. 손등으로 조가 코를 닦아냈다.

"단영이 고것이 옮겼네."

주가 조와 아란을 번갈아 쳐다보았다. 그리고 아란에게 말했다.

"감기 조심해."

범종 소리가 끝났다. 효정은 저만치에서 뒷짐을 진 채 서 있었다. 봉오리를 오므린 꽃들이 스프링클러의 물줄기 속에서 해갈을 하고 있었다. 총 5천 평 부지 곳곳에 스프링

클러가 일제히 야생화를 적시고 있었다. 아란 역시 작별 인사 없이 사라진 여자로 기억될 것이다.

"이 꽃을 다 심는 데에 10년이 걸렸다."

색이 화려하고 세간에서는 보기 힘든 꽃을 효정은 골라 심었다. 극단적으로 소박해 보이는 꽃과 극단적으로 화려해 보이는 꽃을 번갈아 심었다. 효정은 소박해서 아름다운 하은사를 화려해서 눈이 부신 절로 변모시키기로 마음먹었다. 소나무에는 빨간 연등을 주렁주렁 달았다. 위엄 있고 중후한 건축 양식은 피했다. 곡선이 많이 들어간 설계를 택했다. 산신각은 너와 지붕을 얹어 동화에 나올 법한 오두막을 연상시켰다. 영산전에 모시는 나한들은 볼이 통통하고 귀여운 인상을 선택했다. 확장 공사 이후 하은사는 명성을 더 얻어갔다. 곳곳에 아기자기한 핸드메이드 소품들을 배치했다. 비신도들이 무리 지어 찾아와 그 소품 앞에 서서 사진을 찍었다. 한국에서 아름다운 절로 소문이 나기 시작했다. 무향의 차 대신 색깔별로 말린 꽃차를 카페에서 판매했다. 발우공양 대신 꽃밥을 대접했다. 기도가 이상적으로 이루어질 것이라는 판타지를 심어주기 위해 그에 걸맞는 판타지를 시각적으로 구현해나갔다.

효정이 하은사에 온 이후로 처음 얻은 깨달음은 불경 어디에도 적혀 있지 않은 것이었다. 출가를 한 승려는 무성의 존재로 살아가야 한다는 규율은 누구나 다 아는 전제 조건이지만, 비구니는 결코 무성으로는 살아남을 수 없다는 것. 신도들은 이상적인 여성성을 하은사에서 만끽하고 싶어 했다. 효정은 그들의 욕망에 부합하는 것이 쉬웠다. 어떤 감정 속에 놓여 있든 부드러운 미소를 지을 수 있게 되었을 때, 하은사는 유명한 비구니 사찰이 되었다. 효정은 은사 스님으로부터 주지 직책을 받았다. 두 명의 제자가 더 있었지만 은사 스님은 세번째 서열인 효정을 주지로 택했다. 비구니에게 가장 필요한 것은 온화한 미소였다는 사실을 가장 잘 이해한 효정의 승리였다.

다른 관광객처럼 꽃에 대한 소문을 듣고 아란도 하은사의 대안학교를 기대했다. 블로거들이 여행 사진으로 올려둔 하은사는 꿈에서나 볼 법한 모습이었다. 처음 아란은 이곳에서 언제나 놀라워하며 꽃밭 주변을 걸었다. 멍하니 꽃만 보았다. 꽃을 좋아해본 적은 없었으나 꽃을 좋아하는 사람의 마음은 이해할 수 있게 되었다.

"이제 다들 가셔요."

효정이 두 팔을 휘저으며 비신도와 신도들을 내보냈다. 효정은 아란 옆에 자주 와서 앉아 있었다. 아란이 바라보는 꽃밭을 효정도 내려다봤다.

"꽃이 너무 아름다워요."

열일곱 아란이 효정에게 처음으로 한 말이었다. 효정은 두 손으로 아란의 손을 붙잡았다. 효정의 손톱 밑에 오래

묵은 흙때가 끼어 있었다. 효정의 손은 거칠었지만 따뜻했다. 효정은 부드럽게 미소를 지었다. 신도들은 효정의 미소가 차를 닮았다고 했다. "만약 당신이 춥다면 차는 당신을 덥혀줄 것이고 만약 당신이 덥다면 차는 당신을 식혀줄 것이고 만약 당신이 우울하다면 차는 당신을 위로해줄 것이고 만약 당신이 지치고 피곤하다면 차는 당신을 진정시켜줄 것이다." 해우소 세면대 거울에 적혀 있던 문구였다. 누군가 한심하게 굴거나 누군가를 무시하고 싶거나 누군가에게 화가 날 때에도 효정은 한결같이 이 미소를 사용했다. 아란은 그때까지만 해도 효정의 미소를 미소로 읽었다.

아란은 하은사 앞 가게에서 맥주 한 캔을 샀다. 그리고 지장전 지붕에 올라갔다. 7년 전에 아란은 자주 지장전 지붕 위에서 밤 시간을 보냈다. 열일곱 살의 아란은 유난히 밝은 어둠과 유난히 어두운 어둠을 구분할 줄 알게 되었다. 그때 그 지붕 위에서 아란이 할 수 있는 놀이는 그것밖에 없었다. 아란은 어둠을 분류했다. 유난히 흔들리는 어둠. 유난히 시끄러운 어둠. 가장 짙고 지나치게 적막해서 오히려 마음이 다 개운해지는 어둠. 아란은 지장전 지붕에서 고양이처럼 웅크리고 앉았다. 열일곱 살에 그랬던 것처럼 한 손에는 캔맥주를, 다른 손에는 담배를 들었다.

많은 젊은 여성이 하은사를 거쳐갔다. 대안교육 명령을

받은 아란 같은 청소년들. 낙태를 하고 찾아온 십대. 신혼 여행을 다녀오자마자 이혼을 한 여자. 10년 동안 임용고시에서 떨어진 채 낙담한 여자. 퇴사를 하고 명상을 하겠다고 나타난 여자. 효정은 그들에게 방을 내주었다. 먹을 것과 입을 것을 제공했다. 3천 배를 올리고 철야 기도를 한다는 조건이었다. 여자들은 산나물을 땄다. 밭을 갈았다. 야생화의 이름을 학습했다. 소원초를 만들고 노트에 불경을 필사했다. 뉘우치기 위해 명상했다. 뉘우칠 것이 없다는 사실도 뉘우치기 위해 명상했다. 그러다 밤이 오면, 여자들은 잠들지 못했다. 9시에 잠자리에 드는 생활은 쉽게 익숙해질 수 없었다. 어느 날부터 밤을 걸어 다녔다. 방이 너무 좁아서. 산책을 하면 잠이 올까 봐서. 하늘에 별이 너무 많아서. 가끔 고라니가 울었다. 누군가는 벤치에 앉아 밤새 울었다. 누군가는 조깅하듯 도량을 뛰어다녔다. 누군가는 누군가에게 전화를 걸었다. 누군가는 누군가를 찾아 밖으로 나갔다. 누군가는 누군가를 찾아왔다.

효정은 모른 체했다. 부드럽게 웃으며 눈감아주었다. 여자들은 그 점을 못 견뎌 했다. 왜 아무것도 묻지 않는지. 효정의 침묵을 야속해했다. 누군가는 한낮에도 벤치에 앉아 울었다. 누군가는 신도를 붙잡고 자살하고 싶다는 고백을 했다. 쉽게 소문으로 번졌다. 그런 여자들은 곧 하은사에서 사라졌다. 작별 인사는 없었다. 여자가 어디로 갔는지 아무도 궁금해하지 않았다. 여자의 증발을 모두가 안도했다. 이상한 여자, 거짓말하던 여자, 헛소리하던 여자로 취급되었다. 결국 모든 젊은 여자가 차례차례 하은사를 떠났다. 능원은 가장 어린아이 같은 방법으로 베개를 끌어안고 아란의 방에 찾아오는 것으로 이런 밤을 버텼다.

꽃밭 한가운데에 효정이 서 있다. 효정이 화단을 성큼성큼 걸어 다녔다. 한 발 한 발 조준하듯 꽃을 짓밟고 다녔다. 한 걸음마다 발을 비틀어 꽃밭을 으깼다. 효정은 밤마다 남몰래 저런 식으로 화단을 망쳐놓았다. 다음 날 아침이면 인부들을 불렀다. 망가진 화단을 정리하고 새 꽃을 사들여 심었다. 3월에 피는 꽃은 3월에 다 시들었다. 4월에 피는 꽃은 4월에 다 시들었다. 5월도 마찬가지였다. 벚꽃처럼 아름답게 지는 꽃은 드물었다. 꽃대는 휘어지고 잎은 갈변했다. 어떤 꽃잎은 시든 채로 축 처져 매달려 있을 뿐 떨어지지도 않았다. 지저분하게 지는 꽃을 보기 위해 사람들이 하은사를 방문할 리 없었다. 그래서 효정은 밤마다 꽃을 짓밟고 다녔다.

먼 곁

홍성희
(문학평론가)

곁눈질하는 사이

임솔아의 소설에서 사람들은 자신에게 기대되는 역할이 무엇인지를 예민하게 살핀다. 의자를 세 칸 정도 차지하고 누워 있는 사람을 보며 도움이 필요한 상황인지 아닌지를 파악하기 위해 눈을 움직이는 지하철 승객들처럼, 그들은 자신을 신뢰하는 학생에게 교사로서 최선을 다해 부응하려 하고(「희고 둥근 부분」), 신뢰받는 학생으로서 강사들과 다른 학생들을 기민하게 보살피는 일에 마음을 쓴다(「아무것도 아니라고 잘라 말하기」). 익명으로 활동하는 독서모임에서도 가장 나이가 많은 사람으로서, 항상 총대를 메는 사람으로서, 마음이 복잡한 사람을 매번 달래주는 사람으로서 저마다 스스로 위치를 정하고, 그 역할에 맞추어 서로를 대한다(「마피아는 고개를 들어 서로를 확인해주세요」). 타인의 시선과 기대를 민감하게 감지하고 가장 적절하게 말하고 행동하는 데 주의를 기울이는 만큼, 인물들에게 "우리는 무슨 공연을 하고 있을까요? 누가 어떤 역할을 맡았을까요?"(「마피아는 고개를 들어 서로를 확인해주세요」)라는 물음은 매 순간, 모든 관계에서 새롭게 되물어진다. 일상은 그렇게 역할을 잘해내거나 해내지 않는 일로 가득하다.

어쩌면 서로에게 최선을 다하는 방법일 역할극은, 그것이 어떤 맥락 속에서 이루어지는가에 따라 누군가를 기만적으로 이용하거나, 자기 자신을 스스로 기만하거나, 혹은 제도적 폭력을 합리화하는 모습으로 나타나기도 한다. 첫번째 소설집이 '정상'이나 '시인' 같은 단어들이 하나의 역할처럼 연기되는 장면을 보여주었다면, 두번째 소설집으로 엮이는 아홉 편의 소설들은 특정한 역할에 대한 기대가 사람들 사이의 관계에서, 혹은 소속과 종속의 공간이 되는 제도 속에서 어떤 식으로 작동하고 있는가를 세심하게 다룬다. 다만 그 장면들에는 악의 없는 악의나 차가운 폭력만 연결되어 있지는 않다. 임솔아의 소설들이 조금 더 마음 써 들여다보는 것은 서로에 대한 다정한 다가섬이, 혹은 꿈을 이루려는 간곡한 마음이 사람들을 서서히 폭이 좁은 역할 속에 가두고 다른 것을 볼 수 없게 만드는 방식이다. 역할극 속에서 사람들은 자기 자신과, 서로와, 혹은 제도와 지속적으로 불화하고, 그 불화를 견디거나 넘어서기 위해서 최선을 다한다. 겹겹의 최선들은 역할극 밖 진실의 세계를 순진하게 꿈꾸는 대신 조금 덜 슬프고 조금 더 다정한, 그만큼의 공연 같은 삶을 마음 다해 바라보고, 기다린다.

당신의 안녕

「중요한 요소」에는 '라니'라는 이름의 개가 나온다. 영화감독인 '소민'과 함께 사는 라니는 '잘 훈련된' 개처럼 쾌활하고, 사람과 잘 놀고, 사람에게 떼쓰지 않는다. 소민은 그것을 라니의 타고난 성격이라고 생각한다. 하지만 라니가 음식에 관심이 없고 산책길에 만나는 세상에도 전혀 관심이 없다는 것을 알게 되었을 때, 소민은 라니가 그저 사람이 원하는 대로 행동한다는 것을 알아차리게 된다. 사람을 좋아해서 같이 공놀이를 하고 싶은 것이 아니라, 사람이 공을 던지니까 그 기대에 부응하기 위해 라니는 공을 잡으러 뛴다. 사람이 입 앞에 밥을 건네며 받아먹기를 원하니까 그 한 알의 밥을 받아먹는다. 사람의 살냄새를 맡고 고개를 들어 흡족하다는 듯 활짝 웃는 표정을 지을 때조차 어쩌면 이 개는 '사라지는' 것에 대해 말하고 있는 사람의 기분을 헤아려 그를 돌보는 중인지도 모른다. 하루 종일 사람만 바라보는 라니는 깨어 있는 내내 사람을 위해 진심을 다해 연기한다. 혹은 사람을 향한 연기가 이미 라니의 생이다.

그런 라니의 눈빛이 어떤 마음인지를 제대로 몰랐던 것 같다는 소민의 말은 다른 소설들 속 인물들을 떠올리게 한다. 「초파리 돌보기」에서 '이원영'은 한 대학의 연구원에서 실험용 초파리를 돌보는 일을 한 적이 있다. 그가 정성 들여 밥을 주고 보살피고 관찰하고 선별한 초파리들이 전 세계 실험실로 수출된다는 것을 그는 자랑스러워했다. 딸을 키울 때처럼 몇십만 마리의 초파리를 돌보면서 원영은 초파리의 날개에서 스테인드글라스를 보고, 빨갛고 동그란 눈과 마주 보며 교감하는 느낌을 받았다. 「아무것도 아니라고 잘라 말하기」의 '문경'은 오랜 입시 학원 생활 경험을 바탕으로 다른 학생들에게 여러 조언과 상담을 해주는 역할을 맡았다. 학생들이 불안해 보일 때면 "혹시 무슨 일이 있어?" 물으며 먼저 다가갔고, '아란'이 감정적으로 요동칠 때 문경은 어느 사이 다가와 장난을 걸었다. 사람들의 상태와 필요를 알아차리고 보살피는 것이 자신의 적성이라고 말하면서, 문경은 도움이 필요한 존재를 돌보는 일을 장래 희망으로 삼았다. 「단영」의 '효정'은 '하은사'를 짓고 가꾼 비구니로서 절을 돌봐왔다. 아무도 관심과 기대를 갖지 않던 이 절이 번성하게 된 것은, 효정이 질경이 장아찌를 만들어 신도들에게 선물하고, 모든 아이를 위한 대의적 입시 발원문을 만들고, 절을 대안학교로 등록하여 학생을 받은 덕분이다. 5천 평 부지에 야생화를 심고 가꾸는 효정은 부드럽고 온화한 미소로 일관하며 절의 모든 것을 보살핀다. 그 보살핌 속에서 하은사는 한국에서 가장 아름다운 절 가운데 하나로 유명해진다.

원영, 문경, 효정은 뭔가를 돌보는 일에서 꿈을 찾거나 그를 통해 꿈을 이룬다는 점에서 서로 닿아 있다. 이들에게 무언가를 보살피는 일이 아름답게 여겨지는 것은 그 일 자체가 숭고해서이기보다는 그것이 자신에게 맞는 꿈이라고 믿기 때문이다. 하지만 '적성'을 따라 '잘 돌보는' 자가 되어가는 그들의 꿈은 그들 각자에게 어떤 역할이 요구되고 기대되어왔는가와 무관하지 않다. 문경은 가장 오래 머문 학생인 만큼 학원에 대해 아는 바가 많고, 그렇기 때문에 모든 강사가 필요한 것이 있으면 문경의 이름을 불렀다. 덕분에 학생들은 서로 이름을 몰라도 문경의 이름만은 알았고, 강사들이 그러듯 문경을 학생이 아니라 조교처럼 대했다. 원영은 온몸에서 털이 빠지고 앙상하게 말라가는 병에 시달리고 있음에도 오랜만에 집에 오는 딸 '지유'를 위해 어릴 적 지유가 좋아하던 첵스초코를 사둔다. 지유에게 '보기만 해도 건강해지는 기적의 음파'를 틀어주고 생숙탕을 챙겨주며, 지유가 쓴 글이 실린 책은 모두 사서 모은다. 여성으로서, 아내로서, 엄마로서 겪은 일들을 차곡차곡 쌓아두고 있는 원영은, 그것들이 지유의 소설 속 원영을 아프게 하는 것이라 말하면서도 돌봄의 역할을 멈추지 않는다. 효정은 공들여 준비한 삼베 침구와 연등과 설교는 신도들의 관심 밖에 있고, 오직 그가 '어머니'의 마음을 앞세워 행하는 일들만이 신도들을 불러 모은다는 것을 알게 된다. 그는 무성(無性)이 될 수 없는 여성으로서, 비구가 아닌 비구니에게 기대되는 '여성'의 이미지들을 절묘하게 조합함으로써 주지가 되는 목표를 이룬다. 그에게 돌보는 일이 꿈이 되는 이유는 그것이 출가한 승려인 자신에게 기대되는 유일한 일이기 때문이다.

어떤 역할을 기대하는 타인의 시선이 늘 작동하는 공간에서 어쩌면 꿈은 그 기대에 부응하는 것으로서 만들어지고, 기대를 내면화하는 방식으로 정작 꿈꾸는 자들을 소외시키는지도 모른다. 원영이 아프기 시작한 것은 폐기 처분될 초파리 시험관을 손에 쥐고 집에 온 날부터였고 지유의 생각처럼 그의 병은 산재가 맞을지도 모르지만, 원영은 초파리 실험동을 질병과 벌레와 화학실험으로 기억하고 싶어 하지 않는다. 원영에게 이 실험동은 그가 스스로 준비하거나 유지하려고 애쓰지 않아도 모든 것이 바로 사용할 수 있는 상태로 제공되고 언제나 같은 상태로 유지되는 꿈의 공간, '주부 아르바이트생들'을 쓰지만 '주부'로 대우하지 않는 아름다운 공간으로 기억되어야 한다. 따라서 가정에서의 돌봄은 병의 원인일 수 있지만 실험동에서의 돌봄은 그래서는 안 된다. 하지만 원영이 모든 좋은 일은 초파리와 실험동 덕분이라는 생각을 소중하게 간직할 때 보존되는 것은, 어쩌면 가정과 실험동으로 분리되지 않는 돌봄 행위 자체에 대한 오랜 마음, 잘 돌보는 자가 되어야 한다는 시선의 흔적인지도 모른다. 밀가루가 체질에 맞지 않아 종종 아프면서도 남편과 딸이 좋아하는 국수를 30년 동안 만든 여자 이야기처럼, 원영은 자기 몸이 병들더라도 잘 돌보았다는 것, 그로부터 자기 생의 의미를 인정받고 싶은 것이 아닐까. 지유의 소설에서 원영이 초파리를 돌보았던 기억 덕분에 건강을 회복하게 되는 것은, 그의 일생을 채우고 있던 돌봄의 기억 전체를 위해서인지도 모른다. 기억을 아름답게 그려내는 소설의 문장을 자꾸 되짚어 읽으면서, 원영은 "오래오래 행복하다"(p. 69).

효정은 자신에게 부과되고 스스로 체화한 역할을 철저히 역할로서 활용하면서 '여성'의 공간을 찾아오는 여성들에게 무관심으로 일관하고, 매일 밤 꽃을 짓밟아 역할 앞에 태연히 선다. 문경은 아란에게 "그때에는 언니한테 아름다운 사람으로 보이고 싶었고. 그게 멋있는 줄 알았고. 그걸로 그 시절을 버텼"(p. 211)다고, 그러나 이제는 아니라고 말하면서 역할극에 매듭을 만든다. 원영은 자신의 역할이 그저 역할이 아니라 자신의 꿈으로, 초파리처럼 아름답게 남을 수 있기를 내내 바랄 것이다. 그러나 세 사람의 마음 중 어느 것은 '연극'이고 어느 것은 아니라고 단정하여 말할 수 있을까. 「단영」에서 효정이 키우다 여러 집을 전전하게 만드는 '단영'은 "여긴 전부 다 가짜 아니에요?"라며 효정에게 대든다. 효정은 "너 같은 중생에게 내가 가짜로 보여도 나는 상관이 없다"고 말한다(p. 250). 다른 시선에서 이 말은 '내가 진짜로 보여도 나는 상관이 없다'는 말과 닿아 있다. 어쩌면 역할 자체에는 가짜와 진짜가 없는지도 모른다. 다만 그것을 요구하고 강요하는 환경, 그것에 종속되게 만드는 시선에 '가짜'의 혐의는 놓여야 하지 않을까. 그것을 임솔아의 소설은 여러 목소리로 되풀이해 묻는다.

뭍과 섬과 해변의 언어

예술 전공 학생들이 잇달아 자살하자, 「손을 내밀었다」의 'A예술대학'은 '자살 위험군'을 색출하는 데에 열을 올린다. 학생들의 자살 원인은 단일하지 않을 수 있고, 따라서 온갖 추측이 끊어지지 않지만, 학교는 자살한 학생들이 모두 나이가 많다는 '공통점'을 발견하여 그것을 자살 원인이자 자살 가능성으로 규정짓는다. 구체적인 숫자들을 기준으로 '자살 위험군'과 '특별 관리 대상자'가 분류되고, 그

숫자 때문에 관리 대상이 된 학생들은 '손을 잡으라'는 학교의 다정한 메시지를 끊임없이 받는다. 상담이 진행되고, 상담을 거부하는 학생들에게는 학교 제도 차원에서 징계가 가해진다.

이때 '손을 잡는다'는 것은 임의의 기준에 따라 학생들을 분류하고 관리하는 학교의 처치에 동의하고 동참하는 것이자, 그 분류 시스템 안에서 자신의 가치를 인정받는 일에 뛰어든다는 것이다. 그래서 '손을 잡는' 일을 두고 위험군 학생들의 입장은 달라진다. 자살 가능성을 마음대로 덧씌울 뿐 아니라, 그것을 적극적으로 관리하고 통제하는 학교의 '손잡기'에 한마음으로 응하는 자살 가능성이 없고 착실하며 다정한 '학생'의 역할을 맡을 것을 강요하는 학교는, 어떤 학생들에게는 부정하고 저항해야 할 '가짜'이다. 반면 착실하게 상담을 받아 자신에게 자살 위험이 없다는 것을 증명해 보이겠다는, '하연'으로 대표되는 학생들에게 학교는 어떤 역할을 유도하든 그 상위에서 작동하고 있는 '진짜' 제도이다. 상담을 받지 않으면 학점 열람에 제한을 두겠다는 제도적 권력을 학교가 정말로 행사할 때, 하연은 그 제도의 '진짜' 권력 속에서 진짜를 연기하는 가짜가 되기를 서슴지 않게 된다. 자살한 학생의 룸메이트인 척 그가 얼마나 학교를 사랑했는지를 역설하며 '손잡기'의 중요성을 강조하는 하연의 발표는 효과적으로 작동하는 제도 속에서 역할극이 어떤 방식으로 승인되고 확대되는지를 여실히 보여준다. 학교의 연극 무대에는 감동적인 거짓말을 대사처럼 읊는 하연이 설 자리는 있지만, 새하얀 상복을 입고 학교의 부당한 권력 행사를 고발하는 '성희'의 언어가 설 자리는 없다. 역할은 얼마든 만들어질 수 있지만, 무대 위에 올라갈 수 있는 역할의 범위는 크게 달라지지 않는다.

「그만두는 사람들」은 역할을 승인하거나 거부하는 권력이 제도권 내에서, 혹은 '소속'을 요구하는 관계들 속에서 얼마나 손쉽게, 효과적으로 작동하고 있는지를 여러 겹으로 보여준다. 한국전쟁 때 간호장교로 한국에 파병된 '사비나'는 탈영하려던 아군에게 살해된 동료의 죽음에 대한 진실을 밝히려 노력했다. 군 당국은 전쟁 트라우마와 향수병으로 인한 자살로 사건을 종결지으며 전쟁의 끔찍함을 강조하는 동시에 아군의 무결한 이미지를 단단히 했다. '재연'의 동료 작가는 목소리를 내는 일에 주저하지 않았지만, '협조적인 사람'을 찾는다는 제도권의 결정과 통보 속에서 매번 제외되고 배제되었고, 끝내 자살한다. '나'는 문학계 권력 남용 문제를 논하는 패널로 초청되어 목소리를 낼 수 있었던 자리에서 권력 남용 문제와 더불어 그것을 지속시키는 데 일조하는 포럼 측의 청탁까지 문제 삼고, 이후 〈해리 포터〉 시리즈의 '볼드모트'처럼 이름을 불러서는 안 되는 사람, 이름이 지워져야 하는 사람으로 취급받는다. 스웨덴에서 유학 중인 '혜리'는 자신이 당한 인종차별을 문제 삼은 뒤 친구들 사이에서 은근히 멀어진다. "자신이 누구인지를 친구들이 충분히 잊을 때까지 기다"(p. 18)렸을 때 친구들은 혜리를 다시 '일원'으로 승인한다.

이들에게 기대되는 역할은 어쩌면 간단하다. 권력을 가지고 있는 군 집단, 예술가 집단, 문학계, 그리고 다국적 커뮤니티에서 승인하는 방식으로만 말하고 행동하는 '내부자'. 인종차별을 인종차별인 줄 모르고 앞으로도 모르기를 택하는 집단에 소속되기 위해서 인종차별을 당하는 인종차별주의자가 되는 순종적 자기 부인의 아이콘. 그 역할을 해내지 않거나 해내지 못했을 때 당연한 듯 배제되고 소외되는 영원한 '임시' 내부자. 그렇게 '커뮤니티의 일원'이 되어 커뮤니티가 원하는 것을 말할 때에만 이들은 최소한의 역할을 가질 수 있고, 사라지지 않을 수 있다. 그것은 이곳 아닌 다른 곳에서도 다르지 않아서, 미국에서는 '사라진 사람'이 되었을 사비나는 한국에서 '식물 일지를 영어가 아닌 한글로 쓴 사람' '한복을 입고 사진을 찍은 외국인'으로 기념된다. 한글과 한복이라는 '소속'의 맥락 없이 사비나의 식물 일지는 읽히지 않고, 한국에서 그의 삶은 폐허가 되어 사라진다.

"사비나는 스스로를 떠난 자라고 여겼을까, 아니면 남은 자라고 여겼을까"(p. 33)라고 소설의 말미에서 '나'가

물을 때, 그 물음은 '나' 자신을 향한다. 더 이상 아무도 자신의 이름을 부르지 않는 가운데, '나'는 "그만두고 싶다는 마음을 억누르기 위해 억지로 글을 쓰는 사람"(p. 27)이 되어 있다. 그에게 자신에게 부여되는 역할을 거부하는 일, 그로써 어떤 역할로부터든 배제되는 일은, 그 자체로 그만두는 일이 되지는 않는다. 역할 배당이나 소속과 무관하게 그에게 그만두거나 그만두지 않는 일은 글을 쓰는 일이다. 글을 쓰는 한 그는 '떠난 자'가 아니고, '내부자'가 되기 위해 쓰지 않는 한 그는 '남은 자'가 아니다. 노루들이 노루섬으로 건너가는 바닷가에 오래 머물면서, 그렇게 '나'는 그만두기 직전에 그만두지 않는 일을 지속한다. 어디에도 소속되지 않은 채로 인종차별을 견디는 혜리처럼, 그만두기 전 개인전을 여는 재연처럼, 바닷가 깊은 숲속에 자신만의 정원을 만들며 그 시간을 글로 남긴 사비나처럼 '나'는 '얼음의 언저리'에 자신의 발자국을 찍으며 걷는다. 그 걸음에서 그에게 중요한 것은, 매일 밤 해변에 노루가 나타나는지 창밖을 내다보고 있는 일, 혹시 노루가 나타나면 노루섬에 닿을 때까지 그 흔들리는 뒷모습을 지켜보는 일, 하지만 노루가 노루섬에 가버리지 않기를 동시에 바라는 일이다. 제도가 주거나 빼앗는 역할이 사라진 자리에서 임솔아의 사람들은 그렇게 자신의 역할을 만들고, 그것을 지킨다. 족쇄가 되지 않는 역할들로 만날 것을 기다리며, 그것이 가능하기를 작게 바라며.

모르는 마음 모임

「내가 아는 가장 밝은 세계」의 '나'는 어린 시절부터 사람을 권력과 공모 관계 속에 위치시키는 장치가 '웃음'이라고 생각해왔다. 강자와 약자, 공모자와 공범이 웃음으로 자신의 역할을, 위치를 드러내는 것을 기민하게 바라보면서, '나'는 무표정의 세계에 있기를 택했다. 소속과 관련된 역할 놀이에 종속되지 않는 그 세계에서 직장인, 엄마 같은 역할이 주는 안정감과 자긍심을 택하지 않는 방식으로 그는 스스로를 기만하지 않는 삶을 지킬 수 있었다.

하지만 소설은 그 무표정의 세계에 어떻게 웃음이 비집고 들어오게 되는지, 단지 나 하나의 사적인 공간을 마련하고 유지하려는 일에 제도가 아니라 제도의 틈을 이용하는 또 다른 공모 관계가 어떻게 관여하게 되는지를 보여주는 방향으로 나아간다. 이를테면 빌라의 하자를 보수하기 위해 보험 제도를 이용하면서 산정 금액을 더 높여 부르는 일에 동의할 수밖에 없을 때, 낙태, 위장 결혼, 파양이 판을 치는 아파트 청약 시장에 뛰어들어보려는 마음을 먹게 될 때, 문제가 많은 집을 모델하우스처럼 꾸며 매도에 성공하고는 누군가를 낚았다는 기쁨을 느낄 때, '나'는 자꾸 히죽거리며 웃는다. '내가 아는 가장 밝은 세계'였던 무표정의 세계는 겹겹의 기만 위에 건설된, 창문 앞에 가리는 것 없이 햇빛이 가득 들어오는 '센트럴 퍼스트힐 아파트'라는 공간으로 대체되어가고, '나'의 세계는 통째로 환한 웃음의 세계의 공범이 된다. 이때 '센트럴 퍼스트힐 아파트'는 단지 부동산이 아니라 '나'가 만들고 꾸리는 모든 공간의 은유로 기능한다.

'집'이라는 사적 공간이 히죽거림으로 가득 찰 때, '집'은 이미 그 자체로 연기 중인 공간이다. 영화 촬영을 위해 빈 집에 '생활 간지'가 그럴듯하게 연출되면 잘 만들어진 공간과 배우들의 연기가 밀착하게 되는 것처럼, '생활 간지'를 없애고 커피 냄새를 채워 넣은 집은 여름용 리본으로 포니테일을 한 집주인의 연기에 온몸으로 함께한다. '주인공'의 생활은 연출이 끝난 후 잡동사니가 든 김장 봉투를 옥상에서 다시 끌고 내려와도 이미 연기의 맥락에 노출되어 있다. 연기를 위해 동원되었던 사물들이 역할을 마치고 제자리로 돌아갈 때 손상되거나 사라지는 것처럼, 연기로 채워진 공간에서 집주인의 생활과 기억과 이야기는 연출과 실제 사이에서 정보값이 변경되거나 빈 공간을 갖게 된다. 「중요한 요소」에서 '치온'은 딱딱하게 굳은 반려견 '쁘띠'를 안고 있던 기억과 쁘띠가 거실에서 뛰어놀던 장면, 초복 날 아빠가 끓인 전골에서 냄새가 희한한 고기를 손가락으로 집어 올리던 장면과, 죽은 쁘띠를 안아본 적이 없는 기억 사이에서 무언가 사라진다는 것을 안다. 생각하면 눈물이 날 정도로 선명한 장면들에는 기억과 상상이 겹쳐 있고, 정말 있었던 기억 가운데 무엇이 사라진 것인지 알 수 없을 때 겹쳐진 것은 다시 구분되기 어려워진다. 이 분열된 혼돈을 여러 인물의 목소리로 재현할 수 있다면, 「마피아는 고개를 들어 서로를 확인해주세요」에서 그려지는 광경은 역할 놀이와 실제 글쓴이의 발화 사이에서 차이를 가늠할 수 없게 되는 파국 직전의 모습을 보여주는 것으로 읽을 수 있다.

소설집에 실린 소설 일곱 편에서 각각 한 명의 이름을 가져오고 있는 이 소설은, 각 소설의 인물들이 함께 독서모임을 하는 상황을 가정하고 있는 것인지, 아니면 이름만 같은 채로 '페르난두 페소아'나 '레이먼드 카버의 소설에 나오는 제빵사'처럼 한 명의 인물로서 카피되고 있는 것인지를 단언하기 어렵게 한다. 마피아 게임이 제안된 글과 마피아 게임을 하는 중인 듯 보이는 글들이 '114주 차'라는 제목을 공유하면서도, '답글' 형태로 이어지는 글들 사이의 관계가 선명하지 않아, 무엇이 역할극이고 무엇이 아닌가를 결정하기도 어렵다. 자신의 이야기를 풀어내는 글들과 달리 다른 필자의 이름을 직접 언급하는 경우들이 생기면서, 행여 모든 글이 게임 중인 글이더라도 글의 어떤 부분이 게임인지 아닌지를 확정하는 일도 가능하지 않아 보인다. 필자들 가운데 한 명이 게임 중인 것이 맞는지 확인하는 물음을 던져야 할 만큼 이 소설에서 역할극과 역할극 아닌 현실은 구분되지 않고, 그래서 이들의 독서모임이 파국을 맞았는지 여부 역시 판정되지 않는다. 마피아 '처형'은 끝나지 않고 모두 유령처럼 있을 뿐이다.

하지만 만약 게임과 현실을, 연기인 것과 연기가 아닌 것을 구분할 수 있다면 서술된 언어들은 오해 없이 읽히고 이해될 수 있을까. 누군가에 대한 비난이 마피아의 거짓말일 뿐이었다고 하면 댓글과 답글 형식으로 연결된 언어 역시도 한꺼번에 마피아의 거짓말로 치환될 수 있을까. 이 소설 속 발화들의 연속에서 중요한 것은 거짓과 진심을, 연기와 실제를 구분하는 것이 아닌지도 모른다. 거짓을 말하든 진실을 말하든 둘을 교묘히 겹쳐 이것이기도 저것이기도 한 것을 말하든, 눈을 움직여 살펴야 할 것은 말해지는 것 혹은 말해졌다고 믿는 것 속에서 말의 이면을 보는 일일 수도 있다. 독서모임에 참여하는 사람들은 함께 책을 읽고 책이 제시하는 여러 요소를 하나의 그림 속에 배치해보면서 각자가 보는, 혹은 원하는 이미지가 서로 얼마나 다른가를 알게 된다. 접시에 관해 말하면서 누군가는 온전한 접시 두 개를, 누군가는 온전한 접시 하나와 깨진 접시 하나를 이야기했다면, 실제로 그림 속에 무엇이 그려지고 무엇이 그려지지 않았든, 그래서 그림에서 최종적으로 보이는 것이 무엇이든 두 개의 다른 이야기는 그 하나의 그림 속에 보이거나 보이지 않는 방식으로 담겨 있을 것이다. 그러므로 그림을 맴도는 대신 그림을 그려나가던 그 시간을 천천히 되짚을 수 있다면 어떤 그림을 '완성'했는가가 아니라 무엇을 그리지 않았던가, 그림에서 무엇이 보이지 않게 되었던가가 자꾸만 중요해질지 모른다. 보이는 '전부'를 넘어선 부분, 혹은 상으로 맺히지 않는 부분이 있다는 것을 아는 것만으로, 이 모임의 헐거움에 의지해온 이들 사이 마피아 게임은 글에는 미처 담기지 못한 맥락과 말해지지 않은 마음들을 부르고, 기다리는 자리가 될 수 있지 않을까. 이들이 서로를 향해 사용하는 '안다'라는 단어가 각자의 확신을 덜어갈 때, 독서모임의 '모여 있음'은 '완성' 없는 해석을 계속하는 것으로서 계속될 수 있지 않을까.

개인적으로 이 소설집에서 가장 마음에 남는 장면은 「아무것도 아니라고 잘라 말하기」에서 아란과 문경이 서로 그네를 타고 있지 않다는 것을 알게 되는 장면이다. 아란과 문경은 '아무것도 아니야'라는 말을 서로에게 하게 되면서 점점 더 조심스러워지고 역할과 선(線)의 혼란 속에서 이야기를 나누기 어렵게 되어왔다. 하지만 신나게 그네를 타다 갑자기 말을 멈춘 아란에게 문경이 왜 갑자기 말이 없느냐 묻고 아란이 "아무것도 아냐"(p. 203) 하고 잘라 대답할 때, 그래서 아란이 더 이상 그네를 타고 있지 않다는 것을, 문경이 처음부터 그네를 타고 있지 않았다는 것을 서로 알게 될 때, 그 단호하고 차가운 말은 두 사람에게 서로를 잘라내기보다는 연결하는 말로 잠시 빛이 났을지도 모른다. '아무것도 아니'라고 말하며 무언가를 말하지 않은 채 남겨둔 것이다. 좀더 오래 문경과 그네를 타고 싶어서, 그저 아란이 그네 타는 시간을 웃으며 함께하고 싶어서였다는 것을 두 사람이 서로 온전히 알아차리기는 어려울 것이다. 그렇지만 함께 그네를 타고 있지 않아도 함께 그네를 탈 수 있었다는 것, 이제 그네를 함께 탈 수는 없겠지만 이야기는 시작할 수 있다는 것, 그것이 이제는 서로에게 역할을 다하기 위해서가 아니라 그저 함께하기 위해서일 수 있음을 알게 되는 것으로 충분하다. "아름답다고 생각했던 기억들"이 쏟아진 자리에서 두 사람은 서로에게 최선을 다하던 기억과, 그럼에도 혹은 그렇기 때문에 멀어질 수밖에 없던 기억, 그럼에도 서로를 놓지 않은 기억을 가만히 되짚어볼 수 있을 것이다. 되짚어볼수록 그곳엔 미처 몰랐던 마음이, 다르게 읽었던 표정이 자꾸만 새로 피어오를 것이고, 그것을 각자 오랜 시간 마주하면서 두 사람은 전과 다른 방식으로 함께이게 될 것이다. 그럴 수 있지 않을까.

「희고 둥근 부분」에서 로희와 진영은 '목격 불가능한 경계선'을 탐방하러 다닌다. 눈에 보이지 않는 경계의 지점을 찾아가서, 그곳에서 보이는 것을 바라보고, 그곳에서 시간을 보내고, 그곳에서 기억을 만든다. 맹점이란 시신경이 밀집되어 있는 부분과 그 때문에 상이 맺히지 않는 공백을 동시에 가리키는 말이다. 보고자 하는 마음이 클수록 보이지 않게 되던 것들이 바로 이 맹점에 모여 있다면, 하릴없이 그 주변을 맴돌며 곁눈질하는 사이 흔적처럼 기억처럼, 보이지 않던 것이 잠깐, 나타날지 모른다. 선명하게 구분되지 않는 진심들은 그런 찰나에 문득 마음을 두드릴 것이고, 그 두드리는 손은 다른 누구의 것도 아닌, 희고 둥근 부분을 매만지는 우리 자신의 손일 것이다.

수록 작품 발표 지면

그만두는 사람들 『창작과비평』 2020년 봄호
초파리 돌보기 『릿터』 2021년 8/9월호
중요한 요소 『문학동네』 2021년 가을호
희고 둥근 부분 『자음과모음』 2020년 봄호
내가 아는 가장 밝은 세계 『현대문학』 2020년 10월호
마피아는 고개를 들어 서로를 확인해주세요 〈문장 웹진〉 2021년 10월호
아무것도 아니라고 잘라 말하기 『여덟 편의 안부 인사』(강, 2021)
손을 내밀었다 『몬스터: 한낮의 그림자』(한겨레출판, 2020)
단영 『Axt』 2020년 5/6월호